VQ

Benedikt Feiten wurde in Berlin geboren und lebt in München, wo er Unmengen schwarzen Tee trinkt und vieles macht, manchmal sogar, ohne sich zu verzetteln. Er ist mit dem Literaturstipendium der Stadt München ausgezeichnet worden und war Teilnehmer der Bayerischen Akademie des Schreibens. 2016 erschien sein Debütroman »Hubsi Dax« bei Voland & Quist. 2019 erhielt er für »So oder so ist das Leben« (Voland & Quist) den Bayerischen Kunstförderpreis. Nach dem Studium der Amerikanischen Literatur hat er seine Doktorarbeit über Musik und Transnationalität in den Filmen von Jim Jarmusch geschrieben und an der Ludwig-Maximilians-Universität unterrichtet. Er ist Trompeter und Cellist in verschiedenen Bands und Projekten. 2021 ist er Stipendiat des Internationalen Künstlerhauses Villa Concordia in Bamberg. »Leiden Centraal« ist sein dritter Roman.

Roman

Benedikt Feiten

Leiden Centraal

Voland & Quist

Die Entstehung dieses Romans wurde gefördert durch ein Literaturstipendium des Freistaats Bayern.

Korrektorat: Kristina Wengorz
Umschlaggestaltung: HawaiiF3
Satz: Fred Uhde
Druck und Bindung: BALTO print, Vilnius

ISBN 978-3-86391-320-5

www.voland-quist.de

Prolog

Ihr Atem geht schwer. Schmerz pocht in ihrer Schulter. Sie hört Sirenen und sieht blaues Licht pulsieren. Vielleicht darf sie sich etwas wie Hoffnung erlauben. Bilder flackern auf. Zugezogene Reißverschlüsse. Ein Zirpen. Ein stetig flirrender Lärm, kristallin, künstlich. Dünne Melodien in schriller Verzweiflung, das Klingeln der Telefone in den Leichensäcken. Aber sie sucht nach einer anderen Erinnerung. Einer früheren …

Warmes Licht leuchtet die Bühne aus. Stühle und Notenständer stehen bereit. Jemand hustet in die gespannte Stille. Sie steht mit den anderen Kindern im Verborgenen. Neben ihr der schwere, geraffte Vorhang. Der Publikumsraum liegt im Dunkeln. Irgendwo darin müssen ihre Eltern und ihr Bruder sitzen. Der Stachel ihres Cellos kratzt auf dem schweren Holzboden, ihre Finger umklammern die Saiten am Steg. Sie riecht das frische Kolophonium an ihrem Bogen. Scheinwerfer lassen die Härchen im Nacken des Jungen vor ihr glimmen. Die Direktorin der Musikschule kündigt das Orchester an, Applaus brandet auf, die Kinder vor ihr setzen sich in Bewegung. Sie will ihnen folgen, aber ihre Beine gehorchen ihr nicht. Wie gelähmt steht sie da, sieht, wie die anderen sich an ihren Plätzen einrichten. Ihr Herz pocht. Jetzt müsste sie vortreten. Ihre Pultnachbarin winkt ihr panisch. Stumm formt sie das Wort »Komm« mit ihrem Mund. Doch der Dirigent merkt nicht, dass jemand fehlt, und hebt die Hand. Sie sieht ihren leeren Stuhl. Dort wäre sie sichtbar. Dort wäre sie Teil von etwas. Es blitzt aus der Dunkelheit. Fotos, die sie nicht zeigen werden. Der Orchesterleiter gibt den Einsatz, die Streicher setzen an. Eine zerbrechliche Harmonie erklingt ohne sie. Sie kann nur noch zuhören und sich ganz genau einprägen, was gewesen sein wird.

1

Ein Familienfoto, Mutter, Vater, Sohn, viel zu verschwommen, um mit einer Digitalkamera oder einem Handy aufgenommen worden zu sein. Vermutlich ein Scan. Die Mutter mit einem leichten Zweifel auf den Lippen. Der Vater hat seinen Arm um ihre Hüfte gelegt, seine Hand ruht auf der Schulter des Jungen. Ein schüchternes Lächeln, mittellanges, blondes Haar. Ob er das ist? Das Bild einer jungen Frau mit glatten Haaren, die einen Kuss in Richtung ihrer Handykamera bläst. Die Buchungsbestätigung einer Busreise als PDF.

Stichpunkte für ein Referat im Biologieunterricht, 11A, Klassenleitung Frau Dürnheim.

Im Suchverlauf: Reisepass verlängern München – Ronaldo Gehalt – Normales Alter für erstes Mal – Highlights FC Bayern gegen Juventus – 22-jährige Hobbynutte wird gefickt – Facebook – iPad gebraucht kaufen – Log-in hotmail.com – Teenie macht es sich selbst – Erlkönig Gedicht Bedeutung.

»Und? Gibt's was Interessantes?« Magnus lehnt sich an den Türrahmen.

»Bis jetzt nicht. Sieht aus wie ein normaler Gymnasiast, der ein bisschen an Freunde dealt«, antwortet Valerie. Den Blick wendet sie nicht vom Bildschirm ab. »Laptop war ungeschützt, am Handy bin ich noch nicht dran.«

»Okay. Wir gehen in der Mittagspause rüber zu Mykonos. Kommst du mit?«

»Ich hab was dabei.«

»Alles klar.«

»Trotzdem danke«, schiebt sie hinterher und blickt auf, aber der Türrahmen ist schon wieder leer.

Das Handy ist schnell ausgewertet. Der Jugendliche hat die PIN verraten. Hätte er nicht gemusst, aber wahrscheinlich war er eingeschüchtert. Ein paar Chatverläufe: »Bringst du Schokolade mit?« – »Ist Günter auch dabei?«, nicht sonderlich verhohlen. Marihuana in Kleinmengen, hält sich für schlauer, als er ist. Aber das geht den meisten so.

Valerie spielt die relevanten Daten aus und schickt sie an die Kollegen. Wahrscheinlich wird das Verfahren mangels öffentlichen Interesses eingestellt. Je nachdem, wie der Junge sich eben bisher so angestellt hat. Sie seufzt. Es ist lange her, dass etwas wirklich Anspruchsvolles kam.

*

Vollkornreis, Gemüse, Obst für den Entsafter, Joghurt, Tiefkühlpizza, Pudding. Eine nachlässige Versorgung mit den nötigsten Nährstoffen, Süßes für den Fall, dass sie doch noch Lust auf irgendetwas verspürt.

»Da liegt noch etwas von Ihnen«, bemerkt ein älterer Herr und deutet heiter auf einen Becher.

»Ja, danke, ich weiß«, antwortet Valerie schroffer als beabsichtigt und schämt sich, dass sie ihn um den Lohn eines herzlicheren Dankes für seine Hilfsbereitschaft bringt.

*

»Hallo?«, ruft sie in den Flur hinein, aber spürt schon beim Betreten der Wohnung, dass ihr Bruder nicht da ist.

Die Küche ist aufgeräumt. Sie hebt den Deckel des Mülleimers. Ein zerbrochenes Glas. Ihr Blick fällt auf die Armlehnen des Holzstuhls, auf die bleichen, verschliffenen Stellen, die Thomas mit den Handballen reibt, wenn er darauf sitzt.

Auf dem Tisch liegt ein Zettel: »Bin zum Sport gegangen. Rest Pasta steht im Kühlschrank, wenn du willst. Bis nachher.« Die Buchstaben lehnen sich in alle Richtungen, ganz so, als habe er sie mit Gewalt in diese Ordnung zwingen müssen.

Valerie nimmt den Kugelschreiber und setzt ein paar Worte darunter: »Danke! Hab noch ein Date u. komm später wieder. Bis dann.«

*

»Hey«, begrüßt Nils Valerie und umarmt sie.

Keine seltsame Begrüßung mit Küsschen, kein kalter Händedruck, kein Sicherheitsabstand, in dem sie verlegen voreinander stehen. Er fühlt sich gut an und sieht aus, wie sie ihn sich durch sein Bild in der Dating-App vorgestellt hat: sympathisch und auf eine arglose Art freundlich. Ungefährlich attraktiv.

Als sie auf die Tür der Bar zugeht, will er sie mit ein paar eiligen Schritten überholen, aber Valerie hat die Klinke schon in der Hand. »Bitte schön«, fordert sie ihn auf und lächelt. »Nach dir.«

Er begrüßt den Barchef mit Handschlag, stellt ihn ihr als Gabriel vor. Gabriel nickt ihr höflich zu und fragt Nils, ob die Ottersaison schon begonnen habe. Der lacht und entgegnet, dass er doch hoffe, sie liege noch in weiter Ferne.

Die beiden scheinen sich zu mögen und eine gewisse Vertrautheit zu haben. Trotzdem wirkt es auf Valerie wie eine Inszenierung, zu deren Zweck Nils genau diese Bar ausgewählt hat.

Der Eindruck wird stärker, als Nils die zugehörige Anekdote liefert: wie sie als Schüler in ihrem Heimatort einen verirrten Fischotter aus dem Garten aufgelesen und zum Tierarzt gebracht hätten. Am nächsten Morgen habe sich herausgestellt, dass im Familienteich die Koi-Karpfen fehlten – der Otter habe sie getötet. Seine Mutter habe ihm die Rettung lange indirekt vorgeworfen, so als hätte er einen Verrat begangen. Dabei gehören Otter sogar zu den besonders geschützten Arten. Allerdings zerbeißen sie mit Vorliebe die Kehle und verspeisen Herz und Leber der Fische. Kein schöner Anblick in einem Reihenhaus-Vorgarten am Sonntagmorgen.

Damit endet die Geschichte.

»Na ja«, sagt er, etwas betreten über das unschöne Schlussbild.

Sie setzen sich an einen Tisch in der Nähe des Pianisten, der so betont unaufdringlich spielt, dass es fast lästig ist.

Nils will wissen, was sie beruflich so macht. Die Frage war wohl unvermeidlich.

»Forensische IT.«

»Forensische IT?«

»Alles, was mit der Sicherung von digitalem Beweismaterial zu tun hat«, erklärt Valerie geduldig.

»Also Polizistin?«

»Richtig, im Prinzip sind wir Vollzugsbeamte.«

»Hast du dann auch eine Waffe?«

»Ja. Je nach Lage unterstützen wir auch vor Ort. Kommt aber nicht oft vor.«

»Da kriegt man so einiges mit«, meint er, »oder? Hat man da nicht irgendwann eine ganz andere Sicht auf die Leute?«

Sie zuckt mit den Schultern. »Vieles, was ich sehe, kann eigentlich auch jeder andere online finden. Ist dann eben nur nicht auf eine einzelne Person bezogen.«

»Aber du siehst schon heftige Sachen, oder?«, beharrt er.

»Ich hab wohl so gut wie alles gesehen, was sich Menschen freiwillig und unfreiwillig gegenseitig antun. Nur wenn es was mit Kindern ist, das kann man nicht beiseiteschieben.«

Nils dreht verlegen das Glas auf seinem Untersetzer. »Tut mir leid.«

»Schon gut.« Sie nimmt einen Schluck.

Sie schweigen. Im Rücken von Nils greift der Pianist volle Akkorde und reißt Lücken in die weiß-schwarze Fläche der Tastatur. Valerie bemerkt, dass er beim Improvisieren nach jeder Phrase seine Brille hochschiebt. Jedes Tippen ein kurzes Innehalten. Vielleicht wirkt sein Spiel deshalb so strukturiert.

Nils folgt ihrem Blick und dreht sich in Richtung des Flügels. »Gute Musik, oder?«

»Nicht schlecht«, erwidert sie.

»Spielst du ein Instrument?«

»Ich hab lange Zeit Cello gespielt.«

Das zu sagen fühlt sich fremd an. Valerie versucht, sich zu erinnern, wann sie das Instrument das letzte Mal in den Händen gehalten hat, fragt sich, wie es klänge, wenn sie jetzt versuchte, etwas zu spielen, eine einfache Etüde. Doch das Einzige, was sie noch an diese Zeit erinnert, sind ihre Haare, die sie noch immer zusammengebunden nach rechts trägt, dort, wo sie nicht mit dem Griffbrett in Berührung kommen können.

»Und du?«, fragt Valerie.

Er lacht. »Völlig talentfrei. Das war schon in der Grundschule allen klar. Mir wurden immer die Klangstäbe in die Hand gedrückt. Mehr will ich keinem antun. Ich hör gern zu. Aber …«, er lehnt sich zurück, spricht leiser, fast wie zu sich selbst, »interessant, was du alles treibst. Gegen deinen Job ist das, was ich mache, ja relativ dröge.«

Eine kleine Pause entsteht.

»Was machst du denn?«, fällt ihr gerade noch ein.

»Ich bin Mechatroniker.«

»Und woran arbeitest du gerade?«

»Das ist wahrscheinlich nicht so spannend für dich«, sagt er entschuldigend und erzählt zögerlich, dann immer gestenreicher und am Ende enthusiastisch über eine Automatik zur Fahrwerksabstimmung, die er mitentwickelt hat.

Na endlich. Das spricht Valerie an. Eine Leidenschaft , die seine Routine durchbricht. Sie mustert ihn. Sauberer Haarschnitt, sichere Gesten, kennt sich mit hochwertigen Spirituosen aus, ist durchtrainiert, hat zu jedem Thema eine Meinung, ist aber umsichtig genug, gleich auch Toleranz für andere Haltungen erkennen zu geben. Wovor hat er solche Angst, dass er sich in diese unangreifbare Form gebracht hat?

Sie schweigen für einen Moment.

Er wippt mit dem Fuß, der Tisch vibriert leicht. »Der Funke springt nicht so richtig über, oder?«, fragt er.

Sie winkt mit ihrem leeren Glas in Richtung des Kellners. »Warten wir's ab.«

*

Valerie wacht mit einem beengten Gefühl auf. Ein blasser Schein dringt durch die Gardinen. Nils hat den Arm um sie gelegt, seine Fingerkuppen berühren ihr Brustbein. Er atmet ihr in den Nacken. Sachte windet sie sich heraus und zieht sich an. Es entspricht nicht ihrer Gewohnheit, über Nacht zu bleiben. Sie war wohl müder als gedacht.

Als sie in der Tür noch einmal zurückschaut, sieht sie, dass er die Augen geöffnet hat.

»Mach's gut«, sagt sie.

Er nickt ihr zu, bringt ein Lächeln auf.

Valerie schließt die Tür hinter sich.

*

Draußen schaltet sie ihr Handy ein. Fünf verpasste Anrufe von Thomas. Verdammt, hoffentlich ist er okay.

Wäre nicht das erste Mal, dass sie ihn irgendwo einsammeln muss. Meistens in einer der wenigen Kneipen, die bis in die Morgenstunden geöffnet haben. Wie er da sitzt, schlaflos den Raum musternd. Drei Gäste, ein Barkeeper, zwölf freie Hocker, acht Deckenlampen, fremde Dialoge, Biergläser unter dem Zapfhahn, Dinge, an denen er sich entlanghangeln kann, bis Valerie kommt. Vielleicht sprechen die Stammgäste ihn an, bestimmt antwortet er einsilbig und schweigt danach. Bis sie zur Tür hineinkommt, sein Blick an ihr hängen bleibt und er wortlos aufsteht, seine Jacke nimmt und ihr folgt. Seine Cola prickelt verlassen im Glas.

Nach ein paarmal Klingeln hebt Thomas ab.

Sie versucht, die Dringlichkeit in ihrer Stimme zu zähmen, ihr schlechtes Gewissen einzudämmen, schließlich ist sie ihm keine Rechenschaft schuldig. Es gelingt ihr nicht. Sie sei eingeschlafen, dumme Geschichte, natürlich hätte sie sich gemeldet, wenn sie vorgehabt hätte, nicht nach Hause zu kommen.

»Alles klar.« – »Verstehe.« – »Bin schon bei der Arbeit.« – »Kein Problem.« – »Ja.« – »Bis dann.« Er klingt sachlich und gemessen, das ärgert sie.

Als hätte er nicht um 1:17 Uhr, 2:11 Uhr, 3:01 Uhr, 4:33 Uhr, 6:28 Uhr und 7:10 Uhr versucht, sie zu erreichen. Als wäre er nicht in der Wohnung auf und ab gegangen oder hätte sich ein Bad eingelassen, nur um die Wanne gleich wieder zu verlassen. Als fände Valerie nicht wieder einmal Spuren einer Reihe begonnener Ablenkungen, eine gehackte Zwiebel oder einen Stapel fahrig durchblätterter Bücher, ein Schachbrett mit ein paar Zügen einer nachgespielten Partie oder einen Aschenbecher voll halb gerauchter Zigaretten.

Es ist anstrengend für sie. Aber für ihn natürlich noch viel mehr.

2

Vor Cristina liegt die Bahnhofshalle. Wieder mal war die Verbindung aus Leiden unzuverlässig, und sie musste in Frankfurt ewig auf ihren Anschluss warten. Immerhin hat sie München mit nur einer Stunde Verspätung erreicht.

Ihr Blickfeld ist vom schwarzen Stoff ihrer Kapuze umrandet, sie zieht sie enger. Ein Zug fährt ein, die Wartenden erheben sich. Cristina geht durch die Menge, Menschen betreten ihr Sichtfeld und verlassen es wieder, ein Sog wie ein sich ständig entziehendes Tunnelende.

Eine Mutter führt ihre Tochter an der Schulter aus dem Weg und lächelt Cristina dabei entschuldigend an, setzt ihr Verständnis voraus.

Die für den Spätsommer typisch tief goldene Sonne scheint auf den Vorplatz des Hauptbahnhofs, und Cristina kramt gerade nach ihrer Sonnenbrille, als die Polizisten sie ansprechen.

Warum schlägt ihr Herz immer noch höher? Ein alter Reflex. So schnell ausgewählt und abgetrennt, denkt sie.

»Was ist denn der Anlass für diese Kontrolle?«, mischt sich ein Passant ein.

Cristina lächelt ihn an. »Alles in Ordnung.«

Aber das befriedigt ihn nicht. Vielleicht fühlt er sich berufen, eine Ungerechtigkeit anzusprechen, vielleicht mag er aber auch einfach keine Polizei. »Hat die Frau irgendetwas Verbotenes gemacht?«

»Bitte gehen Sie weiter«, wirft der zweite Polizist aus dem Hintergrund ein.

»Wirklich, alles in Ordnung«, wiederholt Cristina.

Der Beamte nickt ihr zu, aber sie will seine Dankbarkeit nicht. Der Mann geht ein paar Meter weiter und beobachtet die Szene aus der Distanz.

Der Polizist nimmt den Reisepass, registriert das im Vergleich zum deutschen Dokument etwas dunklere Weinrot, den etwas größeren Adler, România. Er studiert die Papiere eingehend, Zeile für Zeile, blickt prüfend zwischen ihrem Passbild und Gesicht hin und her.

Cristina Mitu. Arad. 18.5.1991.

Cristina kennt den Ablauf.

Der Beamte fragt nach ihrem Geburtsort und Geburtsdatum. Ihre Antworten gleicht er mit den Papieren ab, nimmt sie aber ansonsten hin, ohne weiter auf sie einzugehen. Sie sieht ihm an, wie er an einem Bild von ihr werkelt, Baustein für Baustein, Frisur, Akzent, Mimik, Gestik. Aha, Rumänien. Aha, Lidschatten. Aha, enge Jeans.

»Was für eine Tätigkeit üben sie hier aus?«

»Ich arbeite für eine Consulting-Firma. Schwerpunkt Personaldienstleistung.«

»Welcher Bereich?«

»Wir vermitteln Leiharbeiterinnen und Leiharbeiter in verschiedene Tätigkeitsfelder.«

»Sie sind also nicht selbst Dienstleisterin? Auf die eine oder andere Weise?«

»Was meinen Sie damit?«

»Ich meine gar nichts.«

»Meine Dienstleistung«, sagt Cristina gefasst, »besteht darin, die Fähigkeiten anderer zu vermitteln.«

Er runzelt die Stirn und nickt. »Dürfen wir den Inhalt Ihrer Handtasche sehen? Kommen Sie mal bitte mit hier rüber.« Er winkt sie zu einer Bank.

Sie seufzt und folgt ihm.

Er breitet Schminkzeug, Geldbeutel und Einkaufszettel aus. »Ihr Telefon?«, fragt er und nimmt das Gerät in die Hand.

Sie nickt.

Der Uniformierte legt das Handy beiseite, faltet die Einkaufszettel auf und wieder zusammen, zieht den Knick mit den Fingernägeln scharf nach.

Wie hoch ist die Wahrscheinlichkeit, dass sie Cristina gezielt aufgehalten haben? In der Nähe des Hauptbahnhofs, außerhalb der Pendlerzeiten. Gering. Wenn sie etwas von ihr wollten, hätten sie sie direkt zum Verhör geladen. Der Gedanke, dass sie sie erwartet haben, ist abwegig.

Er gibt ihr den Pass zurück. »Schönen Tag noch.«

Cristina setzt sich auf die Bank, schlägt ihre Kapuze zurück und lässt das Licht auf sich einströmen. Das Telefon vibriert, Adrians Name erscheint auf dem Display, sie ignoriert es. Die Sonne brennt auf den Rasen und schiebt die großen Schatten der Häuser stetig und unbeirrt über die grünen Rechtecke. Sie streifen über das Gras, kühle Ahnungen fressen sich durch die Halme, über die Wege, bis an ihre Füße heran.

Sie steht auf, geht zum Kiosk gegenüber, kauft Zigaretten, redet mit der Inhaberin. Ja, Rauchen sei ungesund, aber ein paar Laster brauche der Mensch schließlich. Kalt sei es geworden, stimmt, sodass man gar nicht mehr hinauswolle, aber sie habe im Kiosk ja den kleinen Elektroofen, da sei es sogar wärmer als zu Hause.

»Kompliment, Sie können wirklich gut Deutsch«, bemerkt die Frau, als Cristina sich verabschiedet.

Aber es ist kein Kompliment. Es bedeutet, dass die leichte Färbung ihres Tonfalls auch nach all den Jahren noch zu hören ist. Die letzte kleine Unüberbrückbarkeit, eine winzige Härte an den Konsonanten, ein leichtes kehliges Fauchen beim »Ch«. Das fauchende »Ich«.

Ich lebe hier schon lange, will sie sagen. Doch Cristina unterdrückt den Impuls. Es ist besser, unterschätzt zu werden.

*

In ihrer Wohnung ist es still. Cristina faltet Wäsche zusammen und stapelt sie in ihrem Schrank. Nicht einmal die Hälfte der Fächer ist gefüllt.

Wie lange sie schon in Deutschland ist. Fünf Jahre Studium in Hamburg. Dann für ein Jahr zurück nach Arad. Und nun sind schon fast zwei Jahre vergangen, seit sie Loredanas Spur hierher nach München gefolgt ist. Ihre Schwester, denkt sie und wiegt das Wort, es umhüllt nur Erinnerungen. Schwester. Soră.

Cristina lässt sich auf das Bett fallen, entsperrt ihr Telefon, öffnet eine leere Nachricht. Sie schreibt ihr wieder, obwohl sie weiß, dass Loredana nicht antwortet. Sie braucht die Adressatin, um sich ausdrücken zu können. Adressatin, Betreff, Absenderin. Und all das hat sie, ohne die Gefahr, sich einer Antwort auszusetzen, die sie nicht lesen will. Dass sie schreibt, ist wichtiger als der Inhalt, also reiht sie wahllos Erinnerungen aneinander. Die ganzen Telenovelas, die sie mit Loredana gesehen hat: wie Rosalinda ihr Gedächtnis verliert, wie sich Milagros und Ivo in »Muñeca Brava« zu Latin Pop küssen. Der Liebeskummer, den sie zusammen überwunden haben, die langen Ferien im Sommer, die Partys am Fluss.

Cristina verbindet ihr Handy mit dem Lautsprecher und stellt Musik an, Nicolae Guță singt. Der König des Manele. Was hat sie sich früher mit Loredana gestritten, wenn sie dieses kitschige Album ununterbrochen abgespielt hat. Immer wieder die gleichen Rhythmen und Texte. Aber jetzt ist es gut. Verlangen in Schleifen. Herzschmerz auf Repeat.

Ihre Gedanken laufen ins Leere. Sie fragt sich, wie sie die Nachricht beenden möchte, was für ein Gefühl am Ende stehen soll. Wehmut vielleicht. Oder Reife. Sie schreibt keine Grüße und stellt keine Fragen. Sie sendet die Nachricht, obwohl sie weiß, dass die Nummer längst abgemeldet ist.

Cristina steht auf und öffnet die Schreibtischschublade. Sie greift ganz nach hinten, wo die Schnur an der Schiene befestigt ist, zieht sie mit spitzen Fingern zu sich und fühlt die Erleichterung, als sie das Ende des Fadens spürt. Sie angelt nach dem Beutel, der daran hängt, nimmt ihren Pass aus der Innentasche ihrer Jacke, streicht über die raue Oberfläche. Das konnte der Polizist nicht verstehen: Dieses kleine Büchlein ist das Wertvollste, was sie besitzt. Ihr Geheimnis. Niemand weiß, dass sie einen zweiten Pass hat. Sie steckt ihn in den Beutel, fährt mit dem Nagel die Linie des Druckverschlusses entlang und hängt den Beutel wieder hinter die Schublade.

Mit ihrem Zeichenblock in der Hand geht Cristina auf den Balkon. Die Häuser stehen auf verschiedenen Ebenen. Treppen mit scharf geschnittenen Geländern verbinden sie. Zwischen den weißen Bodenkacheln der Plätze wächst vereinzelt Gras. Der Himmel zieht vorbei, nicht in ausgeformten Wolken, sondern in Schichten, die das Licht träge ändern. Vom Balkon aus wirken die Gebäude wie trübsinnige Geschwister, für ein Familienfoto aufgereiht.

Cristina zieht ihre Umrisse in ein paar fahrigen Linien nach. Zuerst widmet sie sich den groben Teilen und ihren Verhältnissen zueinander, in feinen Linien, kaum Druck auf dem Papier. Dann setzt sie die Konturen entschieden und schwungvoll mit dem Bleistift, bekräftigt die Bahnen mit einem feinen Filzstift. Am Ende nimmt sie den Radierer und löscht alle Vorüberlegungen, das Konstrukt, wieder aus. Nicht das vollendete Bild ist ihr wichtig, es beruhigt sie, Formen zu definieren und Material zu verbrauchen. Der Abrieb des Radiergummis. Minenstaub. Zarte Flocken Holz. Wie die Klingen beim Spitzen der Stifte ins Holz fahren und sich in den Widerstand drehen. Wie leicht die Filzstifte sind, wenn die Tinte daraus auf's Papier geflossen ist.

Sie denkt daran, wie sich Loredana in der letzten Nacht, bevor sie gegangen ist, an sie gelehnt hat. Wortlos. Wie sie ihren Kopf auf Cristinas Schulter gelegt hat. Das Ohr ihrer Schwester am Ansatz ihres Schlüsselbeins. Wie es ein ganz kleines bisschen zu heiß war, eine ganz leichte feuchte Schicht unter ihrer Wange. Wie Loredana Cristinas Hand genommen und auf ihren Bauch gelegt hat und sich Cristinas Hand mit Loredanas Atem bewegt hat. Vielleicht wollte Loredana nichts anderes. Eine Berührung. Vielleicht war es ihr Abschied. Aber was, wenn nicht? Wenn eine Frage gereicht hätte, um sie mit ihr darüber sprechen zu lassen, was sie vorhatte. Cristina hatte gespürt, dass ihre Schwester sie brauchte.

Hätte sie einen Unterschied machen können?

Sie löscht das Licht und scrollt durch die Bilder auf ihrem Handy, um den Moment hinauszuzögern, wenn sie in den Schlaf driftet und alles von ihr abfällt. Wenn ihre Schutzwälle brechen und die kühlen, bitteren Fragen sie erreichen. Was, wenn sie Loredana nicht findet? Was, wenn sie alleine bleibt? Eine Stimme von weit her. Der Teppich im Wohnzimmer ihrer Großeltern. Ein schwerer Lampenständer aus Messing. Ein Flur, der aussieht, als würde er sich verengen.

3

Zu wenig Schlaf und schon zu viel Hektik um Valerie herum. Alle haben einen Vorsprung, funktionieren, steigen in Busse, stellen sich in Schlangen an, telefonieren. Valerie ringt noch um Zugriff auf den Tag. Sie sieht die Spiegelung der Passanten an der Haltestelle im Schaufenster gegenüber, und es dauert lange, bis sie sich selbst in der Menge erkennt: blass, unscheinbar, übernächtigt.

»Na? Auch schon da?«, fragt Magnus in einem scherzhaften Ton, in dem leichte Schadenfreude anklingt.

Egal. Valerie startet ihren Rechner und geht in die Küche.

»Bitte Kaffeesatz leeren«, erscheint in weißen LED-Buchstaben im Display. Sie enthakt die Schublade und nimmt den Behälter heraus, wiegt ihn prüfend. Der Druck hat aus dem Kaffee einzelne, restfeuchte Briketts gebildet, sie liegen ungleichmäßig in der Schale wie der Kot eines scheuen Tieres. Sie kippt den Inhalt in den Mülleimer.

Valerie setzt sich Magnus gegenüber, der mit beiden Zeigefingern angestrengt Sätze zusammenzimmert. Nach ein paar Worten hebt er den Kopf wie ein Schwimmanfänger, der Luft holt. Mit zusammengekniffenen Augen mustert er den Bildschirm und taucht, sobald er festgestellt hat, dass er nichts verbessern muss, wieder in seinen bürokratischen Satzbau ab. Schreiben als Kraftakt. Es ist ihr ein Rätsel, wie jemand, der den ganzen Tag vor dem Rechner verbringt, nur so mühselig tippen kann.

Der Dienststellenleiter kommt in den Raum, und ein paar Sekunden später ist sein schweres Rasierwasser wahrnehmbar, die

Duftwolke folgt ihm als gehorsamer Ballon ohne Außenhaut. Er räuspert sich. »Okay, Männer«, sagt er jetzt gefasst und bestimmt, »wir haben …«, sein Blick fällt kurz auf Valerie, und er gerät ins Stocken, spricht aber weiter, ohne sich zu korrigieren: »Wir haben eine Spontanaktion. Kollegen von der Spurensicherung sind schon vor Ort. Abmarsch in einer halben Stunde. Adresse hab ich eben rausgeschickt.«

Eine Spontanaktion. Das passiert nur bei Kapitaldelikten. Ein Kribbeln durchströmt Valerie.

*

»Da wurde ja das ganz große Besteck rausgeholt«, stellt Valerie fest, als sie das wuchtige Gefährt vor der Villa stehen sieht.

Es ist einer von zwei Tatortbussen, die mit allem ausgerüstet sind, was man brauchen könnte, vom Stromgenerator über Flutlicht bis hin zum Zelt. Sie wundert sich, was der hier macht. Normalerweise werden die nur bei Fällen von großem Ausmaß verwendet. Kollegen in weißen Schutzanzügen gehen bedächtig durch die Gartenlandschaft wie nachdenkliche Stormtroopers. Es wirkt wie eine Kunstinstallation.

»Sieht nach stumpfer Gewalt aus«, erläutert die Kommissarin, »eher aus Affekt als geplant. Na ja. Man wird sehen.« Sie wendet sich zwei Mitarbeitern der Spurensicherung zu.

»Vielleicht ein Beziehungsstreit?«, fragt Magnus.

Valerie schüttelt den Kopf. »Die Anzüge brauchen wir nur, wenn sie hoffen, DNA einer beteiligten Person zu finden. Und bei einer Beziehungstat hilft DNA wohl kaum weiter. Es ist ja alles voll mit den Spuren der Menschen, die hier leben.« Sie reißt die Packung auf und fädelt ihr Bein in das Plastik.

»Die lassen sich es ja gut gehen«, zischt Magnus durch die Maske hindurch, als sie die Lobby betreten.

Was für ein komischer Satz. Was für ein schräger Typ er manchmal ist.

Valerie schüttelt den Kopf.

Aber klar: Wer so einen weitläufigen Raum nur als Eingangsbereich verwendet und mit Marmor ausgekleidet, der hat keine Probleme, seine Miete aufzubringen. Wenn er überhaupt mietet.

Der Tote liegt im Wohnzimmer. Mehr als eine ausgestreckte Hand vom Flur aus hat Valerie von ihm bisher noch nicht gesehen. Weder seine Frau noch Kinder oder irgendwelche Angestellten sind da. So liegt er seltsam bezugslos auf den harten Fliesen, nicht als Ehemann, Vater oder Chef, was er nach ersten Kurzinformationen zweifellos ist, sondern als Teil einer zu deutenden Konstellation, als Cluster von Spuren.

Ein Kollege von der Spurensicherung hat das Handy des Opfers schon eingetütet. »Mobilfunk-Endgerät« wird es in der Auflistung genannt werden. Mit jedem Schritt knistert Valeries Anzug, gleiten ihre in Plastik gehüllten Schuhe auf dem Marmor entlang. Worte dringen leicht gedämpft durch die Folienkapuze an ihre Ohren. Sie stellt den Router sicher, schraubt die Festplatten aus zwei Arbeitsrechnern im Büro, entkabelt die Telefone. Valerie bewegt sich weiter durch das Haus, keine Kameras, aber jede Menge Smarthome-Installationen. Steuerung für Lampen und das Garagentor. Ein Staubsauger-Roboter. Beleuchtung für die Einfahrt. Im Badezimmer per App einstellbare Lichter. Sogar die Wassertemperatur ist steuerbar. In der Ecke steht ein Smart Speaker. Könnte vielversprechend sein. Valerie sichert ihn.

Das Badezimmer ist größer als ihr eigenes Zimmer zu Hause. Eine große verglaste Dusche neben der Badewanne. Ein Bild, wie jemand darunter zusammengekauert weint, blitzt in ihr auf. Riesige Spiegel lassen das Bad noch weitläufiger erscheinen. Auf beiden Seiten sieht sie sich, eine in weißem Plastik aufgeplusterte Gestalt, die sich bis in die Unendlichkeit wiederholt.

*

Zurück im Büro teilen sie die Asservate auf. Magnus hat sich der Festplatten angenommen, Valerie dem Auslesen des Handys. Manche frustriert das, Valerie liebt es. Diese Beharrlichkeit. Die Ruhe. Die Systematik. Wenn sie Glück hat, wird sich alles aufblättern und erschließen.

»Ein Fall für die Hexe?«, fragt Magnus vergnügt.

Sein Spitzname für Valerie amüsiert ihn. Im Hex-Editor kann sie Dinge, die selbst sein Verständnis übersteigen. Da, wo es an das Grundgerüst der Daten geht, an die blank offenliegenden Bytes. Leider ist das ist nur selten nötig.

»Später vielleicht«, sagt Valerie.

Um Valerie und Magnus herum ist es ruhig. Sie reden nicht, sind vertieft in ihre Aufgaben. Es gelingt Valerie, das Handy zu öffnen und eine Kopie der Daten auf dem Gerät zu erstellen. Aha. Sie rückt ihren Stuhl näher an den Bildschirm. Komm schon. Lass sehen, wer du bist.

Er hat die üblichen Apps installiert, Facebook-Messenger, WhatsApp, Tinder und eine weitere Dating-App, Dienste, deren Betreiber normalerweise keine Infos herausgeben. Und ein triftiger Grund wie Suizidgefahr oder Terrorverdacht steht ja nicht im Raum. Aber zum Auslesen der gängigsten Plattformen kann Valerie auf kommerzielle Programme zurückgreifen.

Sie findet abgehackte Kurzsätze in einem Chat-Verlauf mit einer »Cristina«: »Und du so?« – »Vermiss dich.« – »War schön gestern.« – »Wann sehen wir uns?« Ein Rhythmus aus Herzen und Kuss-Smileys. Weit aufgerissene Augen, schieres Erstaunen, gerötete Scham, »Was treibst du so?«, zwinker, zwinker, »Das schaffst du«, ein gespannter Bizeps, Daumen hoch, »Sorry, dass ich mich jetzt erst melde«, Affengesicht hinter Händen verborgen. Ein fünfzigjähriger Mann schreibt wie ein Teenager. Wieder so eine Comic-Sans-Romanze.

Kurz hat sie Mitleid mit dem vielleicht frisch Verliebten. So schnell geht Schwung verloren und verpufft ins Nichts. Ausgeschaltet. Jetzt liegt er auf irgendeinem Obduktionstisch, und bald werden seine Organe inklusive des Gehirns in einem Plastiksack im Brustkorb verstaut. Am Ende bleibt ein zugenähter Körper.

»Wie heißt denn die Frau von Wagenbach?«, wendet sie sich an Magnus.

»Von wem?«, fragt er abgelenkt. »Ach so, Magdalena heißt die.«

Leuchtet ein. Wenn er nicht gerade ständig auf Geschäftsreise ist, warum sollten sich beide sonst so fortwährend vermissen? Das Gespräch verläuft tagsüber, nur vereinzelt Texte in der Nacht, die ausnahmslos von ihr kommen. Er wird wohl kaum seiner Frau geschrieben haben.

Valerie öffnet die Medien. Bilder der Frau, grelle Farben, wallende Locken, große Augen, maskenhaft. In Pose geworfenes Verlangen, das Valerie nicht überzeugt.

Sie gibt die Daten an die ermittelnden Kommissare weiter. Feierabend. Morgen mehr.

*

Zu Hause riecht es nach angebratenem Knoblauch. Thomas steht in der Küche und hat auf zwei Brettern alles Mögliche fein gehackt. Zwiebeln, gelbe Paprika, Kirschtomaten, Zucchini und Pilze liegen in ordentlich voneinander abgetrennten Häufchen nebeneinander.

»Kann ich was helfen?«

»Ich komme klar, danke.«

Sie schenkt sich ein Glas Wein ein und setzt sich an den Küchentisch.

»Was macht die Arbeit?«, fragt er beiläufig.

Sie seufzt und nimmt einen Schluck. »Wir waren nach langer Zeit mal wieder an einem Tatort. Reicher Typ. Erschlagen. Hatte wohl eine Affäre. Vielleicht war es Eifersucht.«

Sie erzählt von dem riesigen Haus, von der installierten Technik, erwähnt die Marmorböden und wird dabei immer unzufriedener mit ihrer Erzählung. Obwohl sie versucht, alle Details zu schildern, kann sie einen wichtigen Kern nicht fassen, ein fundamentales Gefühl von Kälte und Einsamkeit in diesem Haus, einen Mangel an Zugehörigkeit, eine durchdringende Verlorenheit. Sobald sie versucht, das zu beschreiben, hört es sich banal an oder, noch schlimmer, als wäre es ihre Projektion, als wäre sie einer dieser Menschen, die alles immer mit einem tieferen Sinn beladen müssen.

Sie essen vor dem Fernseher, schauen einen Film, den sie ausgesucht hat. Mit dem Essen auf dem Schoß, auf der Couch, eine Variation von lang zurückliegenden Kindheitsmomenten.

Es ist ein komplizierter schwedischer Thriller über die Entführung eines Jungen, und Valerie muss ein paarmal nachfragen, warum etwas passiert. Thomas hält den Film an und erklärt ihr in seinem vertraut lakonischen Ton die Zusammenhänge. Er hat ein echtes Talent dafür, nicht nur der Geschichte zu folgen, sondern auch nicht chronologisch Erzähltes zu entwirren, für das Gesamtbild vernachlässigbare Einzelheiten wegzulassen und Handlungsstränge kompakt wiederzugeben.

Thomas wirkt entspannt und ruhig, aber dann erscheint die Mutter des entführten Kindes im Bild und geht mit einer Waffe auf das Gerichtsgebäude zu. Der Film blendet aus, und Thomas wird nervös. Er mag keine offenen Enden.

Valerie gähnt, steht vom Sofa auf, hebt die Hand und geht in ihr Zimmer.

Eine Weile ist alles still. Dann hört sie Thomas auf und ab gehen, in der Küche rumoren. Sie steht auf und findet ihn auf dem Balkon.

»Kannste nicht schlafen?«, fragt er sie.

»Und selber?«

Er zuckt mit den Schultern und zieht an der Zigarette. Ihr Blick fällt auf seine Umrisse auf dem Boden vor der Balkontür, und sie ist für einen kurzen Augenblick irritiert, dass die Glut des Schattenmannes nicht aufglimmt.

»Hast du es mit einem Hörbuch probiert?« Der Boden unter ihren Fußsohlen ist kalt.

»Hörbuch, Buch, Musik … Ich bin irgendwie unruhig. Ich weiß auch nicht.«

Sie denkt nach. »Gibt es nichts, auf das du Lust hast?«

Er betrachtet seine Zigarette und dreht die Asche bedächtig in den Aschenbecher. Wie zu sich selbst sagt er: »Waffeln. Ich hab schon lange keine Waffel mehr gegessen. Wir müssen bald mal welche machen.«

»Wir backen jetzt welche«, beschließt sie und geht in die Küche.

Er folgt ihr verschämt. Während sie die Zutaten vermischt, spekuliert sie darüber, was nach dem Ende des Films passiert ist. Die Mutter habe sich am Entführer ihres Kindes gerächt.

Die Attacke sei doch gar nicht gezeigt worden, wendet Thomas ein.

»Es wurde aber angedeutet«, erwidert Valerie.

»Aber dann wird die Mutter doch angeklagt.«

»Natürlich.«

»Und das Kind?«

»Das Kind kommt in ein Jugendheim.«

»Und der Entführer?«

»Der überlebt den Angriff und wird zu einer hohen Gefängnisstrafe verurteilt.«

»Sicher?«

»Ganz sicher.«

Das scheint ihn zu beruhigen. Valerie ahnt, dass er damit hadert, sich nicht alleine in Balance bringen zu können. Er nimmt ein paar Bissen von der Waffel, bedankt sich kaum hörbar und schleicht wieder in sein Zimmer. Ruhe.

Valerie legt sich ins Bett. Neben ihr auf dem Kopfkissen blinkt ihr Handy. Eine Nachricht von ihrer Freundin Anna, ob sie bald mal wieder etwas unternehmen. Ein zweiter Text: »Ich denk gerade an dich. Du hast dich gut angefühlt. Nils«

Sie wird ihm nicht antworten.

Ihr Blick fällt auf das Cello, das in seinem Kasten in der Ecke steht. Mit seiner bauchigen, untersetzten Form und dem klobigen Kopf sieht es aus wie ein gedrungener Mann. Ein stummer Zeuge. Daneben im Schrank ruht ihre Dienstwaffe im Tresor.

Sie denkt daran, wie sie den Schulchor begleitet hat. Chor mit Streichquartett. Wie war das noch? Lieder von Brahms. Ihr Cello mit tief schnurrenden Tönen, die Sängerinnen mit dramatischen Worten, der Geiger immer knapp neben ihrer Tonlage. Sie versucht, sich an Melodien zu erinnern, schafft es nicht, hangelt sich an Fetzen von Texten entlang. Leimleisten-Arglist? Arglust? Nein. Leimruten-Arglist. Genau. Und: »Wer da nicht zu seufzen weiß.« – »Unbewegte laue Luft.« Und: »Ein dunkeler Schacht ist Liebe.« Das Bild eines Pärchens vor dem Louvre blitzt auf und verlässt sie. Eine staubige Straße in Spanien. Sie lenkt ihre Gedanken zurück zu den Liedern. Was war da noch? »Es träumte mir, ich sei dir teuer. Doch zu erwachen bedurft ich kaum. Denn schon im Traume bereits empfand ich, es sei ein Traum.«

*

Als es hell wird, liegt Valerie mit dem Gesicht zum Fenster und wacht in kurzen Abständen auf. Jedes Mal, wenn sie die Augen öffnet, hat das Licht wieder eine andere Nuance angenommen. Sie hört, wie die Wohnungstür sich öffnet, zuschlägt und Thomas den Gang hinuntergeht. Einen Moment lang sitzt sie auf dem Bettrand, die Hände auf die Knie gestützt. Sie öffnet das Fenster, ein erregt flimmernder Schein über den Häuserblocks ihres Viertels.

Wie die Menschen in ihren Betten liegen. Zwei in den benachbarten Wohnungen. Einer gegenüber. Einer über ihr. Einer unter ihr. Sechzehn in ihrem Gang. Dreihundertzwanzig in den zwanzig Stockwerken des Flügels. Mit den anderen Flügeln zusammen sind es eintausendzweihundertachtzig. Eintausendzweihundertachtzig Menschen, die sich noch mal umdrehen, räkeln, Kaffee in Filter füllen, Pausenbrote für ihre Kinder schmieren. Wände links, rechts, oben, unten.

Valerie hat nichts mit ihnen zu tun.

4

Adrian räkelt sich. Menschen in Wohnungen hinter Balkonen. Einer davon ist er. Einfach und simpel. Nicht mehr als eine Skizze: Der Tag nimmt Form an. Sonnenlicht fällt durch sein staubiges Fenster wie durch Pergamentpapier, ein sorgloser Moment, bis ihn ein drückendes Gefühl beschleicht: Wagenbach.

Adrian steht auf, gießt Milch auf Cornflakes, nimmt einen Zug von der Zigarette, isst einen Löffel. Ein säuerlicher Geschmack legt sich auf seine Zunge. Er drückt die Zigarette aus. Sein Handy vibriert, Jasmin will wissen, wann er Paul am Wochenende abholen kann. Er überfliegt den Text, schließt ihn und ruft die letzte SMS von Wagenbach auf. »Wir müssen reden.«

Aber was zum Henker wollte er mit ihm besprechen? Sicher irgendwas mit Cristina. Wagenbach, dieser Trottel. Musste er sich mit ihr einlassen? Aber vielleicht ist auch gar nichts gelaufen. Er wollte das, so viel steht fest, so oft, wie er ohne Grund in der Fabrik aufgetaucht ist, wenn Cristina da war. Und jetzt ist er tot. Aber wer war das? Sie selbst? Jemand, der eifersüchtig war? Victor? Niemals. Oder was Geschäftliches? Kober und Wagenbach waren gleichberechtigt, wer weiß, was die für ein Verhältnis hatten. Aber daran glaubt Adrian nicht, es lief doch alles reibungslos. Wagenbach hat es einfach nicht verstanden: Ein System, das funktioniert, muss man in der Balance halten. Da kann man nicht an einer Sache drehen und denken, es wirkt sich nicht auf alles andere aus. Da kann man nicht immer mehr wollen, mehr Geschäftsbereiche, mehr Frauen, das wird alles instabil.

Jetzt wackelt das ganze Konstrukt. Es ist nur eine Frage der Zeit, bis die Bullen auch bei ihm auftauchen. Was für eine Scheiße.

Nun, da Wagenbach tot ist, hat Kober ihn zu sich bestellt. Normalerweise wollen Leute wie er gar keine Einzelheiten dazu wissen, wie Adrian arbeitet. Solange alles gut läuft. Aber Kober muss klar sein, warum seine Kosten so niedrig sind. Warum er und seine Geschäftsfreunde in den Bonzen-Karossen in der Gegend herumfahren, in Autos, deren Motor man gar nicht hört, die über den Asphalt gleiten, einen vollkommen abkapseln von allem, was rütteln oder ablenken, schlecht riechen, klappern, dröhnen oder sonst wie stören könnte.

Adrian fährt mit dem Fahrstuhl in die Tiefgarage, angenehm kühl ist es hier, er drückt auf den Schlüssel, und der Land Rover blinkt auf, Karosserie gewordene Zuverlässigkeit. Er gibt Kobers Privatadresse ins Navigationssystem ein, eine Straße in Harlaching.

Warum lädt ihn Kober nicht ins Büro ein? Es kann nur bedeuten, dass er sich für seinen Umgang mit ihm schämt, dass Adrian sich nicht am Empfang melden soll, dass niemand aus Kobers Arbeitsumfeld sie zusammen sehen soll. Dieses feige Arschloch.

Adrian bewegt den Wagen durch die Straßen, SUVs und gehobene Mittelklasseautos, sporadisch stehen Sportwagen am Straßenrand, rein vom Modell her passt seiner dazu. Das Navi informiert ihn, dass er sein Ziel erreicht hat, und er fährt an den Rand der viel zu breiten Straße. Er drückt den Messingknopf neben Kobers Namen, hört kein Klingeln.

Kober versteckt seinen Reichtum nicht verschämt, stellt ihn aber auch nicht zur Schau wie Wagenbach, der Hund. Hier ist es eher ein gut gefütterter Wohlstand, dicke Mauern, kleine Fenster, zumindest zur Straße hin. Hinter den Hecken, in Richtung Terrasse, sieht es anders aus. Eine Frau auf einer Liege im Nachbargarten. Die Sonne so tief, dass der Schatten der Hecke sie bald erreicht. Eine warme, milde Zurückgezogenheit. Ein solides Haus, bescheiden, es hebt sich nicht von den anderen ab, obwohl deren Bewohner wahrscheinlich ähnlich reich sind. Wie eine Absprache, bloß nicht durch Extravaganz hervorzustechen. Das soll ein seriöser Reichtum sein, einer der erarbeitet aussieht. Als wäre das Geld nicht schon seit Ewigkeiten in der Familie. Zumindest vermutet Adrian das, es ist ja immer so. Von der Vorgeneration in der Nachkriegszeit erarbeitet, oder auch weiter zurückreichend, Prunk wäre da geschmacklos. Bestimmt gibt es innen eine große Sauna, einen Pool oder so was.

Über allem liegt eine unfassbare Langeweile. Geräusche von einem Federballspiel hinter einer Hecke. Flupp. Flupp. Pausen, wenn der Ball geräuschlos aufkommt. Wer da spielt, sieht Adrian nicht.

Er klingelt erneut.

»Sorry!«, ruft Kober von der Tür.

Der Summer ertönt, und Adrian drückt das Tor auf, drückt sich in den Garten, drückt Kobers Hand, der sagt: »Wunderbar, dass wir uns endlich persönlich kennenlernen, ganz wunderbar ist das.« Um seine Schultern ist ein kleines Handtuch gelegt, dabei ist er weder verschwitzt, noch hat er nasse Haare.

»Wunderbar«, wiederholt Adrian langsam und folgt Kobers Geste in den kühlen Hausflur.

»Einfach durch ins Wohnzimmer.«

Adrian setzt sich an den Esstisch vor der offenen Küche, vor den halb geschlossenen Jalousien. Frisch geschnittene Blumen stehen in eine zu schmale Vase gepresst.

Kober gießt ihm ein Glas Wasser aus einer Karaffe ein.

»Also, was ich hauptsächlich besprechen will, ist, wie die veränderte Situation möglicherweise Abläufe beeinträchtigt, unsererseits – oder vielleicht auch bei Ihnen.«

»Die Situation«, wiederholt Adrian.

»Ja, Sie wissen schon«, sagt Kober und weicht Adrians Blick aus. »Wagenbach und das alles, diese ganze unglückselige Geschichte, das hat uns natürlich schockiert, und wir sind auch besorgt. Auch wegen unserer eigenen Sicherheit, versteht sich.«

Adrian nimmt einen Schluck. Das Glas ist schwer und kalt. »Ich habe nichts damit zu tun.«

»Natürlich«, sagt Kober hastig und tupft sich mit dem Handtuch ins Gesicht. »Damit wollte ich keinesfalls implizieren ...«

»Wir sind bestens aufgestellt, da müssen Sie sich keinerlei Sorgen machen.« Adrians Hand liegt noch an dem Glas.

Kober nickt, seine Miene zeigt pures Verständnis.

»Es ist aber schon so«, Adrian betont seine Worte ruhig und bedacht, »dass es uns lieber wäre, wenn die Ermittlungen unsere geschäftlichen Vorgänge so wenig stören würden wie möglich. Je nach Sichtweise bewegen wir uns arbeitsrechtlich in der ein oder anderen Grauzone, und es wäre uns recht, wenn darüber erst gar keine Diskussion aufkommt.«

»Ja«, lacht Kober nervös, »das sehe ich auch so. Aber wir prüfen unsere Dokumentation regelmäßig, das ist eigentlich alles wasserdicht.«

Er weiß Bescheid, denkt Adrian, er weiß alles, was Wagenbach auch wusste, auch wenn er es nicht ausspricht. Das beruhigt ihn. Er schaut sich um.

»Schönes Haus«, stellt er fest.

Kober winkt ab. »Das haben wir schon gekauft, als die Gegend noch nicht so teuer war.« Er blinzelt an Adrian vorbei, durch die Jalousien in den Garten. »Und Sie sind aus Holland, oder wo genau kommen Sie her? Ich frage nur, weil man es Ihnen gar nicht anhört. De Jong ist der Nachname, nicht wahr?«

»Ja. Der Name kommt vom zweiten Mann meiner Mutter«, spult Adrian die geübten Sätze ab. »Eigentlich Schuller. Ich bin in Rumänien geboren, aber zu Hause wurde auch Deutsch gesprochen. Väterlicherseits. Als Kleinkind nach Deutschland gekommen, dann in Holland aufgewachsen, dann wieder hierhergekommen.«

»Spannend«, sagt Kober und schweigt, es will ihm wohl trotzdem keine Anschlussfrage einfallen.

Nach ein paar Augenblicken streckt sich Adrian. »Also dann, ich muss dann auch mal wieder.«

»Ja, ich hab auch noch zu tun. Hat mich wirklich gefreut.«

Adrian verlässt das Haus und spürt Kobers Blick im Rücken.

Er weiß, dass er das nie erreichen wird. Die Autos, das Geld, die Grundstücke vielleicht schon. Aber nicht diese selbstverständliche Sicherheit, die mit Kobers schweren Schlüsseln kommt, mit der Ledergarnitur, mit den dicken Wänden, durch die nichts an ihn dringt.

Jemand, der sich so verkriecht, will nichts wissen. Kober will sich einfach als erfolgreicher Geschäftsmann fühlen. So wenig Kontakt wie möglich. Insgeheim fühlt er sich überlegen. Aber wenn es an der Tür klingelt, flattern die Nerven. Schaut dir nicht in die Augen. Wie oft man solchen Leuten schreiben muss, bis sie einen überhaupt treffen. Wenn es nicht gerade sie sind, die was von einem wollen. Genau wie bei Wagenbach. Dieses ständige Ausweichen. Passt gerade nicht. Geschäftstermine auswärts. Schwieriges Projekt. Als ob die Bilanzen ohne Adrian so schick aussähen. Und dann hält Kober es kaum aus, in einem Raum mit ihm zu sein. Angst und Verachtung zugleich. Jämmerlich.

5

Im Büro drängt Magnus, noch bevor Valerie ihre Jacke ablegen kann, darauf, ihr zu erzählen, wie er neue Daten erschlossen hat. Wie immer kommt er nicht gleich zum Punkt, sondern schildert jeden Schritt ausschweifend. So langsam entwickelt er ausgewachsene Allüren.

Sein Programm habe das Passwort schnell geknackt. Routine. Alle geschäftlichen Dateien seien verschlüsselt gewesen, daher habe er erst mal die privaten Ordner gesichtet. Ein paar interessante Bilder einer Dame. »Hat nicht nach seiner Frau ausgesehen.«

»Die kenn ich auch schon«, sagt Valerie mit einem Blick über Magnus' Schulter.

Eine kleine Enttäuschung klingt in seinem Gesicht an, aber er fängt sich gleich wieder. Er habe dann geprüft, auf welchen Ordner am häufigsten zugegriffen worden sei. »Und da lag dann eine besonders oft geöffnete Textdatei. Stellt sich raus, dass der Kerl seinen Schlüssel in einer Notiz abgelegt hat. Gar nicht mal gut versteckt. Zwischen den Geburtstagen von Familienmitgliedern. Die Namen, die keinem aus dem näheren Umfeld zuzuordnen waren, haben den Code ergeben. Musste natürlich noch ein bisschen dran rumschrauben.«

»Nicht übel.« Das meint Valerie wirklich so.

Magnus lehnt sich zurück. »Es gab auffällige Geldströme zu einem Personaldienstleister mit Firmensitzen in Deutschland, den Niederlanden und Rumänien«, doziert er. »Das Konto ist keinem Namen zugeordnet. Wer im Firmenregister steht, ist bei den holländischen Kollegen angefragt worden, noch ohne Ergebnis. Manche Posten in der Buchhaltung sind aber mit Anmerkungen versehen: AD.«

»AD?«, unterbricht Valerie ihn.

»Keine Ahnung. Vielleicht etwas wie Abteilungsdirektor.«

»Oder Administration. Anno Domini wird's ja nicht bedeuten.«

»Aus dem Zusammenhang ist es schwer zu erschließen. Manchmal ist ein Vermerk zur Besprechung ergänzt. Das weist eher auf eine Person hin. Vielleicht eine Abkürzung. Oder die Initialen. Jedenfalls sagen die Kollegen, alles, was mit den Kürzeln zu tun haben könnte, hat jetzt Prio. Das und die Frau natürlich.«

»Alles klar.«

Valerie holt sich einen Kaffee, dann taucht sie ab. Jetzt spielt nichts mehr eine Rolle, keine Dates, keine Termine, nicht ihr Bruder, keine gescheiterten Pläne, nichts, was sie grübeln lässt. Jetzt sind es nur noch sie, die beiden Bildschirme vor ihr, das Gerät und die Daten.

Erst stellt sie eine Anfrage zur Nummer der Frau. Eine Prepaid-Karte von vor 2017. Das wird nichts, da konnte noch jeder ohne Ausweis die Dinger aus dem Supermarkt mitnehmen.

Nach dem privaten Handy widmet sie sich den beiden dienstlichen Geräten Wagenbachs. Das erste ist mit einem sechsstelligen Code geschützt. Zu sicher. Sie startet eine Brute-Force-Attacke, die das Gerät mit allen möglichen Kombinationen beschießt, 123456, 000000, 111111, 222222, einfache Varianten zuerst, dann weitere nach Wahrscheinlichkeit gewichtet: mögliche Geburtsdaten, symmetrische Tastenmuster, dann immer tiefer in die Zufallskonstellationen hinein. Sie wischt sich die Hände an der Jeans ab. Das ist immer etwas riskant. Man kann Smartphones so konfigurieren, dass das Telefon alle

Daten überschreibt, wenn der Code mehrmals falsch eingegeben wird. Aber es sieht aus, als hätte sie zumindest in dieser Hinsicht Glück. Vielleicht ist es morgen geknackt. Vielleicht dauert es Monate.

Sie wendet sich dem zweiten Gerät zu, mit vierstelligem Zugang gesichert, da wird sie es leichter haben. Ein paar Versuche mit den meistverwendeten Kombinationen gibt sie sich. 1234. Nein. 1312 für ACAB – All cops are bastards. Auch falsch. 1860. Treffer.

Sie erstellt ein Image und beginnt, es am Computer zu durchsuchen. Bei der Provider-Auswahl stutzt sie. Anmeldung bei KPN, einem holländischen Netzbetreiber. Vom 23.8. bis 25.8.2018. Sieh an. Mehr Information steht nicht zur Verfügung. Aber die Spur ist vielversprechend.

Sie erzählt Magnus davon und überlegt: »Wir haben doch ein Navi aus dem Auto sichergestellt, oder?«

»Ja. Ich organisier das.«

»Ich schau mal, ob ich was in den Daten von Google Maps finde.«

Sie scrollt durch die jüngsten Suchanfragen und tatsächlich besuchten Orte: Den Haag. Amsterdam. Leiden. Rotterdam. Die zuletzt geladenen Kartenausschnitte helfen nicht weiter. Da war er schon wieder in Deutschland. Okay. Kleine Schritte.

Sie findet weitere Chats. Alltägliches mit der Ehefrau. Wer wann die Kinder abholt. Urlaubsplanung. Sie wendet sich dem WhatsApp-Speicher zu. Greift auf die SQLite-Datenbanken zu. Sammelt alle Nachrichten, die von Wagenbach ausgehen: »SELECT * FROM messages WHERE key_remote_jid LIKE „%49153212476%".«

Mehr Chats mit Cristina, aber auch ähnlicher Austausch mit etlichen weiteren Frauen, Beleidigungen, Schmeicheleien, Schwanzbilder, Bedrängungen. »Was machst du gerade?« – »Ich denk an dich!« – »Hältst dich für was Besseres?« – »War nicht so gemeint, tut mir leid.« – »Warum antwortest du nicht?« – »Ich mach mir Sorgen.« – »Geht's dir gut???« Alle ignoriert und ins Leere verlaufend.

Sie sichert die Kontaktdaten und leitet sie zur inhaltlichen Bewertung weiter.

Die Zeit fließt zäh. Kolonnen von Zahlen. Vergebliche Anfragen.

In der Mittagspause löffelt Valerie am Rechner kalte Pasta aus einer Plastikschüssel und hängt ihren Gedanken nach. Sie fänd es schön, wenn die Leute mehr SMS schreiben würden. Durch die ganzen Messenger-Dienste wird das immer seltener. Leider, denn die Nachrichten geben einiges her. Neben dem Inhalt auch Zeitstempel, Nummern des Senders und Empfängers, manchmal auch des Servicecenters. Damit kann sie eingrenzen, von wo die Texte geschickt wurden. Aber am hilfreichsten ist etwas, das die meisten Nutzer nicht wissen: Gelöschte SMS werden erst mal nur als gelöscht markiert, aber nicht überschrieben. Man kann sie oft wiederherstellen.

So, wie es Valerie jetzt mit Wagenbachs Gerät gelingt. Ihr Puls geht schneller. Wird doch, wird doch. Da kommen wir der Sache näher.

SMS an eine Nummer, die nicht als Kontakt gespeichert ist. Dringliche Fragen und einsilbige Antworten: »Treffen wir uns Dienstag?« – »Okay.« – »Hab das Geld überwiesen.« – »Danke.« – »Kannst du ein, zwei Gramm mitbringen?« – »Ja.« – »Ich hab ein Problem. Können wir reden?« – »Ja.«

Immer kurz angebunden, immer mit Punkt dahinter. Schroff und kalt. Dann, beim letzten Text: »Wann treffen wir uns? A.«

*

Valerie steht neben Magnus am Schießstand und versucht, sich zu konzentrieren, ist aber gedanklich noch mit den SMS beschäftigt. Ist »A« die gleiche Person wie »AD«? Alles andere wäre ein enormer Zufall. Sie haben neue Dienstpistolen bekommen und sollen sich mit achtzehn Schuss eingewöhnen. Ein Witz eigentlich. Aber was soll's. Valeries alte Waffe lag seit der Einweisung unberührt in ihrem Tresor, und es gibt keinen Grund, davon auszugehen, dass sich das ändern wird.

»Beide Daumen zeigen nach vorne«, instruiert sie der Anleiter, »der Arm ist gestreckt, aber nicht überstreckt.«

Sie nickt, setzt Plexiglasbrille und Ohrenschützer auf, fühlt sich abgeschottet.

Magnus fachsimpelt mit dem Kollegen über die Unterschiede der neuen Waffe zum früheren Modell.

Was, wenn sie jetzt kurz die Kontrolle verliert? Wenn sie den vorgesehenen Weg von Aktion zu Aktion zu Aktion nur für einen Moment verlässt, wenn sie den Arm herüberschwenkt, die Waffe auf Magnus richtet und abdrückt?

Sie drängt den Gedanken beiseite und schießt. Der Rückstoß fährt ihr in die Schulter.

*

Valerie liegt im Bett, ihre Muskeln schmerzen. Fast schläft sie, aber ein letzter reger Kern ihres Bewusstseins hält noch mit zerschnittenen Bildern am Wachsein fest. Eine Welle, in der junge Surfer zusammenbrechen, ein lebloser Körper, nur mithilfe der nächsten Woge nach oben befördert, seine Brust hebt sich, er atmet, ein vages Gefühl von Erleichterung. Es fühlt sich an, als wäre alles in einer leichten Bewegung, als zitterte das Fundament unmerklich. Diese Welt wird bald zusammenbrechen. Ein Teil nach dem anderen löst sich aus dem Verbund und fällt in sich zusammen, in Bewegung gesetzt bricht das nächste Teil und bröckelt. Wer ist A.?

Sie steht auf, schließt ihr Fenster, und die plötzliche Abwesenheit von Verkehrslärm, angelassenen Motoren, von Stimmengewirr, von Ampelsignalen und klappenden Türen drückt auf ihre Ohren. Eine Stille wie ein leeres Tonband, bereit zur Aufnahme.

6

Schon wieder pochen diese Schmerzen in Adrians Schläfen. Das kann doch nicht normal sein.

Er öffnet das Fenster. Unten im Hof steht ein Mann unter dem Wäschegerüst, starrt nach vorne wie einer unsichtbaren Aufgabe entgegen. Ein Mädchen schlägt sich mit einem Ball durch das Gebüsch, lacht, kickt ihn in seine Richtung.

Adrian wendet sich ab und ruft Hendrik an.

»Hey, Man. Wat is er aan de hand?« Obwohl Hendrik ja gar nicht ahnen kann, worüber er besorgt sein sollte, bringt sein entspannter Tonfall Adrian in Rage.

»Kom chatten«, sagt er schroff.

Er legt auf und zieht seinen Laptop zu sich heran, verbindet sich mit dem Tor-Netzwerk, öffnet den Chatraum, Hendrik tritt bei. »Hey«, schreibt er, und Adrian informiert ihn in kurzen Sätzen über die Lage, fügt hinzu, dass er ein neues Auto und Bargeld brauche.

Hendrik beschwichtigt ihn, alles kein Problem. Keine Sorge, er kümmere sich. Jetzt müsse er aber erst mal ein paar Dinge klären und melde sich gleich wieder.

Adrian schließt das Fenster und klappt den Laptop zu. Hoffentlich sind die Bücher in Ordnung. Aber warum sollten sie das nicht sein? Hendriks einziger Job ist, dass die Bücher stimmen. Trotzdem macht es Adrian nervös. Er lässt nicht nur Adrians Geld durch die Autos laufen. Da ist noch jede Menge anderes im Spiel: Drogen, Prostitution. Aber damit hat Adrian nichts zu tun.

Er geht vor die Haustür und zündet eine Zigarette an. Eine Gruppe Kinder läuft vorbei. Ein Junge mit schmalen Handgelenken zeigt einem Mädchen etwas auf seinem Handy. Ein anderer versucht, über ihre Schulter einen Blick darauf zu werfen: »Bleib mal stehen, Alter. Zeig mal, gib mal her.«

Die haben es gut, die haben eine saubere Lunge, die haben noch eine Chance, nicht alles an die Wand zu fahren.

Da kommt der Rückruf. Adrian macht sich gerade, sammelt seine Stimme.

»Ja«, sagt er. Es klingt fremd. Rau und scheppernd wie ein Garagentor, das sich schließt.

Er hört zu. Hendrik klingt nicht mehr so ruhig. Scheißbullen. Sind schon in Holland eingelaufen. Wie haben die so schnell geschaltet? Wie haben die die Provinzpolizei dazu gebracht, sich so bald zu bewegen? Sind reinmarschiert, als ob ihnen der Laden gehören würde. Zum Glück haben sie nicht viel mehr als einen Laptop sichergestellt. Die Bücher beschlagnahmt. Ein paar Handys. Das ist unangenehm, aber nicht wild.

Adrian antwortet einsilbig. Danke. Verstehe.

Er fragt sich, was sie wissen.

Ungeduldig legt er auf und öffnet das Adressbuch. Er muss mit Cristina reden.

*

Cristina steigt zu Adrian ins Auto, ihr Parfüm verbreitet sich. Ein kühler Duft, stechend und klar, kompromisslos und überlegen.

»Ce este?«, fragt sie.

»Red Deutsch mit mir. Was los ist? Sag du mir, was los ist.«

Sie seufzt gelangweilt und zündet sich eine Zigarette an. Er schnappt sie ihr aus der Hand und wirft sie aus dem Fenster. Sie zieht eine Augenbraue hoch, angelt unbeeindruckt nach einer neuen und schiebt sie sich zwischen die Lippen. Sie schaut ihn an, lässt ihr Feuerzeug aufschnappen und bewegt die Flamme wie in Zeitlupe zur Kippe, wie, um einem Begriffsstutzigen ganz langsam etwas so zu vermitteln, dass er es versteht. Die Glut glimmt auf.

»Was ist gelaufen mit Wagenbach?«

»Was soll da gelaufen sein?«

Das Gespräch beginnt nicht so, wie er es erhofft hatte. Ganz und gar nicht. »Was wolltest du von dem? Hast du ernsthaft gedacht, der interessiert sich für dich? Oder wolltest du den abziehen? Ich versteh's nicht. Was wolltest du von dem?« Seine Stimme entgleitet ihm und klingt höher als beabsichtigt.

Sie schaut ihn an und lächelt leicht. »Sieh an. Du bist ja nervös.«

»Wagenbach ist tot.«

»Er ist tot?«, bricht es aus ihr hervor. »Aber wie …«

»Hast du den weggemacht?«, unterbricht er sie.

Sie schnaubt. »Mach dich nicht lächerlich.«

»Der wollte sich mit mir treffen. Was wollte der?«

»Woher soll ich das wissen?«

»Ich dachte, du hättest ein … besonderes Verhältnis zu dem.«

Sie lässt das Fenster herunter, atmet Rauch durch schmale Lippen hinaus und dreht sich zu ihm. »Besonders?«

»Besonders gut.«

Sie nickt kaum wahrnehmbar.

Adrian atmet aus. Bringt sich runter. Bringt seine Stimme runter. Spricht jetzt wieder gemessen, kontrolliert. »Kein Drama. Wir müssen uns nur klarmachen, was als Nächstes passiert. Die prüfen die Bücher. Waren auch schon in Leiden. Es dauert nicht mehr lange, und wir haben die auf der Matte stehen.«

»Was sollen die schon machen? Unsere Bücher sind okay. Eine ganz normale Leiharbeitsfirma. Alles angemeldet, gute

Referenzen. Es gibt nichts zu den Mieten, nichts zum Transport. Nichts zu den Zeugnissen. Gábor hat das alles geregelt.« Sie atmet Rauch aus, während sie spricht.

Er hatte angenommen, dass sie unruhig sein würde, zögerlich, aufgeregt, hilflos. Aber sie ist ganz gefasst, wie unvermittelt zu einer neuen Stärke gekommen.

»Was wurde in Holland alles sichergestellt?«

»Hauptsächlich ein paar Telefone. Und der Laptop.«

»Das ist nicht gut.«

»Wieso?«

»Ich hatte mein Handy dran hängen. Vielleicht hat sich das synchronisiert.«

Adrian greift nach dem Lenkrad und lässt es wieder los. »Okay. Was wäre da alles drauf?«

»Nichts Problematisches. Das war mein privates Gerät.«

»Du musst vorsichtiger sein.«

Sie nickt.

»Hier.« Er gibt ihr eine SIM-Karte und ein Plastiktütchen in dem die Chips weiterer Karten golden schimmern. »Du hast jetzt eine neue Nummer. Ich auch. Und alle anderen. Das sind noch alte Karten. Ohne hinterlegten Ausweis. Ich ruf dich an.«

Sie nimmt die Karte entgegen, öffnet ihren Geldbeutel und steckt sie in das Münzfach. Dann verstaut sie das Portemonnaie und das Tütchen in der Handtasche, lässt sie zuschnappen, beginnt, die Knöpfe ihres Mantels zu schließen. Mit jeder Geste spürt er, wie sich etwas um ihn verengt. Sie zwängt die Knöpfe durch die Knopflöcher des Mantels, sie brechen durch die Öffnung wie bei einer schnellen, schmerzhaften Geburt, und Adrian muss sich auf etwas anderes konzentrieren, die Radiokonsole des Wagens, vertraute Leuchtziffern, angenehm scharf und klar. Sie hebt den Trageriemen über ihren Kopf. Die Ruhe, mit der sie sich bewegt, macht Adrian umso unruhiger.

»Also dann«, verabschiedet sie sich, »mach dir keine Sorgen.« Milde, fast sanftmütig betont sie das.

Sie schließt die Tür hinter sich, und einige Sekunden später faucht der Motor ihres BMWs auf. Die Scheinwerfer streifen kurz Adrians Windschutzscheibe, dann ist sie weg. Die Dinge sind in Bewegung, und das ist nicht gut.

Adrian sitzt im Fahrersitz. Das Licht der Armaturen lässt das schwarze Leder, auf dem sie gerade noch gesessen hat, bläulich schimmern. Er hebt ihr Haargummi auf und riecht daran. Das Gefühl des Mangels ist unerträglich. Was ist dir abhandengekommen?, fragt er sich. Er will losfahren. Gleich wird er losfahren. Seine Hand berührt schon den Schlüssel.

7

Cristina drückt den milchig weißen Etagenknopf. Der Aufzug setzt sich in Bewegung, schüttelt sein Ruckeln ab und gleitet durch die massiven Betondecken des Gebäudes. Ein ums andere Mal unterbrechen sie den Fluss des Lichtes, das durch den schmalen Spalt in die Kabine dringt. Sie schaut in den Spiegel, zieht eine Grimasse, atmet durch und entspannt ihre Gesichtszüge. Mit jedem Stockwerk nimmt sie den Boden stärker wahr, fühlt sich schwer, als sie den Fahrstuhl verlässt. Im Gang ist nichts zu hören.

Cristina klingelt an der Wohnungstür, »einen Moment«, hört sie Nora sagen, und die Tür wird so weit geöffnet, wie die Kette es zulässt.

Noras Gesicht erscheint, der Mitte entlang durch die Türkante geteilt. Sie lächelt, als sie Cristina erkennt. Fast nicht greifbar, fast nicht da. Sie umarmt Cristina und legt ihr dabei die Finger auf das Schulterblatt, fast ohne Gewicht, Küsschen links und rechts, fast ohne Berührung, ein Hauch von Parfüm, der sich für eine Sekunde aus einem Gemisch schwerer Düfte herauslöst, um gleich wieder darin zu verschwinden.

»Ich liebe deine Armreifen. Ist das so ein rumänisches Ding?«

»Nein«, sagt Cristina, »das ist kein rumänisches Ding. Das ist mein Ding.«

»Was führt dich her?«

Zwei andere Frauen sitzen in der Küche und rauchen. Vielleicht sind sie neu. Cristina kann sich nicht an sie erinnern. Sie schauen nur kurz auf, nicken in ihre Richtung, aber vermeiden Blickkontakt, reden weiter.

»Neue Nummern«, erklärt Cristina und legt eine SIM-Karte auf den Tisch.

»Für alle?«, fragt Nora.

»Erst mal für dich und ein paar andere. Alles Weitere schauen wir noch. Bitte Kontakte übertragen, aber keine Nachrichten. Gib mir die alte Karte.«

»Klar, klar«, sagt Nora. »Und? Willst du 'nen Tee oder so?«

Noras Blick geht an Cristina vorbei, fixiert unruhig etwas, und wenn sie nicht wüsste, dass in ihrem Rücken nur der Kühlschrank steht, würde sie sich umdrehen.

»Danke. Ich muss weiter, verstehst schon.«

»Natürlich.« Nora wickelt einen Kaugummi aus und steckt ihn sich in den Mund.

Noch so eine lose Umarmung, diesmal mit Schmatzen neben dem Ohr. Dann steht Cristina endlich wieder in dem kühlen Flur.

Nora wird die Anweisungen umsetzen, Cristina ist so gut wie sicher. Nora bekommt keine direkten Informationen schriftlich, erhält ihr Geld immer in bar, zahlt die Arbeitskräfte abzüglich der Pauschalen für Miete, Transport, Verpflegung, Vermittlungsgebühren aus, kennt keine Klarnamen, hat keine Einblicke in größere Strukturen. Höchstwahrscheinlich wird sie sich also unauffällig verhalten. Aber wenn nicht, dann muss Cristina dafür geradestehen. Absolut sicher kann man es vorher nie wissen, das macht sie sich immer wieder klar.

Wie hat Adrian gesagt? »Hast du den weggemacht?« Das hat sie überrascht, sie war davon ausgegangen, dass Adrian selbst Wagenbach beseitigt hat. Oder Victor. Oder beide gemeinsam. Es muss natürlich nicht heißen, dass Adrian nichts damit zu tun hat.

Wer weiß, hinter wem Wagenbach noch hergeschnüffelt hat? Wie oft sie ihn vor ihrer Tür hat herumlungern sehen. Aus Verliebtheit oder einem Helfersyndrom, weiß Gott, wo er sich hineingesteigert hat. Aber Wagenbach hat genug Leute schlecht bezahlt, belästigt, kleingehalten. Sie denkt an seine Nachrichten: »Hab mich ins Bett gekuschelt. Denk an dich. Ich drück dich.« Sie verachtet seine Texte. Aber noch mehr verachtet sie ihre eigenen Antworten: »Kann's kaum erwarten. Ich drück dich auch.«

Ja, denkt sie bitter, ich drück dich auch, fester und fester und fester.

Müßig, sich den Kopf darüber zu zerbrechen. Tot ist er, so viel steht fest. Und mit ihm die aussichtsreichste Spur zu Loredana.

Nicht nur Nora wird im Unklaren gelassen, Adrian sammelt allgemein kaum zentrale Daten, es ist wenig dokumentiert, und die Kontaktketten sind an bestimmten Punkten immer wieder unterbrochen. Nur Adrian selbst hat den Überblick über die Abrechnung der Mitarbeiter bei den verschiedenen Auftraggebern. Ansonsten vermittelt er lediglich. Vermittelt und berät. Kümmert sich um Organisatorisches. Völlig egal, ob es in die Pflege geht, in die Fabrik oder in den Schlachthof. Die Dokumente sagen dazu nichts. Verträge zwischen zwei GmbHs. Und irgendwo in diesem Hin- und Hergeschiebe von Mitarbeiternummern und Abrechnungen ist Loredana verschwunden.

Cristina hatte gehofft, von Wagenbach zu erfahren, wohin sie nach der Fabrikarbeit verlegt worden ist. Sie hatte ihn schon so weit, dass er ihr erzählt hat, woher die Menschen kommen, die bei ihm arbeiten. Es war ihm unangenehm gewesen. Da müsse er selbst erst einmal nachsehen, hatte er gesagt.

Bei ihrem nächsten Treffen aber hatte er tatsächlich eine Auflistung dabeigehabt. Rumänien, Ungarn, Bulgarien, Weißrussland, Ukraine. Nur wenige Frauen darunter. »Aus Rumänien in letzter Zeit eigentlich nur eine«, hatte er gemeint, »in deinem Alter, sogar mit gleichem Nachnamen.«

»Mitu ist nicht gerade selten«, hatte Cristina eingeworfen und gehofft, er würde ihre Anspannung nicht bemerken.

Er fuhr unbekümmert fort. »Aber ganz anders als du, eher spröde. In der Papierfabrik, beim Bleichen.«

Cristina versucht, sich Loredana bei so einer Tätigkeit vorzustellen, aber es misslingt, allein schon, weil sie keine Ahnung hat, wie diese Arbeit genau aussieht. Warum setzt sich Loredana so etwas aus? Alle anderen sind weggegangen, um zu studieren, auch sie selbst. Und Loredana macht Knochenjobs gegen Billiglohn. Aber Cristina wird sie selbst fragen.

Jetzt muss sie sich an Victor halten. Wenn das Personal an anderer Stelle eingesetzt werden soll, kümmert er sich darum. Die Frage ist nur, ob sie die Information von Victor bekommt oder ob er es irgendwo für Adrian dokumentiert und wie sie da herankommt. Adrians Absicherung seiner Zugänge grenzt schon fast an Paranoia.

Sie steigt in den BMW, zieht die Tür zu. Ein schweres Klacken, dann ist es still. Ein paar tiefe Atemzüge. Der Anlasser. Sie startet den Motor, wählt einen Track aus der Playlist ihrer Schwester, stellt die Musik nach ein paar Takten wieder aus. Es lenkt sie nur ab, an Loredana zu denken. In diesem Moment braucht sie klare, aneinandergereihte Aufgaben. Alles andere wäre zu viel.

Sie bewegt den Wagen vom Parkplatz, der Motor gurgelt tief, in der Gewissheit jederzeit verfügbarer Kraft gleitet er um die Kurve.

8

Kalt und klar fließt die Isar, Kiesel im Flussbett mit scharfen Konturen, Silhouetten atmen Wolken aus. Valerie ist früher unterwegs, als sie müsste, aber der Gedanke sich in einen überfüllten Bus zu drücken, ist ihr heute unerträglich, also geht sie zu Fuß. Sie macht ein paar Schritte ans Ufer, berührt das eiskalte Wasser mit den Fingerspitzen. Nimmt zwei Steine, die sich aus dem grauen Schotter abheben, tiefrot und waldgrün glänzen sie feucht in ihrer Hand.

*

»Was ist denn hier los?«, raunt Valerie Magnus zu.

Der Seminarraum ist fast komplett gefüllt. Sie wusste, dass der Fall größere Ausmaße angenommen hat, aber darauf ist sie nicht gefasst gewesen.

Ein Kollege stellt sich Valerie vor.

»Ich weiß, wir kennen uns schon. Stetter«, antwortet sie.

»Stimmt, tut mir leid«, entschuldigt er sich, aber eigentlich hat er keine Ahnung, wer sie ist. Sie kneift die Augen zusammen, schiebt aufsteigende Wut beiseite und wendet sich ab.

Lockerer Small Talk erstirbt schnell in dem Raum, die sauber aufgereihten Gläser, Wasserflaschen, die strenge Anordnung der Tische: Hier ist Konzentration angesagt.

Ein Mann geht mit ruhigen Schritten nach vorne, und noch bevor er etwas sagt, spüren alle seine Anwesenheit. Verstohlene Blicke gehen in seine Richtung.

»Staatsanwaltschaft«, murmelt Valeries Sitznachbar ihr zu.

Der Mann stellt sich als Sebastian Kessel vor. Inhaltlich gibt er nicht viel preis. Im Fokus stehe vor allem das Leiharbeitsnetzwerk, mit dem Wagenbachs Firma und auch einige weitere Unternehmen kooperierten. Die Firmensitze im Ausland seien ein beliebtes Konstrukt.

»Das EU-Recht macht es möglich, auf diese Weise Löhne auszuzahlen, die sich am rumänischen Markt orientieren, deutlich unter dem deutschen Mindestlohn. Unterstützung in den Niederlanden und in Rumänien wurde bereits angefragt, ansonsten warten wir noch darauf, bis Personen für Fahndungen identifiziert sind.« Kessels Ton ist gemessen, es ist klar, dass er es gewohnt ist, Informationen geordnet wiederzugeben. »Wie den meisten ja schon bekannt ist, konnte eine Adresse in Leiden, Niederlande, aus dem Navigationssystem ermittelt werden. Dort firmiert ein Kfz-Leasing-Betrieb, der, wie wir feststellen konnten, Zahlungen von dem Geschädigten erhalten hat. Regelmäßige Raten, die sich zu hohen Beträgen summieren.« Er blättert in seinen Unterlagen. »Aufgrund der akuten Verdunklungsgefahr haben wir uns entschieden, Durchsuchungen von zwei Büros der Leiharbeitsfirma zu erwirken. Das ist natürlich nicht ideal, da die verdeckte Phase der Ermittlung damit so gut wie wegfällt. Wir müssen also davon ausgehen, dass die Akteure wissen, dass sie unter Beobachtung stehen. Es wurden Drogen gefunden, ob Handels- oder Gebrauchsmengen ist nicht genau zu sagen, irgendetwas dazwischen. Es wird also weiterhin in alle Richtungen ermittelt: Erpressung, Betäubungsmittelhandel, Geldwäsche. Bis hierhin irgendwelche Fragen?«

Niemand meldet sich.

»Zeitnah werden mit Unterstützung durch das Mobile Einsatzkommando Razzien in Wagenbachs Firmensitzen und Fabriken durchgeführt, ebenso bei der Leiharbeitsfirma und anderen Unternehmen, denen sie Arbeitskräfte zur Verfügung stellt. Darunter sind Schlachtbetriebe, Altenheime, Papierfabriken und weitere Branchen.«

Valerie sieht die Anspannung in den Gesichtern.

Kessel fährt fort, ansonsten sei er nur da, um schon mal in Kontakt zu treten und sich den aktuellen Stand auf kurzem Weg abzuholen. Das Kriminalfachdezernat 3 für Organisierte Kriminalität sei die leitende Stelle, und das werde auch so bleiben.

Valerie und Magnus stehen als »digitale Beweismittelsicherung und Auswertung« in der Teilnehmerliste. Valerie unterschreibt mit einem Schnörkel und schiebt das Blatt weiter. Sie sollen ihre jüngsten Erkenntnisse beitragen.

Obwohl Magnus sich vorher geradezu aufgedrängt hatte, ist er jetzt ungewohnt nervös. Kein Wunder. Ein Raum voll schweigender Menschen, die skeptisch blicken, kaum auf das reagieren, was er sagt, nur kurze Notizen in ihre Laptops tippen. Das ist dann doch eine größere Nummer, als Magnus gewohnt ist. Er wirkt fahrig und wiederholt sich. Das Opfer nennt er durchgehend »Geschädigter«, was seltsam in Valerie nachklingt. Tod durch Gewalteinwirkung erscheint ihr schon als ziemlich erheblicher Schaden.

Neben den Geschäftsbewegungen stünden außer Leonhard Wagenbach besonders zwei Personen im Fokus der Spurensicherung: eine Cristina, möglicherweise seine Affäre, und eine Person, von der noch nicht mehr bekannt sei als das Kürzel »A«, höchstwahrscheinlich stellenweise auch »AD«. Jüngst von den niederländischen Kollegen erschlossene Daten eines geschäftlichen Laptops legten nahe, dass diese Person Zugriff auf eine Vielzahl von Bankkonten habe, darunter auch die von etlichen Privatpersonen. Es werde geprüft, ob und wie sie untereinander in Zusammenhang stehen. Für den schnellen Zugriff auf die Daten wolle er auch noch mal seiner Kollegin Valerie Stetter besonderen Dank ausdrücken.

Valerie nickt kurz.

Sie ist erleichtert, als alle endlich aus dem Raum strömen, die Flure sich leeren, sie sich wieder in ihren Stuhl setzen kann, Maus rechts, Kaffee links, zwei Bildschirme, Tastatur. Weiter geht's.

*

»Sagt dir Leiden was?«, fragt sie Thomas beim Abendessen. »Also die Stadt in Holland. Kam in unserem Fall auf«, schiebt sie nach.

»Klar. Grachten, Windmühlen.«

»Warst du mal da?«

»Nein. Aber hab mal was darüber gelesen.« Kauend fügt er hinzu: »Leiden hat die älteste Universität der Niederlande. Außerdem ist es der Geburtsort von Rembrandt. Und von Marinus van der Lubbe, dem Hauptangeklagten des Reichstagsbrandprozesses. Da ist aber hoch umstritten, ob und wie er beteiligt war. Bei Rembrandt hingegen ist es wohl schwer zu sagen, welche Werke ihm überhaupt zuzuschreiben sind. Ein Forschungsprojekt hat das bei fast der Hälfte seiner Werke infrage gestellt. Vielleicht haben das Menschen aus Leiden an sich, dass man nie so genau sagen kann, was sie gemacht haben. Das wäre für deinen Fall natürlich eine Herausforderung.« Thomas lacht.

Valerie denkt daran, wie sie als Kinder in Holland im Urlaub waren. Sonnenmilch auf blasser Haut, wolkenverhangener Himmel. Wie weiße Schlieren in Richtung Meer gezogen wurden und plötzlich eine kleine Welle aufwogte, wo es vorher gar nicht danach ausgesehen hatte. Sie erinnert sich an ein drückendes Gefühl von Einsamkeit. Aber sie hat gelernt, ihrem Gedächtnis zu misstrauen.

*

Valerie schlüpft in die Schuhe und bindet sie so fest, dass sie sicheren Halt hat. Sie läuft die Straße entlang, durch die Unterführung, am Park vorbei. Wie geht's, Sehr geehrte Damen und Herren, Hey, Alter, Merhaba, Moin, Hi there. Im Park beschleunigt sie ihre Schritte, jetzt jeweils vier für das Einatmen und Ausatmen, ihre Sohlen schaben den Kies fauchend auf, ihre Muskeln beginnen zu brennen. Ein Öltank explodiert, ein Fußballer landet schräg, und sein Sprunggelenk biegt sich unnatürlich durch, eine drastisch geschminkte Frau erschrickt theatralisch vor einem Penis, der in ihr Gesicht federt. Ein Henker stülpt einem flehenden Mann einen Sack über den Kopf, der Ton übersteuert. Haha. Ein Eimer, mit Gras vollgestopft, und ein Raum voller Studenten, die ihr Handy auf ihn richten und filmen. Ein Besoffener, der mit dem Kopf gegen ein Straßenschild springt. Haha. Eine nackte Frau in einer Lache aus Erbrochenem. Haha. Kenn ich schon. Krass, oder? Haha. Haha. Haha. Valeries Rhythmus wird gleichmäßiger. Sie nimmt die Brücke über die vierspurige Straße. Auf den Stufen schmerzen ihre Beine, nach der Treppe beschleunigt sie ihr Tempo. Das Flirren legt sich, Bilder lösen sich auf, Texte zerfallen, und irgendwann, nach langer Zeit, ist da nur noch Valerie mit ihren immer tiefer werdenden Atemzügen, mit dem Federn ihrer Sohlen, wie sie vorbeifliegt, an einer Laterne, zwei Laternen, drei Laternen, vier Laternen.

9

Schotter knirscht unter den Reifen, und doch spürt Cristina im Inneren des Wagens keine Unebenheiten, sie ist von den Texturen dort draußen abgeschottet. Sie stoppt. Die Blicke der Bauarbeiter gleiten den schwarzen Lack entlang, hinter sie, neben sie und dann über das ganze Gelände. Alle tragen Warnwesten, alle tragen Helme, eine einförmige Gruppe, bis sich einer von ihnen daraus löst und auf das Auto zukommt.

Cristina lässt die Scheibe herunter.

»Kommst du nicht rein?«, fragt Gábor, an die Tür gestützt. Furchen durchziehen sein Gesicht. Er ist fahl, wirkt wie entsättigt, grau wegen eines Tages im Nieselregen aus Mörtel oder Kalk, vielleicht auch grau wegen des Alters oder von innen grau wegen der Zigaretten, die in einer dicken Schachtel in der Außentasche seiner Hose stecken.

»Keine Zeit.«

»Komm schon. Fünf Minuten.«

Er macht sich gerade und blickt in Richtung der Arbeiter. Sie kehren ihm den Rücken zu.

Cristina seufzt. Sie fährt das Fenster wieder hoch, am breiten Grinsen Gábors vorbei, nimmt in aller Ruhe ihre Tasche, ihr Telefon, ihren Schlüssel. Zählt drei ruhige Atemzüge und steigt aus.

»Warte«, sagt Gábor und läuft los, mit forschen Schritten durch die Kieskrater, ein Astronaut im Zeitraffer. Er kommt mit einem Helm zurück. »Muss sein«, erklärt er, »wir wollen ja, dass hier alle Vorschriften eingehalten werden.« Er lacht kehlig.

Der Helm sitzt zu lose, sie muss ihn sich alle paar Schritte zurechtrücken.

Gábor erzählt von irgendwelchen Problemen und Verzögerungen am Bau. Immer wieder dreht er sich zu ihr, erwartet ihr Nicken, will Bestätigung.

Während er redet, schließt sie die Knöpfe ihres Mantels. Der kurze Zwang, die Dehnung und Entspannung der Schlaufen beruhigt sie. Unbeirrt, ein Knopf nach dem anderen, bis oben.

»Es ist so plötzlich kalt geworden. Fast über Nacht. Da ist arbeiten fast unmöglich. Und schon gar nicht sicher. Aber der Kunde will das. Jetzt müssen wir ein Wetterschutzdach aufbauen und Heizgebläse aufstellen, damit die Innenräume warm genug sind. Was das kostet! Kein Wunder, dass an jeder Ecke gespart wird.«

Er redet weiter, und sie greift nach ihrem Gürtel, verschlingt seine Enden, und genau da hält er inne, mustert sie. »Und ich sage dir, ich kann meinen Leuten nicht noch weniger geben. Das machen die nicht mit.«

»Die Leute können ja gehen, wenn es ihnen nicht reicht.«

»Ja klar.« Er lächelt. »Was weiß ich schon? Ich bin ja nur ein Bozgor.«

Das abschätzige Wort für »Ungar« lässt Cristina stutzen. »Das hab ich nicht gesagt.«

»Relaxează-te. Ich mach nur Witze.«

Sie geht schneller. Er stolpert hinter ihr her. Im Container stehen ein Tisch und vier Stühle, ansonsten ist dort nichts außer einer Kaffeemaschine, einem verschließbaren Schrank und einem großformatigen Dienstplan mit aufgesteckten Namen.

»Tee?«, fragt er und wartet ihre Antwort nicht ab.

Er hält den Wasserkocher unter den massiven Hahn, der nur eine kümmerliche Säule hervorbringt, Gábor lange in eine gebückte Pose zwingt und den Moment lästig in die Länge zieht.

»Also«, sagt er, schwenkt den Kocher durch den Raum und setzt ihn auf den Sockel. »Was gibt es?«

Cristina legt die SIM-Karte auf den Tisch.

Gábor nimmt sie und nickt. »Mal wieder.« Er lässt ein Lächeln aufblitzen. »Sonst noch was?«

Cristina zählt Adrians Instruktionen auf. Keine direkten Kontakte zu Kober und den anderen Kunden mehr. Was zu tun sei, werde jetzt wieder persönlich besprochen und von Adrian selbst verteilt. Sie lehnt sich zurück. »Wie läuft es mit den Schichtleitern?«

»Hier auf der Baustelle ist alles in Ordnung. Die Schichtleiterin in der Fabrik ist nervös. Wegen Wagenbach, wegen Sicherheitsproblemen.«

Der Kocher blubbert, und die Oberfläche des Wassers wirft erste Blasen, dann beginnt es zu brodeln.

»Neulich hat sich wieder jemand verletzt. Trümmerbruch im Knöchel. Eine Ladung war schlecht gesichert. Um den Arbeiter haben wir uns gekümmert, den haben wir zurückgeschickt.«

Die Plastikkanne rüttelt immer unruhiger und schaltet sich mit einem leisen Klicken aus, das Geräusch verstummt.

»Aber er hat ihr gedroht, und die Stimmung bei seinen Kollegen ist nicht gut. Vielleicht können wir sie ein bisschen beruhigen.«

»Woran hast du gedacht?«

»Fünftausend?«

Cristina nickt. »Ich regle das. Wenn die Polizei auftaucht, egal weswegen, Ruhestörung, Strafzettel, egal was, dann müssen wir das wissen. Und pass auf, dass niemand was Leichtsinniges tut.«

Gábor hat nur zwei Vorarbeiter, einen Haufen nicht gemeldete Männer und ein paar, die Bescheid wissen, aber die Klappe halten, weil sie mehr verdienen und gemeldet sind.

Ganz achtsam löst er mit seinen klobigen Fingern das Etikett vom Teebeutel und hängt ihn in die Tasse, gießt Wasser hinein, stellt sie fast geräuschlos vor Cristina ab. Sie dankt ihm und legt die Tasse an ihre Unterlippe, bis die Hitze sie schmerzt, ein kleiner Schluck mit einem fernen Hauch von Minzgeschmack.

»Gut?«, fragt er, und sie nickt.

Solange er versucht, ihr zu gefallen, hat sie keine Probleme mit ihm.

*

Als sich die schwere Autotür hinter ihr schließt, fühlt sie sich erleichtert. Wieder die Blicke der Arbeiter, so unverhohlen wie beiläufig, mit einer weggeworfenen Kippe, mit einem dahingesagten Halbsatz, streifen sie und prüfen sie doch. Cristina setzt die Kapuze auf, beruhigende Dunkelheit umgibt sie.

Sie tippt die Adresse der Papierfabrik ins Navi ein und rollt zwanzig Minuten später auf den Firmenparkplatz. Ruhig bleiben. Wenig sagen. Sie geht auf die Pförtnerin zu.

»Karsten Schierow, bitte.«

»Wen darf ich melden?«

»Cristina.«

»Und weiter?«

»Das wird reichen.«

»Gerne. Bitte warten Sie einen Augenblick«, sagt die Frau und lächelt.

Cristina geht in die Ausfahrt, lehnt sich an die Wand und beobachtet die Pförtnerin hinter ihrer Glasscheibe. Ein gelblich schimmernder Kasten in der Dämmerung. Wie eine Schaltzentrale, als nähme alles, was in der Fabrik geschieht, hier seinen Anfang.

»Gerne.« Cristina kennt das Wort in dieser Form, das »Gerne« der Servicekräfte und Bedienungen, das Dienstleistungs-Gerne. »Gerne«, »Cu plăcere«, »You're welcome«. Als sie selbst angefangen hat, es zu sagen, hat immer noch etwas durch ihre Zähne durchgeblitzt, eine Note von Spott, eine gezähmte Aggression, überspielte Verachtung. Dass sie im Kopf ganz woanders hingegangen ist, das ist erst später passiert. Wenn der Blick durch das Gegenüber hindurchglitt und das Wort gleich mit: »Natürlich, gerne.«

Cristina denkt daran, wie sie im Wellness-Hotel gejobbt hat. Wie die Neureichen mit ihr gesprochen haben. Manche unter dem Missverständnis, dass bei dem Wort »Wellness« auch mehr drin sei. Wie sie die weißen Saunahandtücher abgaben und die Stelle, auf der sie gesessen hatten, mit einem kleinen, schmutzigen Fleck markiert war und wie sie die Tücher hundertfach so in den Wäschezuber feuerte. Wie es ihre persönliche Genugtuung wurde, an den Punkt zu denken, während sie nickte und lächelte. Darauf konnte sie sich konzentrieren, bei aller Überheblichkeit, die ihr entgegenschlug, auf einen schwarzen Punkt auf einem weißen Handtuch, du dummes Arschloch.

Die Pförtnerin spricht in ein Funkgerät, mustert Cristina, nickt. Hinter einem großen Rolltor ist ein regelmäßiges, wuchtiges Stampfen zu hören. Was auch immer es verursacht, hat mächtige Masse hinter sich. Die Tür im Durchgang geht auf, und Schierow erscheint. Weit ausgreifende Schritte, wachsame Augen, in der Stellung der Brauen liegt ein leichter Anflug von Spott.

»Ah. Endlich habe ich mal die Ehre. Cristina Mitu. Der engste Zirkel vom Chef, ja? Die neue Assistentin? Die Vertraute? Wie kann man sagen?«

»Keine Sorge, Sie können alles im Organigramm nachlesen. Wir schicken es Ihnen zu, sobald es fertig ist«, antwortet sie sarkastisch.

»So so, Organigramm«, wiederholt er und nickt. »Das find ich gut. Worum geht's?«

Er steckt sich eine Zigarette zwischen die Lippen und geht ein paar Schritte in Richtung Aschenbecher. Sein Feuerzeug schnappt einige Male hilflos fauchend in die Luft. Cristina zieht ihr Etui heraus und zündet erst ihre Zigarette an, bevor sie ihm die Flamme an der ausgestreckten Hand vorbei entgegenhält. Er neigt sich nach vorne, und sie entzieht ihm die Flamme kaum merklich für ein paar Zentimeter, sodass er ihr wie an einer Schnur gezogen folgen muss.

»Nur eine Kleinigkeit. Wir würden Sie bitten, diese neue Nummer …«

»Schon klar«, unterbricht er sie. Die SIM-Karte nimmt er beiläufig.

»Die alte Karte hätte ich noch gern.«

»Krieg ich jetzt nicht raus.« Er grinst. »Kein Werkzeug.«

»Dann bitte vernichten.«

»Vernichten.« Er zieht das Wort in die Länge. »Reicht zerschneiden? Oder verbrennen? Oder muss ich sie schlucken?«

»Das bleibt ganz Ihnen überlassen«, sagt Cristina kühl.

»Wenn ihr meint.«

»Ja.«

»Weißt du, was ich denke?« Er zieht hastig an der Zigarette. »Ich denke, das alles ist Panikmache. Das lässt euch nur schwach aussehen. Es ist doch so: Die ganze Geschichte kann nur Unruhe verursachen, wenn ihr es zulasst.« Er lehnt sich zurück, lächelt wissend und entlässt den Rauch langsam aus einem schmalen Spalt zwischen den Lippen.

»Ah. So einer sind Sie«, sagt Cristina.

»Was für einer?«

»Einer, für den alles schon geklärt ist. Der immer schon Bescheid weiß und das je nach Laune auch mal mitteilt.«

Etwas Scharfes blitzt in seinen Augen auf. »Und du? Du kennst mich wohl auch schon.«

»Ja«, erwidert Cristina, zerdrückt die Zigarette gewaltvoll im Aschenbecher und lässt ihn stehen.

*

Das war's. Sie hat alles erledigt, aber trotzdem fühlt es sich oberflächlich an, als hätte sie etwas Wichtiges nicht wahrgenommen. Cristina wickelt den Schal hoch, lässt das Kinn sinken, atmet durch den Stoff, Kälte und ein Hauch nach Bergamotte.

Sie stellt den Wagen ein paar Straßen von ihrer Wohnung entfernt ab, nimmt den Weg durch den Park, sucht den Nordstern am Himmel. Alles verdunkelt sich wie im Zeitraffer. Ohne dass ausgeformte Wolken erkennbar wären, nur ein leichter Helligkeitsverlauf von links unten nach rechts oben.

Sie holt ihr Telefon heraus und tippt: »Die Nacht ist neblig. Ich musste gerade daran denken, wie dir das immer gefallen hat.«

Ihre Schritte auf dem Kies hallen fremd. Sie hört ein Knacken hinter sich. Laternen werfen nur vereinzelte Lichtkegel auf den Weg. Aber das ist alles kein Problem. Sie weiß, sie ist das Gefährlichste hier.

10

»Du bist schon da? Du bist doch gestern nach mir gegangen.« Magnus streift umständlich seine Jacke ab und legt sie über die Rückenlehne seines Stuhls.

»Ja.«

Valerie schaut nicht auf. Sie hat die Daten der holländischen Netzanbieter bekommen. Zeiten von Log-ins und Log-offs. Surfverläufe im guten alten Privatmodus: Vader en zoon neuken de schoonmaakster – Blondje groepsex – Slutwife gets gangbanged – Libertine mature. Zu neunundneunzig Prozent Pornografie. Immerhin international, eine winzige Erkenntnis. Valerie verzieht die Mundwinkel. Der Privatmodus. Das Einzige, vor dem jeder Angst hat, ist Bloßstellung. Wie sicher die Kontodaten sind, wie transparent der Aufenthaltsort. Das alles ist egal, solange keiner weiß, wozu ich mir einen runterhole.

»Kessel hat anscheinend schon dreimal gefragt, wann mit neuen Ergebnissen zu rechnen ist«, sagt Magnus.

»Da ist wohl Druck auf dem Kessel.« Valerie scrollt durch die Auflistungen.

Magnus lacht. »Übrigens ist die Telefonüberwachung gerichtlich bestätigt«, informiert er sie. »Ist schon angelaufen. Die Nummer, die mit dieser Cristina verknüpft ist, und die mit dem Kürzel A.«

»Und?«

»Rat mal. Aktivierte Prepaid-Karten ohne registrierte Nummern. Und seit ein paar Tagen völlige Funkstille. Keine SMS, keine Anrufe mehr.«

»Die haben alles aus dem Verkehr gezogen. Aber das ist nach den Durchsuchungen ja keine Überraschung.«

Magnus nickt und rollt mit seinem Stuhl ein Stück nach hinten. »Ziemlich professionell aufgestellt, würde ich sagen.«

»Heißt?«

»Heißt, dass wir erst mal nicht viel wissen. Cristina und A. Von ihr kennen wir zumindest Bilder, von ihm haben wir bisher nichts. Die Zivis und Kontaktbereichsbeamten sind gebrieft.«

»Haben die Befragungen schon was ergeben?«

Magnus runzelt die Stirn. »Die Sitze der Personalfirma in Rumänien, Holland und Deutschland wurden geprüft. Alle laufen unter Strohmännern. Wir versuchen noch, an die vermittelten Arbeiter zu kommen, aber von denen redet keiner. Wenn, dann nur mit Begleitung, und es kommt nichts Verwertbares dabei rum.«

»Schade.«

»Einen, der früher dort gearbeitet hat, konnten wir auftreiben. Der hat sich getraut, ein bisschen was zu erzählen. Er meinte, sie hätten sich Arbeitsmaterialien selbst kaufen müssen, Helme, Stahlkappenschuhe und so was. Manche hätten ohne gearbeitet. Wenn sie überhaupt Ausrüstung bekommen hätten, sei sie unsicher gewesen.«

»Das wär dann ja eher was für den Arbeitsschutz«, folgert Valerie. »Das ist Kessel sicher nicht genug.«

»Außerdem wurde Lohn für Unterbringung einbehalten, bis zu dreihundert Euro zahlen die für ein Bett im Sechserzimmer. Transport zum Arbeitsplatz, Baustelle, Fabrik, haben sie auch angerechnet. Aber aussagen will der Arbeiter das nicht. Und er hat auch keine Belege oder Quittungen, nichts Schriftliches, das es beweisen könnte.«

»Wie immer.«

Valerie öffnet erneut die Protokolle aus Wagenbachs Daten. Mails von der geschäftlichen Adresse, eine sachliche Mitteilung an den Anlageberater, ein Terminvorschlag in eine Tennisgruppe, eine Nachricht an eine unbekannte Nummer: »Du machst mich scharf.« Ein nicht enden wollender Wirbel aus Texten, nichts, um das man eine hohle Hand schließen könnte, wenn man auf kalten Fliesen in seinem Wohnzimmer liegt.

Das Obduktionsergebnis hat mittlerweile den Verdacht der Kommissarin auf stumpfe Gewalteinwirkung bestätigt. Tatwaffe war eine Buddha-Statue aus massivem Holz, anscheinend überhastet in einer Gartenhecke versteckt. Außer der DNA des Opfers konnten an ihr keine weiteren Spuren gefunden werden. Wann genau Wagenbachs Tod eingetreten ist, bleibt wegen der wechselhaften Raumtemperatur durch die automatische Heizung noch recht schwer eingrenzbar. Sie gehen von etwa siebzehn Uhr aus, plus/minus ein oder zwei Stunden. Aber dazu erhoffen die Kollegen sich auch von der IT-Forensik Informationen.

Valerie und Magnus müssen sich an die Hardware halten, den beschlagnahmten Laptop und die Handys aus der Firma in Leiden.

Auf dem Gerät findet Valerie ein iPhone-Back-up. Sie verschafft sich Zugriff. Ein Bild dieser Cristina. Eine E-Mail-Adresse, cristina.mitu@linkmail.com. Da schau an. Cristina Mitu, da wäre schon mal der vollständige Name. Ein ganzes Back-up von der unbekannten Frau. Manchmal hat man doch so etwas wie Glück. Auf den ersten Blick scheint es ein privates Gerät zu sein. Viele Bilder, keine geschäftliche Korrespondenz.

Magnus schaut ihr über die Schulter. »Heftig geschminkt und bearbeitet, oder? Hat ja gar nichts Echtes mehr.«

Valerie murmelt etwas Unverbindliches. Sie folgt dem Schwung der Lippen, sieht das Blitzen in den Augen, die leicht vergrößert aussehen. Was soll das heißen, »echt«? Vielleicht ist es das Gegenteil. Dass man Fotos jetzt so bearbeiten kann, dass sie dem Bild, das man selbst von sich hat, stärker entsprechen.

Oder von dem Bild, das man von sich haben will. Die an Wagenbach gesendeten Fotos sind völlig anders als die restlichen. Wie eine Verkleidung. Aber zu welchem Zweck? Andere Aufnahmen zeigen Mitu vor dem Spiegel. Verschiedene Kombinationen von Jacken, Hosen, Röcken, Oberteilen. Oft nur von den Schultern abwärts, meistens mit einem Kapuzenpullover unter einem langen Mantel. Manchmal in einer Umkleidekabine. Auf einem Foto nimmt sie einen Schluck aus einer Tasse. Ein Rollkragenpullover, nackte Augenlider. Ansonsten: ein Blick vom Balkon, ein beliebiger Innenhof mit Müllhäuschen im Graupelschauer, abfotografierte Bleistiftskizzen. Ein Foto von einer weihnachtlichen Anordnung aus einem Zweig, Walnüssen und einer Kerze, möglicherweise als Gruß gesendet. Sie sieht eine Abfolge von Bildern Mitus mit einem blassen, dunkelhaarigen Typen, schon sechs Jahre zurückliegend, befreiter Gesichtsausdruck, wie sie etwas aufbauen, von Bild zu Bild, Date zu Date, im Park, im Restaurant, im Kino. Und dann kommt er plötzlich nicht mehr vor.

Valerie durchforstet die gesendeten Nachrichten. Außer die an Wagenbach sind die meisten auf Rumänisch verfasst und gehen fast ausnahmslos an eine Nummer. Sie kopiert eine beliebige Nachricht in das Übersetzungstool, bereinigt die seltsamen Satzstellungen. »Jetzt fühlt es sich so an, als sei alles schon immer so gewesen, wie es ist. Aber weißt du noch, wie schön das in Lugoj bei unseren Verwandten war? Tomate, Aubergine, Petersilie, Nüsse und Kirschen, alles frisch aus dem Garten, Lindenblütentee von den Linden vor dem Haus. Und frische Milch in Colaflaschen aus Plastik, direkt von den Bauern. Überall durften wir alleine draußen spielen, sogar im Fluss schwimmen. Wie schön das war. Aber das ist eben typisch für die Generation mit dem Schlüssel um den Hals.«

Das kann nicht stimmen, denkt Valerie und vergleicht es mit dem Ursprungstext: generația cu cheia la gât. Sie sucht die

Worte online. Die Generation mit dem Schlüssel um den Hals, die in den späten 1980ern, frühen 1990ern in Rumänien geboren wurde, Kinder, die alleine draußen spielen durften, in der Zeit nach der Revolution. Eine Generation, die für den Umbruch steht.

Aus dem Back-up-System der Leiharbeitsfirma hat Valerie Spuren gezogen, die auf den Computern bereits gelöscht wurden. Sie öffnet die ausgelesenen Daten. Scrollt durch die Kalender.

Nur drei Kürzel enthalten das A, mit dem die SMS an Wagenbach unterschrieben war. AK. AS. AD. Letzteres war ja auch schon in Wagenbachs Buchhaltung aufgetaucht. Im Zusammenhang mit dem ersten erscheinen nur technische Termine, Wartungen von Heizungssystemen, Jahresinspektionen, Reparaturmaßnahmen. Routinetätigkeiten wie in jeder Fabrik. Sie stellt es hintenan. AS verwaltet Pläne für Schichten. Weitere Kürzel, wiederkehrend, in Blöcken: fünf Uhr morgens bis dreizehn Uhr dreißig. Zehn Uhr bis achtzehn Uhr dreißig. Sechzehn Uhr bis null Uhr dreißig. Vielleicht kann man unzulässige Belastungen daraus ableiten. Sie zu beweisen wird jedoch schwierig. Sie macht sich eine Notiz, den Plan an die Fachgruppe weiterzuleiten.

Bei AD wird es interessanter. Meetings mit verschiedenen Leuten, auch hier keine Klarnamen, aber immerhin Orte. Leiden. München. Bologna. Bukarest. Nie mit mehr Inhalt, keine Stichpunkte, worum es gehen soll, keine Anhänge, keine Kontaktdaten, nichts. Immer nur Uhrzeit, Ort, Kürzel. Es gibt nur eine Ausnahme: »Paul abholen. 15 Uhr.« Ein privater Termin, mit einer Telefonnummer dazu. Wahrscheinlich ein Kind. Krippe, Kindergarten, Hort oder Schule.

»Ich hab was«, ruft Valerie Magnus zu. »Eine Telefonnummer. Vielleicht aus dem privaten Umfeld. Könnte sich lohnen, die auch mal an die Kollegen zu geben.«

Sie sichtet weiter, folgt der Verknüpfung des Smart Speakers zu einem Log-in beim Anbieter. »Spiel meine Rock-Playlist«, sagt eine feste Stimme, »Wie wird das Wetter heute?«, »Wann habe ich den nächsten Termin?« Aber keine Interaktion am Tag der Tat. Auch die Steuerung des Garagentors bringt sie nicht weiter.

Als Nächstes zieht sie sich die Daten des Saugroboters. Das Gerät tastet die Wohnung mit Sensoren ab, umkurvt Hindernisse und schickt seine Navigation in einer Karte an die App. Aktion um 17:25 Uhr. Valerie wirft das Bild auf ihr Display. Sieht die Bahnen, die der Apparat gezogen hat, hier hebt sich die Couch ab, da eine Lampe, dort die Beine eines Stuhls. Und in der Mitte des Wohnzimmers die Umrisse eines Menschen.

*

Thomas liegt auf dem Sofa vor dem Fernseher.

»Hey.« Er gähnt und streckt sich.

»Hab ich dich geweckt?«

»Nein, nein«, er richtet sich auf. »Alles in Ordnung?«

»Ich weiß auch nicht.« Valerie lässt sich in den Sessel fallen. »Das Übliche. Ich seh den ganzen Tag so viel Zeug von anderen Leuten. Ich sag dir, irgendwann verdrängt das Leben anderer mein eigenes. Außerdem immer dieses schlechte Gewissen. Wegen alldem, durch das ich mich wühlen muss, bis wir überhaupt mal etwas Belastendes finden. Vor was die Menschen Angst haben, worauf sie stehen, wen sie lieben, was sie kaufen, wo sie sind.«

»Privatsphäre ist ja ohnehin eine relativ neue Denkfigur«, bemerkt er gelangweilt und fast widerwillig, als hätte sie um Belehrung gebettelt. »Früher haben ganze Familien in einem Raum gelebt, da gab es gar keinen Rückzugsort, da ist dann einfach gefickt worden. Und jetzt löst es sich wieder auf, und alle regen sich auf. Ganz so, als ob es Privatsphäre schon immer gegeben hätte.«

Das nervt Valerie, das »Gefickt«, sonst redet er nicht so, aber jetzt, um den Gegensatz zu Worten wie »Rückzugsort« oder »Denkfigur« hervorzuheben.

»Worauf willst du hinaus?«, hakt sie nach. »Ich hab nur gesagt, wie ich mich fühle. Nicht mehr und nicht weniger.«

Brillant ist es schon, wie er sein Wissen verknüpft. Aber es fehlt etwas, etwas Grundsätzliches. Irgendetwas, das daraus resultiert. Eine Haltung, ein Gefühl, eine Schlussfolgerung.

Thomas lacht und winkt ab, kehrt in sich zurück. »Nichts. Ich mein ja bloß. Hat mich nur dran erinnert.«

So wiederholt sich alles, sie drehen sich im Kreis.

»Worauf willst du hinaus?«, wiederholt Valerie. Aber das ist es ja, er will auf gar nichts hinaus.

»Ich weiß auch nicht«, sagt er leise. Es scheint ihn traurig zu machen, dieses riesige Geflecht von Referenzen. Wie ein Gefängnis.

Es sind ihre alten Rollen, er mit seinem schier unbegrenzten Wissen ohne Fazit, sie, die schon immer alles selbst herausfinden musste.

Und spüren. Besonders spüren. Der Stromschlag vom Weidezaun, das Festkleben mit der Zunge an der eisigen Stange vor dem Eisstadion. Immer ihre Mutter, die genau wusste, wie es kommen würde. Schmerzhaft, unausweichlich. Natürlich kannte sie Valerie. Zeichen der Erfahrung, wenigstens kurz, die verfliegende Erinnerung an einen Schock durch die Fingerkuppen, salzig und metallisch das Blut im Mund.

11

»Welkom.«

Der Empfangsmitarbeiter schaut kaum auf, Adrian nennt seinen Namen und erhält ein Formular auf einem Klemmbrett. Wieder haben sie seinen Namen falsch geschrieben. Adriaan. Als seine Familie damals hier ankam, er war noch ein kleines Kind, freute sich seine Mutter, dass sein Vorname hier nicht auffallen würde. Er streicht das zweite A aus Adriaan, ergänzt die zusätzlichen Angaben, überträgt die Nummer aus seinem Reisepass.

Ohne großes Interesse nimmt der Rezeptionist das Blatt entgegen, wirft einen kurzen Blick auf den Pass und gibt ihn ihm zusammen mit der Schlüsselkarte zurück. »Kamer driehonderdveertien.«

»Bedankt.«

Adrian schlägt mit dem Pass in seine Handfläche und zieht seinen Koffer in Richtung Lift.

*

Leiden an einem sonnigen Herbsttag, da sitzen die Grüppchen um ihre Flaschen in Stahleimern herum, so viel Weiß, weiße Hemden, weiße Kleider, weiße Tischdecken und Servietten. Ein junger Mann hat seinen Pullover umgehängt und die Ärmel lose verschlungen, als fassten ihn Arme von hinten wie in einer trostvollen Umarmung. Er lehnt sich zurück und redet auf die anderen ein, die mit ihren Gesten beschäftigt zu sein scheinen,

Kinn in die Hand, Beine überschlagen, Handy checken, Handy ablegen. Der Typ fährt sich durch die Haare, und sie fallen ihm wie in Zeitlupe zurück in die Stirn.

Adrian geht vorbei.

Schöne junge Menschen, die auf ihren Fahrrädern zu schnell aus seinem Blickfeld verschwinden, Sehnsucht und Verlust in Sekunden. Müßiggang in den Cafés, Männer mit Frisuren von Schaufensterpuppen, Haarschwung wie aus glattem Plastik. Tröge mit spitz zugeschnittenen Büschen.

Er erreicht einen Kiosk mit einem Schild für Burger und Pizza, zwei Tische und Bänke davor in einem Vorzelt. Ein Mann im Trainingsanzug lehnt am Tresen, die Hüfte seltsam herausgedreht, sodass sein Hintern unter der gespannten Jogginghose fast auf Adrian zeigt, obwohl auch sein Oberkörper halb in dessen Richtung gewendet ist. Unten hat sich ein kleiner Hund mit der Leine um die Beine des Tisches gewickelt, hilflos verstrickt. Der Mann fummelt umständlich eine Zigarette aus der großen Packung, begrüßt Adrian beiläufig und gerade deswegen so vertraut, als würden sie sich jeden Tag hier sehen.

Adrian nickt ihm zu. Entweder reich oder gleich der totale Abfuck, denkt er. Das ist das Problem von solchen Orten, deshalb kommt man hier nicht klar. Er bestellt Pizza und Bier und setzt sich. Durch die große, durchsichtige Plane des Vorzeltes sieht er Passanten schemenhaft und verschwommen an sich vorbeigehen.

Nachdem Adrian den Kiosk verlassen hat, geht er am Wasser entlang Richtung Bahnhof. Ein Wandgedicht in griechischen Buchstaben fällt ihm ins Auge, »κρυμμένα« steht über den Zeilen. Seine Schulklasse hat früher einmal einen Ausflug zu ein paar der Gedichte gemacht, damals waren sie noch neu, aber an die Bedeutung dieser Verse kann er sich nicht erinnern. Den Sinn dahinter hat er schon damals nicht verstanden, in der ganzen Stadt Gedichte auf die Wände zu malen, viele auch noch in fremden Schriftzeichen. Man sollte sie wenigstens übersetzen, das ist zumindest seine Meinung.

Trotzdem, das erste Mal seit langer Zeit spürt er ein Gefühl von Heimat. Was führt ihn hierher zurück? Die Autos. Und die Server, die am anderen Ende der Stadt verlässlich brummen, auf denen alles gespeichert ist, was ihm helfen kann, wenn sonst alles kaputt geht, Konten, Kryptowährungen, Kontaktdaten. Aber das ist nur eine oberflächliche Antwort. Die Lagerhalle samt Büro hätte er auch sonst wo anmieten können, nein, irgendetwas hat ihn dazu gebracht, es hier zu tun. Vielleicht, weil er sich hier auskennt, vielleicht aus dem diffusen Gefühl, hier etwas beweisen zu müssen.

Er geht weiter. Alles entfaltet sich so regelmäßig. Die im Kanal festgemachten Boote, Häuser verschachtelt, verschoben, rote Straßen im Zentrum, matter als die Häuser. Sanft bewegtes Wasser, Blumenkästen gereiht, geometrisch, sauber, wie drapiert.

Adrian verspürt einen unbändigen Drang, diese Ordnung zu zerschlagen.

Am Bahnhof passiert er eine alte Frau auf einer Bank, und gerade als er freundliches Nicken zurechtgelegt hat, schreit sie ihn an: »Je bent niets. Kutkind.« Du bist nichts, Scheißkind.

Das wird ja immer schöner hier. Er schaut sich um, zieht an seiner Zigarette, aber niemand beachtet ihn.

»Stop met roken.«

Sie ist nicht normal, denkt sich Adrian, sie hat es nicht mehr im Griff, wie so viele, aber das wird sie nicht schützen, wenn sie an den Falschen gerät. Weg hier, sagt er zu sich selbst, und als er den Bahnhof betritt, löst sich das verhutzelte kleine Wesen, diese geduckte Frau, aus der Sitzgruppe und folgt ihm.

»U heeft Astma.«

»Geen Nederlands«, ruft er.

»Der Teufel weiß, dass du Asthma hast«, spuckt sie aus.

Er beschleunigt seine Schritte, und ihre Sätze werden leiser.

Adrian hält inne, nimmt die Stufen zu den Schließfächern an Gleis eins. Eckige Zahlen, Digitalrot, sieben Linien. Die Acht füllt alles aus, fünf und zwei unentschlossen, eins kennt die Richtung, sechs und neun einhaken, ausklinken, sieben um die Ecke, drei im Fahrtwind, vier hält alles oben. »Vierundzwanzig Stunden« steht auf dem Schild, das ist die maximale Dauer. Er nimmt die Tüte aus dem Fach, prüft den Inhalt, Bargeld, Autoschlüssel. Auf seinem Handy ruft er den Standort auf, den Hendrik ihm geschickt hat.

*

Der Porsche steht vor einem Kindergarten. Es kommt Adrian vor, als wäre es gestern gewesen, dass er Paul aus der Kita abgeholt hat, aus der Löwengruppe, wie ihm jetzt einfällt, einmal geblinzelt, und sein Sohn ist schon in der zweiten Klasse. Der Zaun ist ausgebeult, denn die Kinder lehnen sich hinein. Drei oder vier bunte Figuren an ganz unterschiedlichen Stellen des Gartens glotzen in die Luft, abgedriftet, mit dem Kopf irgendwo in einer völlig anderen Welt. Vielleicht fühlen sie sich aufgefangen in dieser Ausbuchtung. An die Glasfront des Gebäudes wurde in bunter Schrift eine Botschaft nach außen geklebt, »Stronger Together« steht da, aber was soll das bedeuten? Wie soll das eine Nachricht von diesen Zwergen sein? Als ob sie sich gedacht haben, wir brauchen eine Botschaft für Zusammenhalt, wie wir ihn verstehen und leben. Als hätte sich nicht das Betreuungspersonal das ersponnen. Er sieht vor sich, wie jemand im Schneidersitz auf dem Boden sitzt und die großen Buchstaben ausschneidet. Er selbst hat keine Erinnerung an so eine Form von Verbundenheit, nur kleine Gruppen, entweder als Schutz vor anderen oder zu einem Zweck, irgendein Zweck steckt immer dahinter.

Als später irgendwann Victor in der Schule auftauchte, veränderte sich das Gefühl. Was für ein Wunder, jemand, mit dem er Rumänisch und Deutsch sprechen konnte, zwei Geheimsprachen, die sie von allen anderen abhoben. Bei ihm hatte Adrian schon wegen dessen Größe gleich das Gefühl, dass da noch jemand ist, dem das alles zu klein ist, zu kleine Mengen auf den Digitalwaagen, zu kleine Summen, zu kleine Geschäfte, zu kleine Bewegungsradien von ein paar Schulhöfen, ein paar Clubs und Kneipen. Dass da noch jemand weiß, dass man alles größer machen kann, wenn man es nur schafft, sich nicht mehr im Weg zu stehen. Die gemeinsame Haltung war es, das ist sicher, ein Blick, den man austauscht, wenn jemand anderes gerade wieder laut wird, Gespräche, die es schaffen, nicht in den immer gleichen Schleifen zu versacken. Jemand, der beim nächsten Treffen noch weiß, worüber man letztes Mal geredet hat.

Der erste Versuch, größer zu denken, war ein Online-Medikamentenhandel. Wenig erfolgreich. Mit Bewährungsstrafen waren sie am Ende noch glimpflich davongekommen. Die Erkenntnis, dass sie etwas mit weniger Risiko und höheren Gewinnen aufziehen mussten. Das ging nur mit Victor, mit jemandem, der auch dann daran glaubt, wenn man selbst zweifelt. Ihm ist auch das mit den Autos eingefallen, die Luxuswagen, die sie sich untereinander vermieten, um das Geld zu waschen.

Ja, mit so jemandem kann man arbeiten, der gute alte Victor. Was man an ihm hat, wird eigentlich immer erst klar, wenn er nicht da ist, denkt Adrian.

Der Schlüssel wiegt schwer in seiner Hand, ein Pferd, über dem »Stuttgart« steht, »Porsche« in geschwungener Schrift. Adrian drückt den Knopf, die Lichter flammen auf. Er nimmt eine Zigarette aus der Schachtel und lehnt sich an das Auto.

Wie sie ihn ausgeschlossen hat, die Stadt, in der jeder studiert, aber trotzdem kleingeistig bleibt. Für immer Kutkind. In De Kooi, dem Stadtteil, in dem er gewohnt hat, reihen sich die Mietshäuser in diesem ewigen Ziegelrot, aber drei Schritte raus, und schon wird es wieder ordentlich und gefällig.

Er zieht an der Zigarette und stellt sich vor, dass ihn jemand mit dem Wagen sieht, irgendjemand von früher, es wäre gar nicht nötig zu reden. Es würde genügen, dass die Person ihn erkennt, vielleicht im Vorbeifahren oder aus der Ferne. Mit einer vagen Vertrautheit, den kenne ich doch, aber genug Irritation über den Sportwagen, um sich nicht sicher zu sein, woher, sodass es demjenigen umso eindrucksvoller später einfällt.

Adrian will die Zigarette wegschnipsen, sieht die bunten Buchstaben an der Scheibe des Kindergartens, hält inne, drückt sie an seiner Schuhsohle aus und wirft sie in den Mülleimer. Was diese Stadt aus ihm macht.

Im Auto greift seine rechte Hand ins Leere, seine Linke findet das Zündschloss. Der Motor startet mit durstigem Gurgeln, und Adrian lässt den Wagen über die Ziegel rollen, erst langsamer, dann mit Schub, auf der lachsrot schimmernden Spur.

12

Im Aufzug fühlt Valerie die Steine vom Isarufer in ihrer Tasche. Sie zieht sie heraus und wendet sie in der Hand. Trocken, gräulich und blass, nur noch eine Ahnung ihrer dunkel glänzenden Farben ist verblieben.

Als Valerie ins Büro kommt, lehnt Magnus in seinem Stuhl, die Hände hinter dem Kopf verschränkt, in dieser typischen Frag-mich-was-Pose.

Also fragt Valerie. »Sag schon, was liegt an?«

»Die Nummer, die du da weitergegeben hast …«

»Was ist damit?«, unterbricht sie ihn.

»Gehört Jasmin Trisovic, der ehemaligen Lebensgefährtin von einem Adrian de Jong, offiziell nur Berater der Leiharbeitsfirma, aber anscheinend läuft fast alles über ihn.«

»Also haben wir unseren A.?«

»Sieht fast so aus.«

»Und gibt's schon mehr?«

»Ein paar Anrufe. Von einer Nummer, die schon länger auf ihn läuft. Inhaltlich nicht weiter spannend. Es geht eigentlich nur darum, wer wann den Sohn abholt.«

»Warum grinst du dann so?«

»Wir haben überprüft, mit welchen Funkmasten sich die SIM-Karte verbunden hat. Und da ist noch eine zweite Nummer aufgefallen, die sich permanent in denselben Zellen bewegt.«

»Ein zweites Gerät.«

»Ja. Anonym, aber aktiv.«

»Kommen wir ran?«

»Ist schon bei der Überwachung. An sich sind sie ja vorsichtig mit telefonieren, aber vielleicht rechnet er nicht damit, dass wir ihm die Nummer zuordnen können.«

»Na hoffentlich. Wie heißt der noch gleich?«

»Adrian de Jong.«

Sie gibt den Namen ins Suchfeld ein. Ausgerechnet der häufigste holländische Nachname. Ein verstorbener Schriftsteller, ein Software-Entwickler, ein Projektmanager, alle aus den Niederlanden. Sie prüft die sozialen Medien, es sind zu viele, über die halbe Welt verstreut.

Dann konzentriert sie sich eben auf Jasmin Trisovic. Besser. Es gibt nur eine in München, ihre Freundesliste ist frei einsehbar. Sie findet darauf keinen Adrian, verfolgt aber die Postings in die Vergangenheit, ein Jahr zurück, zwei Jahre zurück, drei Jahre zurück, und da ist Trisovic, neben einem unangenehm berührt blickenden Mann, legt die Hand auf dessen Wange, als wollte sie ihn im Bild halten. »So happy right now.« Im Bild ist ein Profil verlinkt, sie klickt es an. Er nennt sich »Nume Ilizibil«, Name unleserlich, wie das Übersetzungstool ihr sagt. Er scheint schon länger nicht mehr aktiv zu sein. Valerie macht sich Notizen. Ein Fitnessstudio, das er besucht hat. Paraziții, eine rumänische Rap-Gruppe aus den Neunzigern, deren Seite er folgt. Restaurants und Bars in Leiden und München, die ihm gefallen. Das kann alles helfen, falls sie gezwungen sein sollte, etwas auf de Jongs Geräten aufzuspielen. Eine Mail vom eigenen Fitnessstudio ist weit weniger verdächtig als von einem beliebigen Absender. Valerie ruft sein Profilbild auf. Ein körniger Schnappschuss im Halbdunkel, Zigarette im Mund, das Gesicht von der Kamera weggewandt. Aber vor ihr wird er sich nicht verstecken können.

»Ach übrigens«, reißt Magnus sie aus den Gedanken, »du weißt ja, sie besprechen Wichtiges anscheinend nur über

Chats in Tor. Aber zweimal wurde auf eines der E-Mail-Konten von de Jong von einer bestimmbaren IP-Adresse zugegriffen. Könnte sein, dass sie von dort aus auch ins Tor-Netzwerk gehen.«

»Was ist das für eine IP?«

»Ein Internetcafé in Giesing.«

»Hast du die Adresse? Ich würde gern mal schauen, wie gut das dort gesichert ist.«

»Du weißt schon, dass das eigentlich ein Fall für die Überwachung ist?« Magnus seufzt und tippt kurz. »Hab's dir geschickt.«

*

Das Telefon klingelt, und Valerie weiß, dass es ihre Mutter ist. Freitagabend, übliche Zeit. Außer ihr ruft niemand auf dem Festnetz an.

»Wollt nur mal horchen, was so anliegt«, plaudert sie drauflos, aber in Wirklichkeit glaubt ihre Mutter, ein Recht darauf zu haben, zu erfahren, wie es ihren Kindern geht. »Ist das Geld angekommen?«

»Ja«, sagt Valerie und lässt sich in den Sessel fallen, »wie letztes Mal und vorletztes Mal und vorvorletztes.«

»Störe ich? Passt es gerade nicht?«

»Wieso?«

»Du klingst ein bisschen gereizt.«

»Alles gut.« Die alte Lüge.

Ihre Mutter zahlt Thomas' Miete, weiß ihn bei ihr gut aufgehoben. Valerie passt auf, dass er seine Medikamente nimmt, achtet auf die Episoden, und über allem hängt die Sorge, dass er wieder stationär behandelt werden muss. Dann hätten sie beide versagt.

»Wie geht es Thomas?«

»Ganz gut. Neulich war er mal ein bisschen unruhig, aber …«

»Das ist gut«, unterbricht ihre Mutter sie. Details will sie nicht hören. »Weißt du, wie ich heute früh aufgewacht bin? Ganz wunderbar war das, ich hatte das Fenster gekippt, und dann höre ich beim Aufwachen Gitarrentöne aus dem Innenhof, ich glaube, was Spanisches oder was Südamerikanisches, könnte Cassadó gewesen sein, vielleicht war es auch etwas Moderneres, aber wie ich da so direkt vom Traum in den Tag reingeglitten bin, man kann sagen: reingeschwebt, ich kann dir sagen, das war … das war so richtig erhebend.«

Was treibt in ihr diese Überhöhung an, dieses verdichtete Empfinden oder Erinnern?

»Muss sich schön anfühlen, so ein Leben«, sagt Valerie.

»Aber du fühlst dich gut?«

Sie fragt nie, wie es Valerie geht, immer nur, wie sie sich fühlt.

»Ja«, stößt Valerie aus.

»Auf dem Bild, das du neulich geschickt hast, da hat deine Haut so schlecht ausgesehen. Bist du übernächtigt?«

»Ich hab grad ein bisschen viel zu tun«, setzt Valerie an.

Aber das interessiert ihre Mutter nicht, das Äußere, der Arbeitsalltag. Sie ist gleich schon an der Essenz: »Weißt du, die Haut ist der Spiegel des Inneren. Wie die Haut aussieht, so fühlt man sich. Darum sagt man ja auch, man fühlt sich nicht wohl in seiner Haut.«

»Oder wohl.«

»Was?«

»Oder wohl. Man kann sich ja auch wohlfühlen.«

Valerie steckt die freie Hand in die Hosentasche, nimmt sie wieder heraus, geht in die Küche und beginnt, den Geschirrspüler auszuräumen.

»Mag sein. Ich versteh schon«, sagt ihre Mutter, und bevor Valerie fragen kann, was genau, schiebt sie nach: »Ich will auch nicht weiter stören.« Voller Wärme mit einem Mal: »Ist Thomas da?«

»Ja.«

Jetzt würde Valerie ihr doch gern etwas erzählen. Ein Erlebnis, irgendeine Anekdote, etwas wenigstens ein bisschen Persönliches, aber sie findet nichts und gibt auf. Sie geht in Thomas' Zimmer, reicht ihm den Hörer.

Kaum hält er das Gerät in der Hand, dreht er seinen Stuhl wieder in Richtung des Schreibtisches und grummelt: »Ja«, »Ja«, »Mh«, »Ja«, kritzelt gleichgültig etwas auf die Unterlage, und ein plötzliches Gefühl von Mitleid lässt Valerie im Türrahmen verharren, bis es ihr gelingt, sich langsam abzuwenden.

Sie schaut auf ihr Handy, Anna fragt, ob sie spontan Zeit habe. »Leider nicht«, antwortet sie, »aber unbedingt bald mal wieder, ja?«

Sie öffnet die Tür zu ihrem Zimmer. Ein Pullover verklemmt sich darunter und leistet leichten Widerstand. Sie zerrt an dem Ärmel und wirft den Sweater auf den Haufen mit den anderen Klamotten, stößt mit dem Fuß gegen einen Stapel Bücher. Überall liegen Zettel, Notizen, herausgerissene Blätter, externe Festplatten, Flash-Speicher herum.

Der Anblick versetzt sie in Anspannung, sie möchte etwas aus diesem Chaos destillieren, etwas Reineres, Geordnetes und Sauberes aus der Unordnung ziehen, einen Code, der logisch und klar offenliegt, auch ohne Kommentare für andere Fachleute nachvollziehbar. Sie setzt sich an den Schreibtisch und schreibt an einem Skript, das gesammelte Personaldaten ordnen und sortieren kann. Die Grundlagen dazu hat sie aus einer Chatgruppe mit IT-Fachleuten aus ganz Deutschland bekommen. Ihre Abteilung könnte auch eine Lizenz für ein passendes Programm erwerben, aber das müsste sie beantragen, dann müsste Budget dafür freigegeben werden. Das ist ihr zu umständlich, auch wenn sie so dem Dienststellenleiter wieder aufwendig darlegen müssen wird, was sie genau geschrieben hat und was das Tool kann.

Stundenlang vertieft sie sich, stundenlang baut sie die Zeilen aneinander, lässt sich Fehlermeldungen auswerfen, bereinigt, korrigiert, lässt es wieder laufen. Das sind ihre Spuren im Kies, das ist ihr zurechtgestutzter Bonsai. Am Ende hat sie ihren Code, in sauberer Form, regelmäßig eingerückt, die einzige Ordnung, die sie wirklich beruhigen kann. Dass sie so etwas Pures entstehen lassen kann. Sie atmet tief ein. Das Programm beginnt seine mühsame Arbeit, sie legt sich ins Bett und ist in wenigen Augenblicken eingeschlafen.

13

Wasser prasselt auf Cristinas Kopf, Dampf kräuselt sich unter den kleinen Leuchten, die in die Decke eingelassen sind. Der Ausfluss ist verstopft, und sie steht bis zu den Knöcheln im Wasser. Sie stellt den Hahn ab, rubbelt sich die Haare trocken. Hier ist sie also wieder, in einem billigen Hotel in Leiden.

Im Frühstücksraum läuft eine Kultursendung auf dem Fernseher. Erst schaut Cristina beiläufig in die Richtung des Bildschirms, dann lassen sie die Bilder nicht mehr los. Riesige mechanische Kreaturen laufen vom Wind angetrieben lautlos gehetzt den Strand hinunter. Theo Jansens »Strandbeester«, verrät eine Einblendung. Zahllose schmale Streben, trickreich ineinander verhakt, versetzen die Kolosse in Bewegung. Ihre Segel blähen sich in den Böen auf, aber man kann sehen, dass die Biester einen eigenen Willen haben. Laufen staksend und zielstrebig, aber wohin wollen sie? Ein Wurm wirft sich ins Rückgrat, bäumt sich nach vorne, hält kurz inne und besinnt sich seines Weges, hastet weiter, keine Zeit, keine Zeit. Die Segel eines anderen Biests bäumen sich in den Böen, schlagen Wellen, und tausend Füße setzen sich unbeirrt in den Sand.

Das Blinken ihres Handys holt Cristina in den Frühstücksraum zurück. Victor hat einen Standort geschickt. Sie vergrößert den Ausschnitt: Burcht van Leiden, die alte Festung im Zentrum. Das sieht ihm ähnlich. Nichts ohne Inszenierung.

Bisher scheint Victor ihr wohlgesonnen zu sein, dabei ist sie ihm inzwischen fast gleichgestellt, zumindest, was ihre Aufgabenbereiche angeht. Aber gut, er ist entspannt, Adrian und er kennen sich noch aus der Kindheit in Holland, da hat er nicht viel zu befürchten. Und Cristina will, dass das so bleibt. Immerhin hat sie es schon in den inneren Kreis geschafft, und Victor ist nach Wagenbachs Tod wichtig für sie.

*

Es hatte keine Anzeige gegeben, auf die Cristina sich hätte melden können. Sie hatte gewusst, mit wem Loredana gesprochen hatte, und beobachtet, wie die Männer in Arad Kontakt zu jungen Leuten aufnahmen. Sie hatte keine Ahnung, dass sie das gegen eine geringe Provision für Adrian und Victor taten. Sie verfuhren nicht nach einem allgemeingültigen Muster. Passten ihre Masche an. Die Jobvermittlung, die Modelagentur, die Pflegeausbildung. Gute Arbeit gegen gutes Geld. Sie versprachen einem die Welt, die Veränderung kam spät und schleichend. Cristina besuchte die Läden, wo sie normalerweise herumhingen. Nicht auffällig. Nicht jeden Tag. Nur ab und zu. Sie ließ sich blicken und ging früh.

Einmal wollte ihr einer von ihnen einen Drink bestellen. Sie lehnte ab, ließ seine Komplimente abgleiten. Woher sie komme, was sie gemacht habe. Sie gab ein paar Einzelheiten preis, erzählte vom Studium in Hamburg.

Das weckte sein Interesse. »Germania. Vorbești germană?«

»Ja.«

Die Sache sei nämlich die, setzte er an, er arbeite für eine Agentur, die Fachkräfte nach Deutschland vermittle. Er erzählte von seriösen Firmen, mit denen sie zusammenarbeiteten. Was die Bedingungen angehe, die seien natürlich je nach Qualifikation unterschiedlich.

Sie nickte. Ließ ihn reden, nur äußerlich souverän.

Sie könne sich jederzeit in die Kartei aufnehmen lassen, sagte der Mann. Völlig unverbindlich. Wenn sich nichts daraus ergebe, sei das ja auch nicht schlimm. Aber schaden könne es nicht.

Sie antwortete, dass sie es sich überlegen wolle.

Die nächsten Tage mied sie den Ort, ließ sich erst mit Verzögerung wieder blicken.

Sofort war er wieder da. Ob sie noch Interesse habe.

Ob sie denn Interesse gehabt habe, fragte sie zurück.

Er lächelte.

So passierte es.

Sie sieht sich an einem kalten Morgen mit zwei Frauen und drei Männern an einem Transporter stehen und ihre Sporttasche in den Kofferraum stopfen. Außer ihnen ist niemand auf der Straße.

Der Fahrer ist freundlich. Er bittet die Passagiere um die Pässe, damit er sie im Fall einer Kontrolle gleich parat habe. Sie kramen ihre Dokumente hervor, manche haben sie griffbereit. Wie beiläufig und arglos das geschieht. Der Fahrer klappt Cristinas Pass auf, inspiziert ihn mit zusammengekniffenen Augen. Dann klappt er ihn schwungvoll auf den Stapel Pässe in seiner anderen Hand und nickt zufrieden. Es kann losgehen, er scherzt mit einem der Männer, und es ist diese geheuchelte Fürsorge, diese arglose Stimmung, die Cristina wie der wahre Verrat vorkommt. Es macht sie wütend, dass Loredana auf eine so einfache Masche hereingefallen ist.

Christinas Pass ist nun in seinem Besitz, aber damit hat sie gerechnet. Deshalb hat sie ihren Pass vorab als verloren gemeldet und einen neuen beantragt, der jetzt in einem Buch verborgen in ihrer Tasche liegt.

Eine der Frauen zeigt ihr Nachrichten von ihrem Freund, der in Deutschland warte: »Ich mach mir Sorgen um dich.« – »Ich vermisse dich.« – »Ich kann es kaum erwarten.«

Cristina sitzt hinten auf der Rückbank. Der alte Mann neben ihr ist eingeschlafen, breitbeinig sitzt er da, sein Oberschenkel drückt gegen ihren. Die Frau auf der anderen Seite presst sich in ihren Winkel, die Knie an die Außenwand, die Hände auf die Oberschenkel gelegt. Nur keine Berührung.

Zu viel Enge. Zu viel Zeit nachzudenken. Was tut sie hier? Das sind Verbrecher.

In den Pausen vertreten sie sich die Beine. Zu süßer Saft in Kartons. Chips. Zigaretten an der Tankstelle. Momente wie aus einer Urlaubsreise, ohne das passende Gefühl. Die anderen sind aufgetaut und machen Small Talk, zwei der Männer sind auf der Suche nach Verbindungen irgendeiner Art. Erleichterung, als sich herausstellt, dass die Tante des einen Ladenbetreiberin in dem Ort ist, in dem der Vater des anderen aufgewachsen ist.

Cristina hat als Städterin nichts beizutragen. Sie schämt sich für die anderen und noch mehr für sich selbst.

In München wurde ihr Adrian de Jong vorgestellt. Er trug einen dunklen Anzug, war freundlich, gab sich professionell. Es war riskant gewesen, ihn bei der ersten Begegnung damit zu konfrontieren. Sein lächerliches Blatt Papier zu zerreißen, auf dem ein Lohn stand, den Cristina ohnehin nicht ausgezahlt bekommen hätte. Aber sie hatte darauf gesetzt, dass er den Anschein eines serösen Geschäftsmannes wahren wollte, und hatte recht behalten.

»Știu ce se întâmplă aici!«

»Sprich Deutsch mit mir. Du bist jetzt hier.«

»Ich weiß, was hier abgeht«, wiederholte sie. »Die Schulden, die ich angeblich habe. Die Unterkunft.«

»Ich weiß nicht, was du meinst.« Ein trockenes Lachen, die Handflächen nach außen gekehrt, nichts zu verbergen. »Wir bieten Perspektiven, hier auf dem Arbeitsmarkt Fuß zu fassen. Aber wir müssen auch unsere Ausgaben decken.«

»Warum habt ihr meinen Pass?«

»Die Behörden hier sind unübersichtlich. Es ist effizienter, wenn wir uns kümmern. Aber selbst wenn irgendetwas an unserem Vorgehen problematisch wäre, glaubst du, das würde hier irgendwen interessieren? Willst du zur Polizei gehen? Zur Zeitung?«

Cristina sammelte sich. »Ich bin ein pragmatischer Mensch.«

»Das ist gut.«

»Ich will nur einen besseren Job. Ich kann alles Mögliche übernehmen. Ich spreche Rumänisch, Deutsch, Englisch, Spanisch. Was auch immer anfällt.«

Nicht betteln. Nicht darauf angewiesen sein.

»Überleg es dir. Ich lasse meine Nummer hier. Sonst komme ich morgen wieder und hole meinen Pass.«

Adrian war interessiert.

So ist das abgelaufen, denkt Cristina und nimmt den letzten kalten Schluck aus ihrer Kaffeetasse. So undramatisch und fundamental.

*

Braun, grau und weinrot, alles ein bisschen fahl, so liegt die Stadt im Nieselregen und darüber die Festung. Wenn man es überhaupt »darüber« nennen kann, sie erhebt sich vielleicht zehn Meter, aber hier ist eben alles ein bisschen kleiner skaliert.

Cristina schlägt sich den Schal um den Hals und macht sich auf den Weg. Vom Rand ihres Sichtfeldes zieht das Wort »AQUI« ihren Blick auf eine Hauswand, in goldener Schrift auf einem weinroten Rechteck, die Cauda schwingt sich unter dem U entlang, zieht in die links und rechts abgesetzten Zeilen.

Mis pasos en esta calle
Resuenan
  en otra calle
donde
  oigo mis pasos
pasar en esta calle
donde
  Sólo es real la niebla.

Meine Schritte in dieser Straße, hangelt Cristina sich an den Zeilen entlang, hallen wider in einer anderen Straße. Oder weiteren Straße? Nein, besser: anderen Straße, wo ich meine Schritte durch diese Straße gehen höre, wo nur der Nebel echt ist. Oder wirklich? Lieber echt.

Die Stadt will sie etwas wissen lassen, in der Sprache der Telenovelas, die sie mit Loredana gesehen hat. Ein gespaltenes Ich an zwei Orten, es flackert hin und her, ein Gefühl der Entzweiung, dann der Nebel am Ende. Sie geht weiter, setzt ihren Weg fort.

Die Burg liegt etwas verborgen in der Altstadt, und Cristina muss einige Male ihren Standort prüfen. Dann liegt die Festung plötzlich vor ihr. Menschen gehen die Treppe auf das Tor zu, andere steigen die Stufen hinab, als saugte das runde Gemäuer sie an, um sie wieder auszustoßen, ein kosmischer Atem. Innerhalb des Mauerrings gibt es nicht viel zu sehen außer ein paar Sitzgelegenheiten. Einmal hier angekommen wirken alle wie von einer plötzlichen Ratlosigkeit ergriffen. Man verbringt eine angemessene Zeit hier und geht wieder.

In der Mitte steht Victor, unbewegt unter einem riesigen Baum, mit dem Rücken zu ihr, rauchend, in einen schweren Mantel gehüllt, hineininszeniert in diese Komposition.

Plötzlich dreht er sich um und kommt auf sie zu. »Hallo.«

»Hey«, begrüßt Cristina ihn und schaut sich um.
»Imposant, oder?«
»Na ja. Ein großer Hügel, ja.«
»Ich bitte dich.« Er grinst. »Das haben die Menschen selbst aufgeschüttet. Zwölf Meter.«
Cristina nickt und tastet nach der Zigarettenschachtel in ihrer Manteltasche.
»Natürlich ist die Festung schon lange nicht mehr militärisch relevant. Sie wurde nach der Belagerung durch die Spanier zum Symbol des Widerstands.«
»Verstehe.«
»Und weißt du, wie sie es gemacht haben?«
»Wer?« Sie zündet eine Zigarette an und bläst den Rauch seitlich an Victor vorbei.
»Die Bewohner. Die Holländer. Wie sie die Belagerung überwunden haben? Ich sag dir, wie. Sie haben Deiche zerstört. Den ganzen Polder geflutet. Das ist ja alles unter dem Meeresspiegel.«
»Ich weiß«, sagt Cristina ungeduldig.
»Tja«, Victor blinzelt zufrieden, »damit haben sie nicht gerechnet. Da ist das Wasser gestiegen. Das waren sie nicht gewohnt, die Spanier.« Das scheint ihm große Genugtuung zu verschaffen.
»Wann war das Ganze?«
»Im sechzehnten Jahrhundert.« Er drückt die Zigarette an einem kleinen silbernen Etui aus, legt die Kippe hinein und lässt es zuschnappen. »Zum Dank hat Leiden als erste niederländische Stadt eine Universität bekommen.«
»Dann hat es sich ja gelohnt.«
»Kann man so sagen.«
Ein Ruf unterbricht sie. Ein Hundehalter zerrt an der Leine, der Rüde besteigt gerade eine Hündin, sieht schuldig aus, kann nicht anders.

Tja, so ist das mit dem Christentum, denkt sich Cristina und korrigiert sich gleich, hier ist ja keiner sonderlich religiös, hier macht man sich keinen Stress mit der Dreifaltigkeit.

»Pass auf«, sagt Victor, nur widerwillig von seiner Geschichte abgelenkt, »du hast den BMW? Fahr den zum Lager. Da nimmst du den Audi, ein Q7, weiß, steht gleich, wenn du reinkommst, links. Den Schlüssel vom BMW deponierst du dann im Schließfach am Bahnhof, die Sporttasche nimmst du mit und bringst sie Adrian.«

Sie seufzt.

»Was ist?«

»Q7? Das ist ein SUV, oder? Gefällt mir nicht.«

»So, das gefällt dir also nicht?«

»So klobig. Kann ich nicht was anderes bekommen?«

Victor schüttelt den Kopf und lächelt amüsiert. »Ausgeschlossen.«

»Und außerdem, das mit den Schließfächern ist doch viel zu kompliziert, kann ich den Schlüssel nicht einfach direkt abgeben? Bei Hendrik oder wie der heißt?«

»Du weißt doch«, seufzt Victor, »nur Adrian hat die direkten Kontakte. Und manchmal ich. Sonst niemand. Ist besser so. Auch für dich.«

Cristina verschränkt die Arme. »So gefährlich können die nicht sein.«

Er zuckt mit den Schultern. »Da gibt es schon welche, mit denen ich lieber nichts zu tun hätte. Es ist immer besser, wenn so wenige wie möglich dein Gesicht kennen. Oder deinen Namen. Allein schon wegen der Polizei. Glaub mir.« Er nickt in Richtung der Promenade. »Lass uns hochgehen, da sind weniger Leute.«

Victor steigt schwerfällig die Stufen hinauf, Cristina folgt ihm. Dann hält er inne, stützt die Arme auf die Mauer und schaut über die Stadt, die regenfeucht und grau vor ihnen liegt. Er kramt in seiner Tasche, hält die Faust vor sie, öffnet sie behutsam, als würde er ihr eine fragile Miniatur zeigen. Aber darin liegen lediglich der Autoschlüssel und der Zettel mit dem Code für das Schließfach. Cristina nimmt ihm beides aus der Hand und verstaut es in ihrer Tasche.

Sie blickt sich um. Ein paar Kinder klettern auf die Zinnen. Eine Mutter beugt sich zu ihrem Sohn und fragt, was er essen möchte, Banane, Brot, ein Stück Apfel? Da wird ein Kind tatsächlich gefragt, was es eigentlich selbst will. Der Junge sitzt im Matsch, seine Kleider sind völlig verdreckt, aber er bekommt nicht zu hören: »Ce zice lumea? Nu ți-e rușine?« – Was sollen die Leute sagen? Schämst du dich nicht? Cristinas Kehle schnürt sich zusammen.

»Wo bist du eigentlich überall unterwegs?«, fragt sie.

»Was meinst du? Holland, Deutschland, Rumänien?«

»Ich meine die Tour. So, wie ich beim Schlachthof bin, bei der Papierfabrik und bei den Unterbringungen bei Nora.« Victor runzelt die Stirn.

»Ich bin manchmal noch im Altenheim, dann haben wir noch ein paar Leute in der Gastro.«

Ein paar Leute hat Adrian, denkt sie. Fühlt sich als Held, aber ist eigentlich Super Mario aus Sicht der Monster.

»Altenheim? Wie viele sind es denn insgesamt? Ich meine Betriebe, mit denen wir arbeiten?«

Victor dreht sich zu ihr und mustert sie. Dann seufzt er und wendet sich wieder zur Aussicht. »Viele. In der ganzen Stadt verteilt. Adrian passt auf, dass die Bereiche sich nicht überschneiden. Wie gesagt«, stößt er in Richtung der Gassen aus, »manchmal ist es besser, Dinge nicht zu wissen.«

»Ich bin jemand, der Dinge lieber weiß«, lässt sie nicht locker. »Vermitteln wir viele Frauen?«

»Warum?«

»Weiß auch nicht. Vielleicht, weil ich eine bin.«

Er schweigt.

»Ist hart manchmal, oder?«, fragt sie.

Sein Mundwinkel zuckt. Kurz werden seine Gesichtszüge weicher, dann presst er die Lippen zusammen. »Lass uns gehen.«

*

Gastro, sagt sie zu sich, nachdem Victor abgebogen ist. Gastro und Altenheim. Es gibt viele Altenheime. Noch mehr Gastro. Vielleicht könnte Adrian sie dort einsetzen. Leicht gesagt. Ist ja nicht so, als könnte sie einen Versetzungswunsch einreichen.

Sie überquert eine Brücke und befühlt ihren Schal. Wie ihre Großmutter zum Einkaufen in die Stadt gegangen und damit zurückgekommen war; eine Umarmung mit kalten Wangen, Parfüm und etwas Erhabenes aus der Stadt mitgebracht hatte, obwohl sie es ja gewesen war, die den Duft aufgetragen hatte. Der Schal, den Cristina unmodisch findet, aber nicht weggeben kann, weil der Gedanke daran hängt, dass diese Frau mit steifen Gelenken und zerstreutem Geist aus dem Haus gewackelt war, sich durch die Stadt gehangelt hat, in ein Kaufhaus, um dort Stoffe zu befühlen, die Angestellten zu befragen, Stücke beiseitelegen zu lassen, immer sie, Cristina, im Kopf, nur, um zu diesem einen Schal zu gelangen, den sie dann vorsichtig eingepackt hat. Nur die zerknitterten Ecken und das schräg aufgedrückte Klebeband verrieten die Widrigkeiten, mit denen das alles vor sich gegangen war. So war das, wenn man bei den Großeltern aufwuchs. Cristina spürt schnell hintereinander Liebe, Traurigkeit und Schuld.

Sie erreicht das Auto, gibt die Adresse der Lagerhalle ins Navi ein und lässt den Motor an.

*

Der Piepser öffnet das Garagentor. Niemand ist da. Die Autos stehen in der Lagerhalle wie zufällig im Raum verteilt, als wären sie Partygäste, die sich nichts zu sagen haben, die sich gegenseitig und auch selbst unangenehm sind. Sie setzt sich in den Audi, der Innenraum riecht nach Leder und Scheibenreiniger. Cristina startet den Motor.

Sie fährt noch nicht in Richtung Autobahn, sie hat es nicht eilig und biegt ziellos in kleinere Straßen ab. Die Häuser stehen nah an den Grachten, Boote sind festgemacht, Stege liegen knapp über der Wasseroberfläche. Das alles hier ist Polder, denkt sie, das existiert nur, weil es abgerungen wurde, weil es geschützt wird, es kann jederzeit geflutet werden. Wie wertvoll hier jeder Boden ist, den sie betreten kann.

An einer Ecke in einem Wohngebiet hält sie, steigt kurz aus, spürt das Verlangen, das Wasser im Kanal zu berühren. Sie zieht Schuhe und Socken aus, streckt ihre Füße hinein, taucht die Arme bis zu den Ellenbogen durch die Oberfläche, spürt ihren Puls schlagen, spürt mit einem Mal die Sonne stärker, die ihr in den Nacken scheint, den Wind und das Gras unter ihren Oberschenkeln. Die Deiche sind stark gebaut, die Mühlen arbeiten unermüdlich.

Sie sortiert sich wieder, steigt in den Wagen und fährt los in Richtung Autobahn, vorbei an den kellerlosen Häusern.

14

Adrian sieht Victor und Gábor schon von Weitem, und ihr Anblick versetzt ihn direkt in Rage. Da stehen sie an der Ecke, die Hände in den Manteltaschen vergraben, Victor in den Pelzring seiner Kapuze geduckt, mit breiten Schultern, vor dem Schaufenster des Waschsalons, wie Türsteher ohne Tür. Sie stoßen kleine Wölkchen aus, die sich zaghaft verflüchtigen. Das sind ihre Worte, aber Adrian kann sich nicht vorstellen, worüber in aller Welt die beiden sprechen sollten.

Als er näher kommt, verstummen sie, nicken ihm zu, und er nickt zurück, begrüßt Victor mit einer am Handschlag herangezogenen Umarmung.

»Hallo, Boss«, sagt Gábor und betont es übertrieben, es klingt wie Durchlaucht; der Hund kennt keine Autorität.

»Frate, was ist los? Warum lässt du uns hier rumstehen?«, fragt Victor.

Wortlos setzt Adrian sich in Richtung Café in Bewegung, und die beiden folgen ihm missmutig. Es war übertrieben, sie auf die Straße zu bestellen und warten zu lassen, das wirkt jetzt kleinlich und spitzfindig.

Außer ihnen sind nur ein paar Gäste da, im Nebenzimmer, wo die Kabinen mit den Rechnern aufgebaut sind. Sie setzen sich auf die dunkle Ledercouch, der Sohn des Betreibers kommt und bringt Tee.

Victor fährt ihm durch die Haare, provoziert ihn scherzhaft: »Na, bringt's ja doch nicht so, dein Ronaldo, hm, musst du schon zugeben, oder?«

Anscheinend hat er in einem wichtigen Spiel nicht geliefert. Adrian hat keine Ahnung, in welchem. Paul wüsste es, ihn überkommt eine kurze, heftige Eifersucht.

Kurz reden sie über das letzte Wochenende, Victor hatte ein Date und ist sich sicher, dass die Frau was Besonderes ist, hat aber bei Sportwetten verloren.

»Pech im Spiel, Glück in der Liebe«, kommentiert Adrian trocken.

»Von daher«, sagt Victor zu ihm, ohne dass es an irgendetwas anschließen würde, »Cristina hat was für dich.«

»Gab es Probleme?«

»Nein.«

»Habt ihr was zu Wagenbach gehört?«, fragt Adrian, entschlossen, zur Sache zu kommen.

»Vielleicht die Geldeintreiber.« Victor gähnt und lehnt sich zurück.

»Was für Geldeintreiber denn? Vielleicht bist du so nett, das zu erklären?« Adrian nimmt einen Schluck von seinem Tee, verbrennt sich den Gaumen, verzieht das Gesicht.

»Pass auf. Einer von unseren Arbeitern hat beim Saufen einen kennengelernt und rumgeheult. ›Die geben mir mein Gehalt nicht, ziehen mir Geld für Unterkunft ab, sagen, ich muss erst meine Schulden abbezahlen‹, und so weiter und so fort. Da meint der andere, er kennt wen, der helfen kann.«

»Und?«

»Und er kannte auch wen. Die haben gesagt: ›Pass auf, wir treiben dein Geld ein, dafür bekommen wir dann dreißig Prozent.‹ Sie kaufen also die Schulden. Das fand er natürlich gut.«

»Die Forderungen«, korrigiert Adrian ihn.

»Was?«

»Sie kaufen die Forderungen, nicht die Schulden.«

»Wenn du meinst.«

»Nein, nicht ›wenn ich meine‹. Das ist so.«

Victor zuckt mit den Schultern, legt ein Blättchen auf den Tisch, knickt es in die verkehrte Richtung, mit der Klebefläche nach außen, und kräuselt Tabakblätter hinein.

»Jedenfalls tauchen die auf«, fährt er fort. »Aber nicht bei Gábor oder bei mir, sondern direkt bei Wagenbach. Keine Ahnung, warum. Vielleicht haben sie gedacht, er macht die Verträge selber. Oder sie wussten, dass das am besten funktioniert. Machen ihm also Angst, zeigen ihm eine Waffe, sagen, dass er das Geld rausrücken soll.« Er zerrupft Grasknollen zwischen den Fingern und lässt sie herabrieseln.

»Woher weißt du das alles?«

Victor will ansetzen, aber Gábor räuspert sich und kommt ihm zuvor. »Wagenbach hat mich angerufen. Er fand es nicht gerade lustig, dass solche Leute bei ihm auftauchen. Ich sollte mich drum kümmern.«

Victor dreht das Blatt mit der Klebefläche nach außen ein, es legt sich wie eine glasige Haut um den Tabak, das dünne Papier steht über und erinnert Adrian an die Rückenflosse eines Fisches. Da zündet Victor das Papier an und brennt es in einem Moment runter, nur eine dünne Naht bleibt.

»Und, hast du dich gekümmert?«

»Den Arbeiter haben wir rausgeschmissen. Sonst kommt gleich der nächste an, wenn das rumerzählt wird.«

»Aber ist er ausbezahlt worden?«

»Von uns nicht«, sagt Victor und nimmt einen tiefen Zug.

»Vielleicht von Wagenbach«, fügt Gábor hinzu.

Adrian nimmt Victor den Joint aus der Hand. Er sammelt sich. »Ein paar von unseren Leuten werden von der Polizei befragt. Das wisst ihr, oder? Ich kümmer mich selbst darum, dass keiner mit denen redet. Ihr solltet das auch klarstellen. Wenn die Bullen bei euch einlaufen, um sie zum Verhör zu bestellen, dann immer jemanden mitschicken. Vielleicht Cristina.« Er gibt Victor den Joint zurück.

Gábor schüttelt den Kopf und lächelt in sich hinein. »Die reden sowieso nicht mit der Polizei. Das sind die gewohnt.«

Victor nickt zuversichtlich, unvernünftig gut gelaunt. »Das wird schon«, sagt er und legt den Joint im Aschenbecher ab.

Vielleicht hat er recht, vielleicht braucht Adrian genau dieses irrationale Vertrauen. Wortkarg und zufrieden sitzt Victor da und schaut mit schweren Augen auf sein Telefon. Adrians Blick wandert zu Gábor in den staubigen Jeans und dem zu weiten Hemd. Am liebsten würde er so weit wie möglich von hier verschwinden.

Victor legt sein Telefon auf den Tisch. Alles liegt in gegenseitiger Entsprechung da: die Handys, die Geldbeutel, die Autoschlüssel, die Zigarettenschachteln, die Feuerzeuge. Wie friedvoll abgelegte Teile von Rüstungen.

Jetzt verdüstert sich Gábors Gesicht. »Ich weiß nicht«, seufzt er, »wir müssen wirklich bessere Bedingungen schaffen. Vielleicht wenigstens in den Unterkünften …«

Adrian schnaubt. »Denen geht es doch tausendmal besser als in den Löchern, aus denen sie kommen«, sagt er scharf. »Kein fließend Wasser, keine Chance, irgendwas zu machen. Das wissen sie auch selber, keiner fühlt sich geschädigt.«

Gábor schüttelt den Kopf. »Ich weiß.«

»Das ist ja das Traurige«, sagt Victor. »Dass ihr Leben hier immer noch besser ist als dort, wo sie herkommen.«

Adrian kann nicht glauben, was er da hört. Wird Victor nun auch weich?

»Es gibt viel Schlimmere in dem Geschäft. Schau mal, wie die Wohnverhältnisse bei anderen sind. Alles andere ist Wettbewerb«, spuckt er aus.

Die Krankenkassen, die Fabriken, sie haben den Bedarf. Die Gesetzgebung müsste ihn stoppen. Wer für ihn arbeitet, hat es sich ausgesucht. Andersrum würde es ihm auch so gehen. Jeder ist für sich selbst verantwortlich.

Adrian nimmt den Joint aus dem Aschenbecher und zündet ihn wieder an. Die anderen bleiben stumm. Wie sie ihn manchmal anöden. Und wie er von ihnen abhängt, sich nach der Art Respekt sehnt, den sie bekommen und er nicht. Merkwürdig. Er schaut sich um. Das ist kein Ort für ihn.

»Also dann, Jungs«, sagt er schließlich, erhebt sich, gibt ihnen die Hand und geht hinaus in eine diffuse Helligkeit.

*

Jasmin öffnet die Tür. Sie drückt ihn, und er spürt ihre Umarmung noch ein paar Augenblicke, nachdem sie sich wieder von ihm gelöst hat. Ob sie den Ring gespürt hat, den er immer noch an der Kette um den Hals trägt?

»Hallo.« Paul drückt sich durch den Türrahmen.

Adrian streicht ihm durch die Haare. Schuhe stehen aufgereiht im Flur, die Jacken hängen in zwei Reihen, oben Jasmins, unten drunter Pauls, wie von einem Gefieder geschützt. Auch der Rest der Wohnung ist sauber, viel aufgeräumter, als es bei ihnen früher war, und Adrian fragt sich kurz, ob sie ihm etwas damit beweisen will. Er folgt ihr ins Wohnzimmer. Jasmin trägt einen weiten Wollpullover, kurz blitzt eine Erinnerung in ihm auf: eine Umarmung im Club, ihre schweißfeuchte Haut, weich und kalt, obwohl alles außen herum hart und heiß ist, die blecherne Snare aus einer riesigen Box spaltet alles alle paar Sekunden einmal mittendurch.

Darin konnte er Vertrauen fassen, Kick und Snare, immer weiter, ein Raum, in dem sie funktionieren konnten. Vielleicht nur dort.

»Wie läuft es so?«, fragt sie. Es klingt scheinbar beiläufig, aber so gut kennt er sie dann immer noch, dass er die klirrende, kalte Anspannung, dieses Grundsurren, erkennt.

»Wie immer, eigentlich«, antwortet er. »Kennst du ja. Muss mal drüber nachdenken, was ich als Nächstes mache.«

Er ertappt sich dabei, ihr wieder gefallen zu wollen. Das ärgert ihn.

Als sie wieder im Flur stehen, bestimmt sie, was Paul anzieht, wählt Jacke und Schuhe aus, weiß, worin ihm warm genug ist, und kurz hat Adrian den Impuls nach irgendetwas zu greifen, nach einem Schal vielleicht, irgendwas, mit dem er sich einmischen kann, aber er erkennt, wie sinnlos das ist, als Hilfe wie als Geste, und lässt es bleiben.

Adrian weiß nicht, was er sagen soll, aber Paul hat kein Problem zu reden. Der quatscht drauf los. Über »Ninjago« von Lego, über den FC Bayern, nimmt die Namen von Spielern und Lehrern und Freunden in den Mund, als ob Adrian klar sein müsste, wer das ist.

Er fragt sich, ob auch sein Sohn sich dazu zwingen muss, ob auch er seinen Kopf krampfhaft nach irgendetwas durchsucht, das er äußern kann, das er teilen kann, nach etwas, das sie verbinden könnte. Wenn ja, dann gelingt es ihm eindeutig besser als Adrian.

»Was hast du als Kind geguckt?«, will Paul wissen.

Ja, was? Adrian versucht, sich zu erinnern, was er in dem Alter gemacht hat. Das Einzige, was er nach langer Zeit hervorkramen kann: Wie seine Mutter ihm erzählt hat, dass ein Flugzeug vom Himmel gefallen ist und eine Frau enthauptet hat. Wie er in die Wolken geschaut hat und wusste, dass das passieren kann. Dass Flugzeuge herabfallen und eine Mutter töten können. So etwas kann man nicht erzählen.

»Alle wollten sein wie Marco van Basten oder Ruud Gullit. Das waren Fußballer«, erklärt er, »so wie heute Messi und Ronaldo.«

Wer waren seine Freunde in der Grundschule? Sein bester Freund kam aus Bosnien, doch dessen Familie ist irgendwann wieder zurückgezogen. Er setzt an zu beschreiben, wie sie als Klassenprojekt Kaninchen in einem Stall hielten, aber dann kommt ihm in den Sinn, dass ein Fuchs sie riss, und er bricht ab. Denkt an das ganze Blut und daran, wie der Lehrer erklärte, dass Füchse Kulturfolger seien und sich auch in der Stadt verbreiten würden. Das ist auch nichts, was man erzählt. Paul erkundigt sich, wie die Kaninchen hießen, aber ihre Namen sind unter den vielen anderen Erinnerungen begraben.

Paul bemerkt seine Unsicherheit nicht. Er redet einfach weiter, durch die ganze Werbung im Kino hindurch und nach der Vorführung ansatzlos weiter, nur dass der Film ihnen jetzt ein Thema gegeben hat, dem Himmel sei Dank. Und so hat Adrian etwas zu sagen, kann mit Paul spekulieren, sich einklinken, und auch die Stille fühlt sich, da, wo sie entsteht, nicht mehr so schwer an.

Als Jasmin Paul wieder in Empfang nimmt, fühlt Adrian gar nichts, keine Ablehnung, keine Kälte, allenfalls eine freundliche Distanz, nichts, auf das er reagieren könnte, nichts, an dem er sich entlanghangeln könnte. Und das ist vielleicht gewollt.

Paul umarmt ihn in der Wohnungstür. »Das war schön.«

Adrian kämpft plötzlich ergriffen mit einem schweren Klumpen im Magen. Als er sich dazu entschließt, die Tränen zuzulassen, sind sie wieder verschwunden. Er verabschiedet sich und bahnt sich einen Weg nach draußen.

Vor der Haustür landet eine Wespe auf seiner Hand, obwohl es schon viel zu kalt ist. Wo sie wohl so lange überleben konnte? Woher sie die Stärke nimmt zu existieren? Sie sitzt auf seiner Hand, und er ist sich sicher, dass sie ihn stechen wird. Er macht sich auf den Moment gefasst. Stellt sich den Schmerz vor und spürt ihn schon fast. Dann fliegt sie davon.

15

Wie abgehackt Adrian seine Schritte setzt, denkt Cristina, während sie neben ihm geht. Als ob sein Körper nicht zu ihm gehört, als wäre er ein Baggerfahrer, der eine schwerfällige und veraltete Maschine bewegt. So schiebt er abwechselnd einen Fuß vor den anderen und bringt seine ganze instabile Unwucht in Bewegung. Man könnte befürchten, darunter zerquetscht zu werden. Sie überqueren zu Fuß die mehrspurige Straße, ohne Karosserie fühlt es sich fast körperlos an, wie in Zeitlupe seitlich an den Markierungen vorbeigeschoben.

Cristina sieht die Fabrikarbeiter schon von Weitem, wie sie vor der Halle stehen, manche in gebügelten Jeans, manche in ausgebeulten Jogginghosen und mit schräg gelatschten Schuhsohlen. Abgewetzte Turnschuhe, altmodische Lederjacken. Logos weit entfernter Sportclubs. London. Mailand. Barcelona. Andere in mit ernstem Glanz aufpolierten Halbschuhen. Auf den ersten Blick verbindet sie nichts miteinander. Junge Männer, die sie befremdet mustern, die nicht wissen, warum Cristina hier ist. Die meisten von ihnen stammen aus Rumänien, Bulgarien und der Ukraine. Da stehen die Kleinbusse, mit denen sie täglich zur Arbeit kommen. Das müssen sie, genauso, wie sie verpflichtet sind, in der Unterkunft zu wohnen. Sie haben unterschiedliche Verträge, manche sind krankenversichert, die meisten aber nicht. Kündigungsschutz gibt es nicht.

Die Männer treten an sie heran, einer will Adrian Bilder von seiner Familie zeigen, wie einem Freund.

Adrian lächelt, lässt seinen Blick am Bildschirm des Handys abgleiten, und in Cristina zieht sich etwas zusammen.

Sie reden, aber Adrian will nicht wissen, wer studiert hat, bis er sich um seine kranke Frau kümmern musste und die Behandlungskosten ihn haben arm werden lassen. Er will nicht wissen, wer ein Kind bei seinen Eltern in der Heimat hat und wessen Frau in Spanien arbeitet. Wer fließend Englisch spricht, wer kaum lesen kann. Wer aus abwegigen Gründen Fan eines kleinen italienischen Fußballclubs ist.

Cristina sieht Adrian an, wie es ihm widerstrebt, hier zu sein. Im Grunde will er überhaupt nicht, dass die Arbeiter sich in irgendetwas unterscheiden. Er will, dass sie gleich sind, gleich fern, gleich ungebildet, gleich gesichtslos. Und ihr geht es ähnlich.

Ein junger Arbeiter mit Piercing an der Augenbraue tritt schüchtern dazu und spricht Adrian auf Rumänisch an. Die Chance bedeute ihm viel, sagt er, er lerne sehr Wertvolles, jeden Tag. Auch die Unterbringung sei völlig in Ordnung, fährt der Mann fort, manche beschwerten sich, aber die hätten keine Ahnung, es sei ja klar, dass so etwas in Deutschland sehr teuer sei.

Adrian nickt, unverbindlicher jetzt.

Man müsse sich immer erst beweisen im Leben, erst dann können gute Dinge passieren, bekräftigt der Mann, aber Adrian hat sich schon abgewendet, reckt sein Kinn noch einmal in die Richtung des Arbeiters, ohne ihn anzuschauen, und entzieht sich der Situation.

Ob Adrian weiß, wie sich sein Gesicht manchmal verzieht? Eine Fratze, wie von einer plötzlichen Verzweiflung durchstochen, bis sich die Züge wieder zurück in ihre gleichgültige Entspannung lösen. Vielleicht hat er Angst.

Jetzt steht er gerade wieder in leicht gekrümmter Haltung da, als wollte er sich wegducken. Zwei junge Männer beschweren sich über Brandschutztüren, die immer offen stehen, über irgendeine Säge, Lieferungen, die nicht pünktlich kommen, über ausgefallene Maschinen. Sie werden nach Stückpreisen bezahlt. Fünfhundert Schweine töten für zehn Cent pro Tier. Wenn es in der veranschlagten Geschwindigkeit geschieht, können sie den vereinbarten Lohn sogar erreichen. Aber wenn nicht, dann haben sie keine Chance. Wenn sich etwas verzögert, dauern die Schichten oft zwölf Stunden oder mehr. Dann kommen sie natürlich überhaupt nicht mehr auf den Mindestlohn. Fast das ganze Risiko wird auf die Arbeitskräfte abgewälzt.

Adrian verspricht, mit Kober zu reden, nicht, ohne noch einmal anzuordnen, dass niemand ohne Begleitung mit der Polizei reden soll.

Cristina hat sich zurückgezogen, zündet eine Zigarette an, horcht auf ihr eigenes Ausatmen, bläst wie angewidert den Rauch aus.

Einer habe neulich gesagt, er wolle lieber mit dem Fahrrad zur Arbeit fahren, erzählt der Vorarbeiter und lacht mit Adrian. So weit kommt es noch, was für eine Idee.

Einige von ihnen sind tatsächlich davon überzeugt, dass man Karriere machen kann. Gute Leute sind schnell wieder weg. Es gibt zwei bis drei Schlüsselpositionen, wo die Bedingungen etwas besser sind. Eine Woche Urlaub im Jahr, laut Vertrag drei, aber das ist noch nie genehmigt worden, jedenfalls nicht, dass Cristina es mitbekommen hätte. Der Urlaub ist unbezahlt, auch im Krankheitsfall. Dafür, dass das System nicht besonders kompliziert läuft, ist es erstaunlich risikoarm. Sie arbeiten mit mehreren Firmen zusammen, zwischen denen sie die Leute hin- und herschieben. Papierwerke, Fertigungstechnik, Baugewerbe, Schlachthof, Lagerarbeit. Nach außen sagt Adrian, das sei die Flexibilität, mit der man heutzutage wechselnder Nachfrage begegnen müsse. Cristina fragt sich, wie weit er sich selbst schon glaubt. In Wirklichkeit erschwert es den Menschen, Ansprüche zu stellen, sich zusammenzuschließen und an Informationen zum Wert ihrer Arbeit zu kommen. Bei alledem fühlen sich viele nicht einmal ausgenutzt, solange sie jeden Monat noch etwas Geld in die Heimat schicken können.

Adrian zieht ein Stück Papier aus der Hosentasche, faltet es sorgsam auf und zeigt es dem Vorarbeiter.

Der Mann mustert es und nickt anerkennend. »Ah. Direkt vom Amt. Mit Stempel und allem. Wo hast du die denn her?«

Adrian steckt die Hände in die Hosentaschen und lächelt erleichtert. So gefällt er sich wieder.

Die Arbeiter brauchen Gesundheitszeugnisse, um im Schlachthof arbeiten zu dürfen. Die Beantragung dauert nur ein paar Stunden, eine allgemeine Belehrung und ein Film in verschiedenen Sprachen über Hygienevorschriften. Dass Schmuck abgelegt werden muss, Essen und Trinken in bestimmten Räumen verboten ist. Eigentlich ein Irrsinn, denkt Cristina, eine Urkundenfälschung nur wegen der paar Arbeitsstunden. Das Amt öffnet um acht Uhr, nachmittags wären sie wieder da. Wie viel Risiko er wegen so wenig Geld eingeht.

Der Vorarbeiter verabschiedet sich kumpelhaft von Adrian und streckt ihr die Hand hin, schließt sie gnädig mit ein.

Sie gibt sich alle Mühe, sie nicht zu fest zu drücken.

16

Der Regen kommt wie ein Einwand. Wie ein leiser Denkanstoß. Nur so stark, dass man ihn beachten muss, nicht so, dass er irgendetwas behindern würde. Valerie spürt, wie sich etwas aufbaut und kurz vor der Entladung steht. Ihr Herz hämmert, als wollte es auf etwas beharren. Die Flutlichtmasten des Grünwalder Stadions ragen grau in den Himmel. Sie folgt den Gleisen der Straßenbahn, biegt ab, findet das Café zwischen Getränkemarkt und Waschsalon.

Im Schaufenster stehen E-Zigaretten, Tabak für Wasserpfeifen, ein Füller auf einem Samtkissen, eine Reihe von Limonaden, Bier und Weinflaschen mit ausgebleichten Etiketten, zwei Armbanduhren, Ladegeräte, Werbeaufkleber für Geldtransfersysteme, das unvermeidliche Lycamobile-Logo.

Sie tritt ein und empfindet augenblicklich ein Gefühl von Fremdheit. Der Mann hinter der Theke schaut nur kurz auf.

»Einen Kaffee, bitte. Und ich müsste ins Internet«, spricht Valerie ihn an.

»Milch?«

»Nein.«

Er runzelt die Stirn wie über eine kleine Ungereimtheit. »Zwei Euro fünfzig. Die Siebzehn ist frei.«

»Danke. Und was ist das WLAN-Passwort?«

»Sie können einfach den Rechner benutzen.«

»Ich müsste aber gleichzeitig noch mit dem Laptop online.«

Er zieht die Augenbrauen hoch.

»Ich muss mir kurz was zuschicken. Zum Ausdrucken.«

»Steht in der Karte. Auf dem Tisch. Drucken kostet zehn Cent pro Seite.«

Eine Tür führt ins Nebenzimmer. Mit hellem Holz voneinander abgetrennte Plätze, zwei Kabinen mit Telefonen darin.

Valerie balanciert ihre Kaffeetasse zu dem Rechner, der ihr zugewiesen wurde. Alles ist seltsam leicht, wirkt wie eine Attrappe, die Tastatur, die Maus, die Kopfhörer und sogar der Stuhl. Eine weniger greifbare Version, von allem, die alles ein paar Prozent leichter streicht. Sie loggt sich ein und setzt sich die Kopfhörer auf, um den Anschein zu erwecken, an nichts hier interessiert zu sein.

Zwei Jungs zocken irgendein Spiel und geben sich Anweisungen, wie sie sich dabei besser anstellen sollten. Eine Frau spricht mit gedämpftem Ton in ihr Headset. Ein massiger Typ starrt konzentriert auf den Bildschirm und schaut sie unvermittelt an.

Sie senkt ihren Blick. Ihre Finger gleiten über die Tastatur. Die Tasten sind unbefriedigend gewichtet. Wie kann man nur so arbeiten? Sie prüft das System. Es scheint für den Betreiber nicht einsehbar zu sein, wie viele IP-Adressen gleichzeitig aktiv sind und welche Datenmengen von ihnen hoch- und heruntergeladen werden. Ein niedriger Sicherheitsstandard. Um an de Jong heranzukommen, müssten sie ihn hier vor Ort erwischen, wenn er sich gerade in seinen Server einwählt.

Als Nächstes verbindet sie eine externe Festplatte mit dem Rechner und beginnt, seinen Speicher zu spiegeln. Ein Schuss ins Blaue. Und ein Regelverstoß. Aber vielleicht findet sie irgendetwas, das zu de Jong führt.

Würde sie ihn erkennen? Sie ruft kurz im Browser das Bild von seiner Ex und ihm auf. Dunkle Haare, auffällige Augenbrauen. Sie atmet flach. Plötzlich hat sie das Gefühl, jemand stünde in ihrem Rücken. Ein kurzer Moment, in dem weniger Licht durch den Türrahmen dringt.

Der Mann in der Ecke schaut kurz hinter sie, dann mustert er sie. Sie dreht sich um, aber da ist niemand. Sie zwingt sich zur Ruhe. Keine Hast, nichts überstürzen.

Sie steht auf, geht beherrscht in den anderen Raum, nimmt eine Dose Cola aus dem Kühlschrank, stellt sie auf die Theke und legt eine Zweieuromünze daneben, die der Mann wortlos in die Kassenschublade fallen lässt. Das kühle Aluminium tut gut.

Als sie wieder an ihren Rechner zurückkehrt, kommt es ihr vor, als streife der Blick des Typen in der Ecke sie nun beiläufig, fast schon uninteressiert. Der Verschluss der Dose zischt und faucht, als sie ihn öffnet. Sie setzt an der scharfen Kante an, es schmeckt metallisch und sauer.

Die Jungs gehen. Sie surft durch ein paar Nachrichtenseiten, hofft, dass es gelangweilt aussieht. Die Stimme des Mitarbeiters aus dem Vorderraum lässt sie aufschrecken. Er lacht am Telefon. Ein letzter Schluck wankt hohl und leicht in der Dose, sie kippt ihn herunter, entkoppelt die externe Festplatte, druckt etwas Beliebiges aus und versetzt den Rechner in den Ruhezustand.

Sie zahlt die offene Gebühr mit einem Zwanzigeuroschein, der Inhaber gibt ungerührt raus, zehn, fünfzehn, zwei, zwei, flapp, flapp, klack, klack.

Sie tritt auf die Straße heraus, es geht ein leichter Wind, und sie spürt die noch warme Festplatte in der Innentasche ihrer Jacke.

17

Adrian steht an der Straßenecke, zieht nervös an seiner Zigarette und behält den Eingang des Cafés im Auge. Wer zum Teufel ist diese Frau? Sitzt vor dem Bildschirm und schaut sich Bilder von ihm an. Verfolgt ihn wie die Securitate. Was für ein Zufall, dass er in diesem Moment reingekommen ist. Und was für ein Glück, dass er unbemerkt verschwinden konnte.

Da kommt die Frau aus dem Café. Wurde ja auch Zeit. Sie setzt ihre Schritte wie zur Stärke entschlossen, mit dem unerbittlichen Selbstbewusstsein einer Außenseiterin. Sie hält kurz inne, schließt den Reißverschluss ihrer Jacke, vergräbt die Hände in den Taschen, schaut sich kurz um und geht weiter.

Adrian nimmt noch einen hastigen Zug, drückt die Zigarette aus und folgt ihr mit einigen Metern Abstand. Es fällt ihm schwer, sein Tempo an ihren abgehackten, hastigen Gang anzupassen. Fast wäre er an der roten Ampel auf sie aufgelaufen. Reiß dich zusammen. Sie dreht sich nicht um, die Ampel schaltet auf Grün.

Unbeirrt setzt sie ihren Weg fort, schneidet durch die Masse wie eine Klinge. Passiert als unaufhaltsame Kraft mühelos Menschen, denen er einige Sekunden später umständlich ausweichen muss. Wut steigt in ihm auf. Die Unbekannte geht jetzt noch schneller, er muss einen holperigen Zwischenschritt tun, um sie nicht aus den Augen zu verlieren.

Dann, mit einem Mal, ohne ihr Tempo auch nur einen Hauch zu verringern, biegt sie nach rechts ab und verschwindet in einem Hauseingang. Helles Licht, kein Klingelschild. Adrian geht ein paar Schritte zurück, schaut nach oben. Die vertraute weiße Schrift auf blauem Grund lässt ihn innehalten. Polizei. Wie plötzlich abgelenkt dreht er ab und versucht, seinen Gang in ein entspanntes Schlendern zu zügeln. Er zieht sein Telefon aus der Tasche und wählt Victors Kontakt.

»Wo bist du?«, fragt er. »Du musst was erledigen.«

*

Am nächsten Morgen sitzt ihm Victor am Küchentisch gegenüber und rührt in aller Gelassenheit im Teeglas, tippt den Löffel mehrmals gegen den Rand und legt ihn vorsichtig daneben.

»Also, was hast du rausgefunden?«, will Adrian wissen, und als Victor antwortet, er habe die Frau »erst einmal observiert«, gerät er fast in Rage. Adrian kann es kaum glauben, das sagt er wirklich so, als wäre er irgendwie vom Fach, ein ermittelnder Kommissar, ein Profi.

»Observiert«, wiederholt Adrian.

»Ja, observiert. Das ist, wenn man jemanden beobachtet«, erklärt Victor jetzt.

Adrian kann es kaum fassen. »Ich weiß, was observiert bedeutet!«, platzt es aus ihm heraus.

»Warum fragst du dann?«

»Ich hab nicht gefragt, ich …« Adrian unterdrückt seinen Ärger. »Egal. Also, was hast du rausgefunden?«

Victor beginnt zu schildern, wie er ihr vom Polizeirevier nach Hause gefolgt ist, die Nachbarn befragt hat, ob hier eine Frau wohnen würde, aschblond, mit einer blauen Jacke und Jeans, eine weinrote Mütze auf dem Kopf. Sie habe sein Auto mit dem Lenker ihres Fahrrads gestreift. Victor ist stolz auf den Trick, das merkt Adrian, dabei ist es ihm völlig egal, wie er das gemacht hat.

Als Adrian ihn unterbricht, er solle zum Punkt kommen, rattert Victor die Fakten gekränkt herunter: »Sie heißt Valerie Stetter, wohnt mit ihrem Bruder zusammen, macht irgendwas mit Computern für die Polizei. Sie ist unauffällig, keiner der Nachbarn hat bisher großartig mit ihr zu tun gehabt. Ich hab bei ihm geklingelt, als sie weg war, aber er wollte meinen Namen und Adresse, da habe ich gesagt, ich komme wieder. Und was machen wir jetzt?«

»Auf jeden Fall nichts mehr vom Café aus. Keine Kommunikation. Nichts. Und ansonsten: Behalt sie mal im Auge. Nicht rund um die Uhr, aber immer mal wieder. Ich will wissen, wer die ist.«

Victor erhebt sich und verschiedet sich. Adrian drückt den Teebeutel fest am Glasrand aus. Was in aller Welt will diese Polizistin von ihm?

18

Magnus raucht seine E-Zigarette, die süßlichen Schwaden ziehen vor der Jalousie vorbei wie in Zeitlupe, sich ewig langsam im Gegenlicht verflüchtigend, und Valerie wünschte, diese Wölkchen würden sich einfach auflösen, aber sie bilden immer neue Wirbel, sie erträgt es nicht mehr und geht sich einen Kaffee holen.

Magnus kratzt sich am Kinn, tippt den Finger an seine Wange, legt eine neue Schwere in seine Gesten. Kein Wunder, er empfindet sich jetzt als Teil von etwas Größerem, einer europaweiten Ermittlung.

Dabei sind alle anderen Dienststellen doch froh, dass der Fall nicht bei ihnen gelandet ist. Die Politik wolle einen erfolgreichen Abschluss sehen, sagt Kessel. Die Untersuchung soll demonstrieren, dass man Handhabe gegen diese Form von Ausbeutung hat, trotz der vielen Hürden.

Seine Zusammenfassungen bieten nichts Neues. Es sei davon auszugehen, dass den Arbeitskräften die Ausweisdokumente abgenommen würden. Das zumindest ergebe sich aus stichprobenhaften Kontrollen. Kooperativ habe sich noch niemand gezeigt, heißt es. Wahrscheinlich würden sie gefügig gemacht oder unter Druck gesetzt. Meistens werde ihnen erklärt, sie hätten Schulden für die Fahrt und Vermittlung in den deutschen Arbeitsmarkt. Und egal, wie viel sie arbeiten, die Schulden sind nie abbezahlt.

Der pathetische und väterliche Ton, in dem Kessel ihnen Dinge mitteilt, die sie selbst herausgefunden haben, nervt Valerie zunehmend.

Ein paar neue Dinge hat er zumindest zu berichten gewusst. Neben Cristina Mitu seien zwei Männer namens Victor Radu und Gábor Varga als zentrale Akteure des Netzwerkes identifiziert worden. Zudem habe eine Mitarbeiterin Wagenbachs ausgesagt, dass er vor kurzer Zeit bedroht worden sei. Die Tatverdächtigen befänden sich leider nicht mehr im Land, ein Rechtshilfeersuchen laufe bereits. Beide Zielpersonen kämen aus dem Umfeld der Organisierten Kriminalität und dem Leiharbeiter-Milieu.

Dieses leichtfertige Gerede von diffusen Milieus befremdet Valerie immer wieder.

Sie hat sich mit dem Übersetzungstool durch Cristina Mitus Nachrichten gewühlt und überfliegt die Texte. »Weißt du noch in der Schule?« – »Weißt du noch, der Junge, in den ich verliebt war?« – »Erinnerst du dich an die albernen Serien, die wir gesehen haben?« Aber die Nummer, an die sie gerichtet sind, ist seit mehr als einem Jahr inaktiv. Keine Antworten und keine Aussichten auf Antwort. Was sind diese Texte also? Eine Art Tagebuch? Vielleicht hat sie einen nahestehenden Menschen verloren und arbeitet das auf. Ob sich auch jemand an Valerie so eindringlich erinnert?

Kurz schämt sie sich, diesen intimen Raum zu betreten. Doch sie zwingt sich zurück in die Routine. Da sind noch konkretere Fragmente. »Wenn wir uns wiedersehen.« – »Unsere Großeltern.« – »Unsere Eltern.« – »Wenn ich dich finde.« – »Loredana.« Sie sucht ihre Schwester, alles andere scheint unwahrscheinlich. Bestimmt hat Mitu sich nur zu diesem Zweck anwerben lassen, spekuliert Valerie. De Jong weiß das sicher nicht. Ein waghalsiges Spiel. Das könnte Valerie einen Vorteil verschaffen.

Sie wendet sich Magnus zu. »Was kommt als Nächstes?«

»Willst du die gute oder schlechte Neuigkeit zuerst?«, fragt Magnus.

»Die gute«, antwortet Valerie.

»Die Überwachung ist durch. Kessel spielt bei uns im Fußballteam, da geht das manchmal einfacher. Kfz und Telefon, de Jong, Mitu, Radu, Varga, für drei Monate. Wobei uns das Telefon erst mal nur bei de Jongs Zweitgerät was bringt, die haben ja alle anderen Nummern stillgelegt. Und wahrscheinlich sind sie ohnehin vorsichtig. Kfz ist viel aussichtsreicher. Dass die alle Luxuswagen fahren, hast du ja mitgekriegt?«

»Sie waschen Geld.«

»Genau.«

»Cristina Mitu fährt derzeit einen Audi, da können wir uns einfach reinklinken. Genauso bei Victor Radu, das ist ein Jeep. Gábor Varga hat kein Fahrzeug, aber bei ihm konnten wir zumindest eine Nummer des Büros ermitteln.«

Das ist ein gutes Zeichen. Das Auto ist der privateste Raum, da ist eine Abhörgenehmigung genauso schwierig zu bekommen wie in einer Privatwohnung.

»Und was ist dann die schlechte Nachricht?«

»De Jongs Wagen ist ein Porsche.« Er knetet die Hände, seine Knöchel treten hervor, dann reibt er sich die Handflächen an der Hose ab.

Valerie runzelt die Stirn. Ausgerechnet Porsche. Porsche ist kein vertrauenswürdiger Hersteller, aus Sicht der Polizei zumindest nicht. Technisch wäre das Ganze kein Problem, die neueren Modelle haben ja alle eine SIM-Karte verbaut, da schaltet man sich eben drauf. Aber bei Porsche besteht die Gefahr, dass die ihre Kunden über eine Polizeianfrage informieren. Daher muss man direkt eine Wanze installieren. Ein enormer Aufwand: Man muss das Fahrzeug mitnehmen und in der Zwischenzeit ein baugleiches Modell abstellen. Gleiche Farbe, gleiche Nummernschilder. Vorher muss man natürlich herausfinden, wann de Jong schläft, wann er ohne Auto die Gegend verlässt oder was sonst ein guter Moment für den Tausch wäre. Und als wäre das alles nicht schon schwierig genug, kann man die Wanze nicht mal an den Stromkreis vom Porsche hängen. Der merkt, dass ihm Strom fehlt, und wirft eine Fehlermeldung aus, also braucht das Ganze einen Akku, der alle paar Tage erneuert werden muss.

»Bin ich froh, dass ich mich darum nicht kümmern muss.« Valerie lehnt sich zurück.

Magnus rollt mit seinem Schreibtischstuhl einen Meter zur Seite, damit die Bildschirme nicht mehr in der Blickachse sind. »Schon stressig zurzeit, hm?«, fragt er.

Eins muss man ihm lassen, er hat ein gutes Gespür für solche Momente. Sich zu verbinden, besonders wenn er ahnt, dass er in letzter Zeit mit seinen Egotrips übertrieben hat. Jetzt erzählt er, wie die höhere Arbeitsbelastung seine Beziehung unter Stress setzt, wenn er abends mal wieder zu lange neue Methoden recherchiert. Er gibt private Geschichten preis, um Vertrautheit herzustellen.

Valerie durchschaut die Taktik und nimmt seine Annäherung dennoch an.

»Obwohl sie das ja langsam schon kennt, gibt es da schon manchmal noch schlechte Stimmung«, kommt Magnus zum Schluss, und Valerie hat das Gefühl, er will irgendeine Deutung gültig machen, sich selbst überzeugen. »Bis man diese Art von Verständnis bekommt, dauert es eine Weile, und das will man dann gegen nichts eintauschen.«

Valerie will fragen, wer dieses »Man« ist, diese allgemeingültige Person, und sie überlegt, ob das, was Magnus Verständnis nennt, in Wirklichkeit Gewöhnung ist.

»Ja, kann ich mir vorstellen«, sagt sie, obwohl sie es sich überhaupt nicht vorstellen kann und nur ein schemenhaftes Bild von Zusammenhalt entsteht, wenn sie es versucht.

Sie schaut aus dem Fenster, nichts Leichtes ist in diesen Wolken, sie schieben sich über den Himmel, es wird trüber. Valerie schaut auf die Uhr. Die Dunkelheit passt nicht zum Nachmittag. Mal wieder ist alles entkoppelt.

»Na, dann«, sie zieht ihre Jacke an, »mach nicht mehr so lange.«

*

Thomas hat ihre Kleidungsstücke in Bad, Wohnzimmer und Küche gesammelt, zusammengefaltet und auf ihrem Bett in einen vorwurfsvollen Stapel geschichtet. Sie seufzt.

Ihr Blick bleibt an ihrem Cello hängen, und ohne darüber nachzudenken öffnet sie den Kasten, fährt über den staubigen Korpus, löst den Hals aus der Schnalle, zieht den Stachel aus, spannt den Bogen, reibt ihn über das Kolophonium. Valerie schlägt die Stimmgabel an, dreht die Wirbel, prüft die Saiten, dreht die Feinstimmer. Sie räuspert sich. Mit einer vorsichtigen Bewegung lässt sie den Bogen über die Saiten gleiten, bringt sie zum Schwingen, greift einzelne Töne, erst geradeheraus, dann mit Vibrato.

Sie angelt nach den Noten der Solosuiten von Bach, eine amerikanische Ausgabe, »Six Suites for Unaccompanied Violoncello« steht darauf. Unbegleitet. Sie legt die zweite Suite auf das Notenpult und beginnt zu spielen. Die Finger rutschen wie automatisch an ihre Positionen, Valerie ist erstaunt, wie sicher sie die Töne trifft. Die alten Fingersätze in den vertrauten Bleistiftmarkierungen, all das gibt ihr auch jetzt noch unergründlich Halt nach all der Zeit, aber trotzdem fehlt etwas, eine Verbindung zu sich selbst, ein Eindruck von Kontinuität. Das, was es früher in ihr ausgelöst hat, bleibt ihr verwehrt.

Der Schlüssel dreht sich in der Tür, sie bricht ab.

»Du musst nicht aufhören!«, ruft Thomas.

»Schon gut.« Sie fährt den Stachel wieder ein und manövriert das Cello in den Kasten zurück.

»Nein wirklich, ich finde das schön.« Er zögert. »Es erinnert mich an früher.«

Er empfindet das, was sie sich erhofft hat.

»Ich bin eingerostet.«

Sie fühlt sich nicht nach Zuhörern, auch nicht aus dem anderen Raum, durch eine geschlossene Tür hindurch.

»Okay.«

Wie aus einer stillen Verabredung heraus folgt sie ihm in die Küche. Er lehnt den Rucksack an einen Stuhl.

»Jemand hat nach dir gefragt«, sagt Thomas.

»Wer?«, fragt Valerie und gibt sich Mühe, sich ihre Anspannung nicht anmerken zu lassen.

»Hat er nicht gesagt. Du hättest sein Auto mit dem Fahrrad beschädigt. Aber er wollte mir seine Kontaktdaten nicht dalassen.«

»Ich bin seit einem halben Jahr kein Fahrrad mehr gefahren.«

»Hat dich wohl verwechselt.« Thomas zuckt mit den Schultern.

»Wie sah der aus?«

»Groß, massig, langer Mantel. Bisschen übertrieben. Wie ein schlechter Politiker. Wieso?«

»Nichts«, antwortet Valerie, ruft in Gedanken die Bilder der Männer ab, de Jong ist eher hager als massig, Varga würde keinen Mantel tragen. Radu, ja, das könnte sein.

Sie hofft, dass Thomas ihre Unruhe nicht spürt, aber er geht gedankenverloren zum Kühlschrank und öffnet die Tür.

»Wie läuft es mit dem Fall?«, fragt er in die kalten Fächer hinein.

»Zäh«, erwidert sie und erzählt, was sie heute durchgesehen hat. Dateifragmente, deren Name nur teilweise lesbar war. Eine Abrechnung von Heizkosten für industrielle Anlagen. Fotos von einem Kindergeburtstag. Geschäftskorrespondenz, in der die Beteiligung an einer Firma angeboten wird. Internetseiten, die de Jong häufig besucht hat, Verläufe voller Cuckold-Pornos, Gruppensex, Frauen, die sich vor Webcams ausziehen, dann die ganzen Suchanfragen, von stechenden oder drückenden Kopfschmerzen bis hin zu den Symptomen von Hirntumoren. Sie zeigt Thomas de Jongs Profilbild.

»Das ist der von neulich? Leiharbeit? Mietwagen? Leiden?«

»Ja.«

»Was ist denn bei dem los?« Thomas lacht, fast ein bisschen erleichtert.

»Nichts, was bei anderen nicht auch los wäre.«

»Kommt mir schon so vor, als hätte er ein paar seltsame Vorlieben. Und eine Angststörung vielleicht.«

»So weit würde ich jetzt nicht gehen.«

Thomas geht immer davon aus, dass andere Menschen seine Art von Sorgen nicht teilen. Und wenn er doch akzeptiert, dass jemand anderes sich ähnlich fühlt, vergleicht er sich, nur, um danach noch hilfloser zu werden. An was er scheitert, wirkt kleiner auf ihn als das, was andere bewältigen.

»Was ist schon normal?«, denkt Valerie laut. »Ist doch gut. Daran sieht man, dass die auch nur so sind wie man selbst.«

Valerie findet, die Leute sind sich ähnlicher, als sie tun. Du schlägst Schwulenpornografie nach, obwohl du Frau und Kinder hast? Ziemlich verbreitet. Du schaust einmal in der Woche, was dein Ex-Partner so treibt? Gar nicht so ungewöhnlich.

Gerne würde sie zu ihm sagen, dass sich sein Gefühl von Fremdheit aus seiner ständigen Analyse erklärt. Dass es sein eigener Außenblick ist, der Thomas von sich selbst entfernt. Aber sie fühlt sich ertappt von dem Gedanken und wechselt das Thema.

19

Cristina trifft zur verabredeten Zeit am Café ein und erkennt den jungen Mann sofort an seinem Piercing in der Augenbraue. Es ist der Arbeiter, der vor dem Schlachthof so lebhaft auf Adrian eingeredet hat. Er stellt sich als Lucian vor und bedankt sich eifrig, dass sie ihm beim Gespräch mit der Polizei hilft.

»Nicio problemă«, unterbricht sie ihn.

Auf dem Weg zur Wache geht er zu nah neben ihr, sie beschleunigt ihre Schritte, aber er rückt immer wieder an sie heran. Dabei fragt er, wie lange sie schon für de Jong arbeite, was sie genau mache, wie viele Menschen sie beschäftigten, ob es darunter welche gäbe, die hier in Deutschland richtig erfolgreich geworden seien.

Sie antwortet ausweichend und knapp, sie kümmere sich um die Organisation, sie arbeiteten mit vielen Partnerfirmen, was die Arbeitskräfte nach ihren Zeitverträgen täten, sei ihr nicht bekannt.

Als sie bei der Polizeistation ankommen ist Cristina erleichtert. Sie meldet sie am Schalter an.

»Es kommt Sie gleich jemand abholen«, informiert sie der Polizeibeamte.

Sie übersetzt den Satz für Lucian.

Er will wissen, wie lange sie gebraucht habe, so gut Deutsch zu sprechen.

Das dauere schon ein paar Jahre, sagt sie.

Spanisch und Italienisch seien viel einfacher, setzt er wieder an, aber sie zückt ihr Handy, und er versteht den Hinweis.

Aus den Augenwinkeln sieht sie, wie er die Hände auf die Oberschenkel legt und nervös mit den Fingern auf seine Knie trommelt.

»Nu-ți face griji.« Mach dir keine Sorgen.

Er nickt.

Eine Polizistin betritt mit einem Mann in Zivil den Warteraum. »Lucian Stan?«, fragt sie.

Er steht auf.

»Vielen Dank, dass Sie gekommen sind. Mein Name ist Elif Baumann. Das hier ist Herr Popescu, er wird heute für uns dolmetschen.« Ihr Blick fällt auf Cristina. »Und Sie sind?«

»Cristina Mitu. Ich begleite Herrn Stan.«

Die Polizistin seufzt. »Wünschen Sie, dass Frau Mitu anwesend ist?«

Popescu übersetzt die Frage.

»Ja«, sagt Lucian.

Sie presst ihre Lippen aufeinander. »Dann kommen Sie mal mit.«

Im Büro weist Baumann auf zwei Stühle vor dem Schreibtisch. Popescu und sie nehmen dahinter Platz.

»Sie können ruhig ablegen.«

»Danke«, sagt Cristina, setzt sich und macht keine Anstalten, ihren Mantel auszuziehen.

Baumann rückt ein Stück näher vor den Bildschirm und beginnt, in neutralem Tonfall Fragen herunterzurattern, die der Dolmetscher mit unbewegtem Gesicht übersetzt. Wie lange er schon in der Fabrik arbeite, wo er wohne, was er bezahle, ob er Gewalt erfahren habe, ob ihm oder seiner Familie im Herkunftsland Gewalt angedroht worden sei, ob er sich frei bewegen könne, ob er in der Art der ausgeübten Tätigkeit getäuscht worden sei, ob er Schulden habe.

An dieser Stelle schaut Lucian zu Cristina. Sie schüttelt kaum merklich den Kopf.

»Wir sprechen mit Herrn Stan«, sagt Baumann schroff in Cristinas Richtung.

»Nein«, sagt Lucian, »nein.«

Baumann seufzt resigniert.

Wieder draußen ist Lucian gut gelaunt. Ob er es gut gemacht habe, will er wissen, und die Frage zerrt kurz und heftig an etwas in Cristina, und sie sieht ihn an, antwortet: »Ja, perfekt.«

Wie sehr ihn das freut, bricht ihr fast das Herz, und sie muss sich abwenden, um ihr Gesicht vor ihm zu verbergen.

20

Adrian sitzt am Küchentisch und versucht, sich an das Gesicht der Frau zu erinnern. Valerie Stetter. Es gelingt ihm nicht, ein Bild vor seinen Augen entstehen zu lassen. Am stärksten ist ihm noch ihr Gang im Gedächtnis. Zügig und abgehackt, aber nicht gehetzt. Natürlich einem Ziel entgegen, der Polizeistation, aber mehr noch: einem inneren Auftrag verpflichtet.

Er fragt sich, wie viel sie weiß. Wenn sie eine Computerexpertin ist, wie weit kann sie zu ihm vordringen? In seine Textnachrichten, in die E-Mails, in die aufgerufenen Webseiten? Das Gefühl, es mit einer Allwissenden zu tun zu haben, lässt ihn flach atmen. Aber die Server sollten sicher sein, genauso wie die Chats. Und wenn alle Stricke reißen, hat er noch seine Schutzmechanismen.

Alles löst sich allmählich auf, und das ist nicht gut. Er muss irgendetwas tun.

Er fährt sich durch die Haare, sie sind zu lang. Haare schneiden lassen, das wäre ein Anfang. Er greift nach seiner Jacke und geht los.

Draußen ist es kühl, er steckt die Hände in die Taschen. Das Vorderrad seines Wagens kommt ihm im Vorbeigehen anders vor, stärker eingeschlagen, aber das muss Einbildung sein, reiß dich zusammen, ermahnt er sich.

Der Friseur begrüßt ihn euphorisch und weist ihm mit überspannter Geste einen Platz zu. Adrian findet sich unter einem Seidenumhang gefangen, der glatt und kalt auf seinen Handrücken liegt, das Krepppapier kratzt an seinem Hals.

»Spitzen schneiden, oder?«, fragt neben ihm eine Kollegin ihre Kundin.

»Ja. Einfach, dass es wieder …«

»Kriegen wir hin«, sagt die Friseurin und macht sich an die Arbeit.

»Was machen wir denn?«, wendet der Friseur sich Adrian zu, und es klingt so, als stünde es in Zusammenhang mit dem anderen Schnitt, als gäbe es ein gemeinsames Projekt, als wären sie alle an etwas Größerem beteiligt.

»An den Seiten kurz, oben länger.«

Der Friseur nickt, als hätte er es geahnt, greift zum Trimmer, drückt ihn gegen Adrians Kopf und lässt die Haare fallen.

Wie ausgeliefert sitzt Adrian da, sieht sich selbst im Spiegel, gezwungen. Er starrt in sein zermürbtes Gesicht, probt ein Lächeln, das zur Grimasse gerät. Wann ist er so abgestumpft? Wann hat er aufgehört, Freude zu spüren, und ist erkaltet? Oder umgekehrt. Ist auch egal. Man kann alles ersticken. Wer auch immer es ist, der ihn aus dem Spiegel zurückmustert, er hat ihn selbst erschaffen

»So?« Der Friseur hält eine Strähne zwischen den Fingern, um die Länge der Haare oben abzuklären.

»Ja«, sagt Adrian zu sich im Spiegel.

Als er den Salon verlässt, drückt sich ein Schatten in den Hauseingang nebenan. Oder kommt es ihm nur so vor? Wenn ihn solche Kleinigkeit ins Wanken bringen, könnte er auch größeren Problemen nicht gewachsen sein, und der Gedanke macht ihn unruhig. Das Gefühl, er müsste sich panzern für einen späteren, unbenannten Härtefall. Zur Ruhe kommen. Eine Zeit lang keine Drogen nehmen, vielleicht meditieren. Einen Zustand erlangen, in dem er etwas aushält. Wie ein Prepper, denkt er, er müsste sich vorbereiten, nicht mit Hamsterkäufen, sondern mit innerer Stärke, die ihn durch eine entbehrungsreiche Phase bringen kann. Durch eine karge Zeit der Isolation. Das wäre zu bewältigen, aber nicht in seinem jetzigen Zustand, sondern als erneuerter, stabiler Mensch. Aber wie kann er vorsorgen? Wo speichert man Zuversicht, wie schnell braucht man sie auf? Veränderung hat für ihn noch nie lange angehalten.

Adrian erinnert sich an die Nacht im Krankenhaus und den Morgen danach, das ganze abgekämpfte Glück, Jasmins Nase auf dem Kopf des Neugeborenen. Wie er aus dem Krankenhaus kam, die Luft klar und mild, wie die Sonne langsam aufging hinter einem matten Himmel, er sich plötzlich aufgefangen fühlte von dem beginnenden Tag. Damals hatte es sich wie ein Neuanfang angefühlt, zumindest wie die Chance darauf. Die Zuversicht hatte noch angehalten in den vielen einfachen Aufgaben und Erledigungen, den durchbrochenen Nächten. Unmöglich zu sagen, wann es sich ausgeschlichen hat, wann er unter Vorwänden später nach Hause kam, wann die kleinen Einschnitte kamen, wann der erste Absturz. Ein Anfang war es nur für Paul.

Adrian muss an seinen eigenen Vater denken. Der ist gegangen, als Adrian vierzehn Jahre alt war, nach dem Jahreswechsel, vor dem zweiten Schulhalbjahr, das weiß er, weil er sich erinnern kann, wie bedrückt er in den Unterricht gegangen ist, sich auf nichts konzentrieren konnte, zwischen den Sprachen hing. Aber entfernt hatte sein Vater sich schon früher, jedes Mal, wenn sie das Haus verließen, ging er ihnen voraus oder trottete ihnen nach, sodass sie befürchten mussten, ihn zu verlieren. An einer Ecke zurückzublicken und zu merken, dass er nicht mehr da war. Die Zugewandtheit, die er Fremden entgegenbrachte, enthielt er seiner eigenen Familie vor. Doch Adrian kannte dieses Lächeln, durch das alles hindurchging, und auch das, was sein Vater zu ihm sagte, blieb nur in Teilen hängen, hinterließ keine Spur, und was er selbst antwortete noch weniger. Wie schön. Gut. Ja. Die vielen Notizen auf dem väterlichen Schreibtisch, ohne jemals eine Form zu finden. So viel nicht Eingelöstes. Dann war er weg. Seine Mutter hatte ihm gesagt, er solle gehen, und er hatte dem nichts entgegenzusetzen.

Aber es muss einmal anders gewesen sein. Als sein Vater samt Familie für wahrscheinlich zehntausende DM von der sozialistischen Regierung an die deutsche übermittelt wurde. Freikauf nannte man das, ein lächerliches Wort. Das konnte er bewältigen, genauso den Umzug in die Niederlande nur kurz nach der Ankunft in Deutschland. Aber später zeigte er nicht das geringste Aufflackern eines Überlebenswillens. Wie er im Urlaub hintenüber aus dem Boot fiel. Wie Adrian ihn aus dem Wasser zog und er, wieder an Bord, darüber lachte wie über ein kleines Missgeschick. Doch er konnte Adrian nicht täuschen, er hatte gespürt, wie sein Vater den ganzen Körper hatte erschlaffen lassen, als er selbst angsterfüllt dessen Brustkorb umklammerte, sein Vater aber nicht mit der kleinsten Anstrengung mithalf. Wahrscheinlich trügt ihn die Erinnerung, er hätte ihn alleine nicht auf das Boot zurückziehen können. Vielleicht hat ihn Adrians Berührung aus der Starre geholt. Vielleicht erwachte in ihm im letzten Moment irgendetwas wie Verantwortung. Aber die Resignation war echt, die Selbstaufgabe. Wäre Adrian ihm nicht gefolgt, wäre er einfach auf den Grund des Sees gesunken und dort geblieben.

Als Adrian seine Tür aufsperrt und im Flur steht, auf sich selbst zurückgeworfen, schiebt die Stille in der Wohnung das Flimmern in ihm nach vorne, wie die weiße Grundierung eine verworrene Zeichnung sichtbar macht. Er sieht einen Mann mit neuem Haarschnitt im Spiegel, legt seine Jacke ab und setzt sich auf die Couch. Es wäre gut, fitter zu sein, wacher, irgendwie motivierter. Nichts kann er mehr, ohne sich in einen Zustand zu versetzen. Kein Drang mehr von innen. Er braucht irgendeine Form von Verlangen. Er klappt den Laptop auf und öffnet mehrere Tabs einer

Porno-Website, erregt sich selbst mit den Worten, die er eingibt, mit den Videos, die die Seite auswirft, kommt und ist erleichtert, dass er noch etwas spürt.

Sein Telefon klingelt.

»Ja?«

»Gábor hier. Wir müssen reden.«

»Ich komme.«

»Jetzt?«

»Ja.«

Er legt auf. Eine Aufgabe, das ist gut. Er zieht eine Line Kokain und fühlt sich fast wiederhergestellt. Er steigt in den Porsche, startet den Motor, fühlt eine Verbindung zu dem kraftvollen Vibrieren und bewegt den Wagen ruhig durch die Straßen.

*

Gábor steht schon vor dem Eingangstor, raucht in tiefen Zügen und pustet den Rauch druckvoll weg, als wollte er etwas Lästiges verscheuchen.

»Komm«, sagt Adrian zur Begrüßung.

»Können wir nicht hier reden, Boss? Ich hab gleich wieder zu tun.«

»Zu unsicher. Mach dein Telefon aus.«

Gábor zertritt seine Zigarette und folgt ihm. Er hangelt sich umständlich in den Beifahrersitz des flachen Wagens und flucht. »Scheiße ist das, wenn du Rücken und Knie hast. Warum holst du dir kein normales Auto?«

»Ich fahr schon bald wieder ein anderes, keine Sorge.«

Gábor lacht und gibt dabei seine Zahnlücke preis.

»Du musst etwas tun«, ermahnt Gábor ihn und wechselt ins Rumänische. Alles sei schon lange nicht mehr sicher, kaputte

Gasleitungen, schlecht gewartete Tanks. Wagenbach habe immer versprochen, dass etwas getan werde, es dann aber immer wieder verschoben. Letzte Woche habe sich ein Arbeiter verletzt. Weil er nicht gemeldet, nicht krankenversichert gewesen sei, hätten sie ihn in die Ukraine zurückgeschickt. Es könne so nicht weitergehen. Die Stimmung sei schlecht, und sie werde immer schlechter.

»Fabrica nu este a mea«, verteidigt Adrian sich.

»Aber es sind deine Arbeiter.«

Das macht Adrian wütend. Sie werden über ihn bezahlt, okay, aber mit den Arbeitsbedingungen hat er wirklich nichts zu tun. Wie stellt Gábor sich das vor? Soll er zu Kober gehen und sagen: »Hallo, die Arbeiter, ihr wisst schon, die, von denen ihr nicht wissen wollt, wer sie sind und was sie verdienen und wie es ihnen geht und wie sie aussehen und ob sie Familie haben und ob sie gesund sind und ob sie von dem Gehalt leben können. Es wäre nett, wenn ihr die besser bezahlen könntet oder ihnen wenigstens ordentliche Ausrüstung geben würdet.« Kober nimmt die Leute ja genau aus dem Grund, weil er das alles nicht machen muss. Die Menschen sind ihm egal, Hauptsache, die Arbeit wird erledigt.

»Das ist schwierig«, sagt Adrian.

Gábor richtet den Blick durch die Windschutzscheibe, als sähe er Verkehr, den es in hohem Tempo zu beobachten gelte, und nicht die Plane eines geparkten Lkw. Er räuspert sich. »Ich weiß, dass meine Männer niemanden interessieren. Auch dich nicht. Das ist mir schon klar. Aber rede mit Kober, die Sicherheitsmängel sind auch ein Risiko für sein Geld. Und für sein Ansehen. Wenn etwas Schlimmes passiert, ist es zu spät.«

Gábors pragmatische Sicht überrascht Adrian.

»Ich werd's versuchen.«

Gábor nickt. »Danke, Chef.«

Adrian hat das Gefühl, noch irgendeine Bedingung stellen zu müssen, eine Anweisung zu geben, aber ihm fällt nichts Passendes ein.

Gábor klopft ihm mit einer unberechtigten Väterlichkeit aufs Knie, steigt aus dem Auto und lässt ihn zurück.

21

Im Hex-Editor fühlt sich Valerie am wohlsten. Hier, am rohen Kern des Ganzen. Folgen von Bytes als Hexadezimalzahlen, ohne die Dateien als Bilder, Töne, Texte oder Befehle darzustellen. Die reinste Form von Information, auch in Bruchstücken sichtbar, keine Notwendigkeit einer Vermittlung. Hier gibt es für sie keine Missverständnisse, keine verwirrenden Abzweigungen, es ist für sie das, was einem Begriff von Wahrheit am nächsten kommt.

Es lohnt sich nur selten, den Editor zu verwenden. Zu aufwendig. Aber jetzt hat sie ein paar gelöschte Dateien auf de Jongs Profil des Laptops aus Leiden identifiziert, die interessant sein könnten. Schleifen auf der Festplatte wie Ringe in einem Baum. Emsig arbeitet sie, bis die Dateien wiederhergestellt sind. Eine Mail-Anweisung mit einer Verabredung im Chat, gesendet an einen Hendrik. E-Mails an einen Peter Fals, jeden Tag, auch an Samstagen und Sonntagen, immer zwischen siebzehn und neunzehn Uhr. Nie mit besonders auffälligem Inhalt. Meistens sogar nichtssagend. »Hope you're good, I'll call you around noonish.« – »Please handle.« – »See attached.« – »Just checking, let me know how things are, alright?« Manchmal ohne Kommentar, nur mit Anhängen, meistens Artikel zu Aktienmärkten oder Wirtschaftsprognosen. Sie prüft die Eingänge. Keine einzige Mail von Peter Fals, weder als Reaktion noch unabhängig davon. Sie kann sich nicht vorstellen, dass die Antworten auf diese allgemeinen Fragen so verfänglich sein sollten, dass man sie ganz löschen müsste. Nein, die einzige Erklärung ist, dass Adrian tatsächlich nichts von Fals erhalten hat.

»Ist dir der Name Peter Fals schon mal untergekommen?«, wendet sie sich an Magnus.

»Sagt mir nichts.«

»Mh. Jeden Tag eine Mail von de Jong an ihn. Alle ohne Reaktion.«

»Vielleicht ist das sein Boss, und er muss Rechenschaft ablegen.«

»Bin nicht überzeugt. Das ist doch seltsam.«

Über eine Sicherheitslücke im Cloudspeicher gelingt es ihr, das Back-up eines privaten Rechners de Jongs zu erschließen. Das, was sie jetzt vor sich hat, erlaubt es ihr endlich, ihm näherzukommen. Sie visualisiert es. Sie will sehen, was de Jong sieht. Welche Icons er auf dem Desktop hat, welchen Browser er nutzt. Sein Ordnungssystem ist schon mal nicht besonders sauber, der Desktop ist überfrachtet mit Verknüpfungen und einzelnen Dateien, der Speicher läuft schon fast über. Nur einzelne Teile sind sauber strukturiert und abgelegt. Das ist kein Wegschmeißer.

Chronologisch geordnete Erinnerungen in den Bildordnern. Ein paar Wochen Urlaub und ein paar einzelne Feste, Hochzeiten, Weihnachten, nehmen neunzig Prozent eines Jahres ein. Es wirkt so stringent, dass Valerie sich ins Gedächtnis rufen muss, dass das nicht alles sein kann, dass etwas ausgelassen wurde.

Die Dateien sind kaum angeklickt worden. Vielleicht steckt Sammeltrieb dahinter oder eine Art der Weltbewältigung. Einzelne Dokumente, Programme und Bilder liegen unordentlich auf dem Bildschirmhintergrund, das Bild eines Wasserfalls, vielleicht ein voreingestelltes Standardmotiv, nicht weiter aufschlussreich. Die Ordner sind in »Privat«, »Geschäftlich«, »Steuer« unterteilt.

Sonst nichts Nennenswertes. Sie checkt die meist aufgerufenen Dateien. Drei Bilder, eine Tabelle mit Adressen.

Auf dem ersten Bild ist Jasmin Trisovic zu sehen, die mit verwehten Haaren vor einem Schloss steht, geschlagen lächelnd, als ob sie sich vergebens gegen das Foto gewehrt hat. Aber trotzdem, wahrscheinlich gerade deshalb, umso echter, noch nicht auf dem Sprung zu einer Pose. Nicht fotografiert werden zu wollen ist wohl eines der echteren Gefühle, die man in einem Bild festhalten kann, denkt Valerie.

Sie versteht, dass er gerade dieses Motiv so oft aufgerufen hat. Aber warum ist es dann ganz hinten in den Ordnern versteckt? Weil er es eigentlich vor sich selber verborgen halten will, es aber nicht übers Herz bringt, es zu löschen? Stattdessen klickt er sich immer wieder durch dieselben Ordner, Privat/Bilder/Familie/2012/IMG_1045.jpg.

Das nächste Bild zeigt ebenfalls Trisovic, ihn und den gemeinsamen Sohn. Kein Selfie, sondern von jemand anderem geschossen, oder mit Selbstauslöser. Sie sitzen vor einem Weihnachtsbaum, das Kind zwischen ihnen. Das weinrote Kleid der Frau, die silbernen Ohrringe, die Kette, das Hemd des Mannes, der Pullover des Jungen, es wirkt auf Valerie wie eine stolze Feierlichkeit, eine erkämpfte. Die Pupillen des Mannes funkeln rot vom Blitz, seine Haare sind nicht ganz geordnet, die Frau hat ihr Bein unbequem abgewinkelt, und der Sohn schaut auf einen Punkt hinter der Kamera, und doch strahlen sie eine ernsthafte Würde aus. Bilder, die de Jong verstaut hat, um sich doch immer wieder mit ihnen zu quälen.

Natürlich sind die Fotos schon geprägt durch eine Kette von Entscheidungen, wann und wo in welcher Situation aufgenommen, wann, wie, an wen weitergegeben, als Post, als private Nachricht oder in einen Gruppenchat, vielleicht mit bewusster Intention, vielleicht auch nicht. Man zimmert sich seine Vergangenheit in Schlaglichtern. Was darunter hervorbrechen kann, ist so kalt wie banal. Gewalt, Unterdrückung, Unglück, Entzweiung.

De Jong selbst wirkt auf dem Foto melancholisch. Seine Augen wirken trotz oder wegen der roten Pupillen seltsam konzentriert. Sie versucht, das Bild von ihm als Familienvater zu ersticken, zur Not in einem Wirbel mit weiteren Deutungen, ein Krimineller, ein Ausbeuter, ein Einsamer, ein Eiskalter, ein Knallharter, ein Verletzter, ein Stumpfsinniger, ein Bemitleidenswerter. Ein Mörder? In den Nachrichten zwischen ihm und Wagenbach lag eine latente Spannung. Aber er hatte kein Motiv, seinen Geschäftspartner zu beseitigen.

Sie scrollt weiter.

Das dritte Bild zeigt Mitu. Sie ist zur Seite gedreht, bemerkt sicher nicht einmal, dass sie fotografiert wird. Das Bild ist in einem seltsamen Verhältnis hochkant zugeschnitten. Wahrscheinlich, um andere Menschen aus dem Motiv zu entfernen. Eine geheime Sehnsucht? Oder ein Bild, das er an andere verschickt, damit sie sie überwachen können?

Alles ist möglich, ermahnt Valerie sich. Nichts ist sicher. Es sind lediglich die drei am häufigsten aufgerufenen Dateien: Ehefrau, Familie, Kollegin.

Magnus macht das Deckenlicht an, Valerie schrickt kurz auf und taucht wieder in ihre Gedanken ab. Die Menschen misstrauen Digitalfotos wegen ihrer leichten Manipulierbarkeit, aber der wahre Fluch der Technologie ist doch, wie sie blind drauflosknipsen, ihre Erinnerung mit Eindrücken überschwemmen, bis alles die Kontur verliert, bis nur noch der Hauch einer Essenz spürbar ist. Valerie sieht, wie ähnlich das alles ist, die Art, in der alles festgehalten wird, die Überschneidungen von Essen, Küsten, Sonnenuntergängen. Früher hat Valeries Mutter immer andere gefragt, ob sie ein Foto machen könnten, worauf sich die ganze

Familie ungelenk nebeneinander vor den Sehenswürdigkeiten und Aussichten positionierte, die Gesichter waren kaum erkennbar. Heute geht es nicht weiter weg als eine Armlänge. Manchmal kommt ihr alles gleich vor, die Perspektiven aus geöffneten Zelten, die geschürzten Lippen, die angespannten Oberkörper, die braun gebrannten Beine vor Wellen, die auf einen Sandstrand lappen. Das Outfit in der Umkleidekabine, der nackte Körper für den Trainingsfortschritt. Oder es ist doch alles unterschiedlich, eine private Schüchternheit im Blick, eine leichte Unsicherheit in der Pose, ein Grübchen, eine Narbe an der Oberlippe.

Magnus klickt sich im gemeinsamen Ordner durch Valeries Notizen und schnalzt mit der Zunge.

»›Symptome Hirntumor‹, eigentlich ist der auch ein Feigling.«

Valerie verzieht die Mundwinkel. Magnus folgert so vorschnell wie Thomas. Es gibt kein »Eigentlich«, das alles steht nebeneinander und ist nicht ungewöhnlich. Das alles, das ist das Eigentliche. Wie ermüdend, er ist so einer, der denkt, man könnte eine Essenz herausfinden, einen Kern.

»Da ist wieder mal einer nicht so hart, wie er tut«, fügt Magnus hinzu.

»Vielleicht aber doch.« Als ob man das danach bewerten könnte, ob jemand Angst hat zu sterben.

»Ich glaub nicht. Papiertiger.«

Magnus lächelt selbstgefällig, er glaubt immer daran, dass sich hinter dem äußeren Anschein sein Gegenteil verbirgt. Ruhige Menschen sind gefährlich. Poser harmlos. Schüchterne perfide. Aufdringliche komplexbeladen.

Aber dass der Schein stimmt, ist auch nicht gesagt. Es gibt keinen sicheren Rückschluss vom Bild auf die Realität, nichts, was sich in all den Jahren für Valerie als wahrscheinlich oder abwegig entpuppt hätte. Und das ist wohl das Schlimmste daran.

Sie schüttelt stumm den Kopf, verabschiedet sich von Magnus und geht zur Tür hinaus.

Nur so ein Gedanke.

Nur so ’n Gefühl.

Nur so ’ne Frage.

Nur so ’ne Vermutung.

Tiefblauer Teppich liegt im Flur vor ihr, und sie würde die flachen, runden Steine aus ihrer Jackentasche gern die unbewegte Oberfläche entlang den Gang hinunterflippen lassen, erst in Aufsetzern mit weiter Spanne, dann sich einem Ziel entgegen verkürzend.

Sie betritt den Fahrstuhl und wählt das Erdgeschoss, wandert immer noch in Gedanken durch die Dateistruktur des Rechners und spürt dem nach, was die Daten auslassen. Was bleibt von undokumentierten Momenten? Die Erinnerung verfälscht die Farbe von Dingen, wer anwesend war, ändert die eindeutigsten Tatsachen. Gedächtnis, die alte Trugbildmaschine. Aber vielleicht, nur vielleicht, kann sie die Bedeutung eines Augenblicks auf eine andere Weise besser fassen.

*

Valerie sitzt auf dem Sofa, im Fernsehen laufen die Nachrichten, aber richtig bei der Sache ist sie nicht. Thomas merkt, dass etwas sie beschäftigt, und fragt nach.

Sie zögert. »Glaubst du«, fragt sie schließlich, »dass Technologie entscheidet, wie wir Erinnerungen festhalten? Also Notizen, Bilder, Videos, Briefe. Oder ist es andersrum?«

»Wie meinst du das?«

»Ob unsere Eindrücke entscheiden, was wir benutzen, um sie zu bewahren?«

»Interessant.« Thomas lehnt sich an den Tisch, der ein paar Zentimeter verrutscht, sodass er kurz die Balance verliert. »Interessant«, wiederholt er, »das ist sicher auch daran gebunden, für wen man sie aufzeichnet, oder?«

»Ja, aber …«

»Oder allgemein, zu welchem Zweck man …«

»Das meine ich gar nicht, das ist dann schon der nächste Schritt«, unterbricht Valerie ihn. »Es geht um den Moment, in dem man etwas festhält. Zum Beispiel einen Sonnenaufgang am Meer. Den kann man fotografieren, aber wenn man die Brandung noch dazu will, muss man filmen, wenn der Geruch das Wichtige ist, muss man es aufschreiben. Letzten Endes kann es das Gedächtnis doch am besten einfangen.«

Thomas schüttelt den Kopf. »Aber es ist doch eindeutig so, dass mehr fotografiert wird. Weil man das Handy immer dabei hat und es immer direkt an andere weiterschicken kann.«

»Und dann hat man am Ende einen riesigen Datenberg.«

»Aber nicht lange.«

Und da ist es, sein fatalistisches Lächeln voller Nachsicht gegenüber den Uneingeweihten, die nach wie vor ihren unsinnigen Ideen hinterherlaufen.

»Hab ich schon mal davon erzählt?«, fragt er, ohne dazuzusagen, von was, und obwohl es eine Floskel ist, macht sie Valerie wütend, ganz so, als wäre er der einzige Filter, der ihr Berichtenswertes von der Welt da draußen antrüge.

»Wovon?«

»Dass ein dunkles Zeitalter kommt.«

Sie schüttelt langsam den Kopf, und ohne jedes Gespür für ihre Gereiztheit fährt er fort: »Man denkt, dass die heutigen Daten für immer Bestand hätten. Ich glaube, das liegt daran, dass man sie schon losgelöst von jedem Material empfindet. Oder? Wer denkt schon noch an die physischen Speicher? Die Festplatte stellt sich ja niemand vor, wenn er am Rechner sitzt. Das war mit Lochstreifen noch anders.«

Er scheint Valeries skeptischen Gesichtsausdruck zu bemerken.

»Ja gut, du bist da jetzt schon beruflich sensibilisiert, aber es ist doch so, alles kann veralten und unlesbar werden. Du musst dir nur mal vor Augen halten, dass in neuen Geräten kaum mehr CD-ROM-Laufwerke verbaut werden.« Jetzt wird er von seinen eigenen Ausführungen mitgerissen, stößt sich vom Tisch ab und geht im Wohnzimmer auf und ab. »Was ist dann erst mit Floppy-Disk-Laufwerken? Wie viele gibt es von denen noch, und wie lange würde es dauern, große Datenmengen damit zu sichten? Mal ganz abgesehen von der Lebensdauer der Disketten. Die sind ja auch nicht nur Bits und Bytes oder was auch immer, sondern auch der echten Welt ausgesetzt und dem Verfall durch Wärme, Feuchtigkeit, Licht oder Magnetismus. Aber daran, dass eine Festplatte vielleicht zehn Jahre hält, eine CD-ROM oder ein USB-Stick mit Glück dreißig, daran denkt niemand. Wie viele Leute haben denn schon jetzt ihre Erinnerungen auf irgendwelchen alten Medien gespeichert und glauben, sie könnten irgendwann später noch darauf zugreifen, während sie schon längst nicht mehr lesbar sind. Ich sag dir, jedes Fotoalbum ist da um Längen überlegen. Oder Pergament. Pergament hält auch gern mal länger als tausend Jahre. Oder gleich in Stein meißeln, dann ist es nahezu endgültig. Das sind ganz andere Zeiträume. Aber das, was wir sammeln, das löst sich auf.« Die Aussicht auf Zerstörung scheint ihn zu begeistern. »Das Wissen verdoppelt sich alle hundert, fünfzehn oder sogar zwei Jahre, je nachdem, wen man fragt. Es wächst zumindest rasant, teilweise ohne jedes Zutun von Menschen, rein maschinell.«

»Ob jetzt jede Information auch gleich Wissen ist …«, wirft Valerie ein.

»Trotzdem, mittlerweile erstellen Computer Datensätze. Früher, jemand wie Leibniz, der hat geglaubt, das ganze Wissen verinnerlichen zu können, alles, stell dir das mal vor. Die schiere Menge.«

Valerie verdreht die Augen.

»Was?«, fragt Thomas aufgebracht.

»Na ja. Das verschriftlichte Wissen, das vielleicht, okay, aber ansonsten ist das doch Blödsinn, als ob es kein anderes Wissen gäbe, Musik, weitererzählte Geschichten, so was eben.«

»Ich hab jetzt keine Lust, die Definition von Wissen zu diskutieren. Es geht um was ganz anderes.«

»Ach, du bestimmst jetzt, worum es geht?«

»Dann eben, worum es mir geht. Meine Güte. Mir geht es um das Festhalten, das Festhalten von irgendetwas. Sie forschen an einem Kristallspeicher, der auf der Größe eines Zweieurostücks dreihundertsechzig Terabyte speichert. Dreizehn Komma acht Milliarden Jahre hält er. Die Sonne explodiert in sieben Milliarden Jahren, damit rechnen sie jedenfalls.«

»Wer sollen ›sie‹ denn sein?«, wendet Valerie ein.

Aber er lässt sich nicht aufhalten. »Die Voyager-Platten, die da mit menschlichen Kulturzeugnissen durchs All fliegen, halten nur fünfhundert Millionen Jahre durch. Und dann? Oder nimm diesen Kristallspeicher. Wie findet jemand raus, wie man den Chip liest? Der ist nur so groß wie ein Zweieurostück. Wie kann das überhaupt jemand finden, in der Wüste oder im Meer. Dreizehn Komma acht Milliarden Jahre, das ist in etwa die Zeit seit Beginn des Universums, aber wie kann man überhaupt an chronologischer Zeit festhalten angesichts von Unendlichkeit?«

Er hat sich in Erschöpfung geredet, lässt sich auf den Stuhl fallen und fährt dennoch fort: »Also gut, dann ist die Technik vielleicht in der Lage, die letzten Zeugnisse unserer Zivilisation festzuhalten. Aber für wen? Für Außerirdische. Und warum? Was für einen Unterschied macht es? Wäre es auch eine Kuratierung wie bei der Voyager? Die Errungenschaften, das Textbuchwissen verschiedener Kulturen, egal, ob sie eigentlich mündlichen Ursprungs sind, festgehalten, mit Hochglanzbildern illustriert, der ganze Kanon von unserer Hochkultur abgebildet? Was bleibt von uns? All das, was wir horten, ist in einem Atemzug weg.«

»Wer ist denn ›wir‹?«

»Die Gesellschaft.«

»Was soll das überhaupt sein, die Gesellschaft?«

»Weiß ich auch nicht.«

Beide schweigen.

»Wahrscheinlich bleibt einfach ein riesiger Haufen Pornografie«, sagt Valerie.

Was nicht dokumentiert wird, hat nie stattgefunden. Nur das, was festgehalten wird, bleibt lange genug, um wenigstens ein bisschen weitergetragen zu werden, um wenigstens noch ein kleines Stück Zukunft einzunehmen.

Als Valerie im Bett liegt, wartet sie eine Unendlichkeit darauf einzuschlafen. Ihr Herz pocht, und sie weiß, dass nur eine Sache sie jetzt beruhigen kann.

Sie steht auf und fährt ihren Rechner hoch. Das Programm, an dem sie arbeitet, ist eigentlich recht schlicht, eine etwas komplexere Fingerübung, mehr nicht. Sie konnte ein sichergestelltes Handy erschließen, das allem Anschein nach von Varga verwendet wurde, aber die Nachrichten sind nicht dekodiert. Gesichtslos liegen sie ab, inbox####.dat für eingehende, outbox####.dat für ausgehende Texte. In den Hexadezimalzahlen erkennt sie ein Muster, sieht, wo die Textnachricht-Länge beschrieben wird, wo der Zeitstempel liegt, welcher Wert die Zeit markiert.

Sie lässt ihr Skript automatisch an die Positionen springen, die Daten auslesen und sortieren. Nach ein paar getippten Zeilen kehrt schon Ruhe in ihr ein. Der Bildschirm und der Code geben ihr alles. Den Abstand, den sie sich wünscht, den Kontrast, die Helligkeit, die Aufteilung. Eine schöne, saubere Struktur in Python mit seiner unwiderstehlich reinen, reduzierten Syntax, mit den regelmäßigen Einrückungen, die alles sofort offenlegen: die klaren Zuordnungen, die Kommandos. Keine Verkomplizierung, eine Vereinfachung. Ein Bereich mit eindeutigen Regeln als Ausgangspunkt für alles andere, ohne Missverständnisse, ohne Unsicherheiten.

»extract sms(sms_raw_foles)«, gibt sie den Befehl ein.

Ihr Programm spielt die Nachrichten aus, sauber geordnet nach Zeit, Inhalt und Telefonnummer des Absenders. Die Ordnung strahlt aus, in die Welt, in ihren Körper, in ihren Atem, in ihren Puls.

Was bleibt von alldem übrig? Verfügbarkeit und Vernetzung wie nie zuvor, aber dann vielleicht nie wieder entschlüsselbare Daten, ein kurzer Moment nah an der Allwissenheit? All das Wissen womöglich umsonst, wenn nichts bleibt. Vielleicht. Aber bis es so weit ist, reiht sie Zeile für Zeile, Masche an Masche, baut Ziegel für Ziegel in ihre Burg und rüstet sie gegen das neue dunkle Zeitalter.

22

Cristina nimmt das Sieb mit den Blättern aus der Kanne und gießt etwas Tee in eine Tasse. Sie spürt die Wärme der Flüssigkeit, als ihre Lippen sich ihr nähern, und weiß, dass diese Tiefe und Ruhe auf sie übergehen können. Sie klappt den Laptop auf ihrem Küchentisch auf und checkt die E-Mails, die sie auf ihre letzte Online-Ausschreibung hin bekommen hat. Es hilft nichts, es muss weitergehen, die Fabriken haben Bedarf, die Firma darf nicht in den Ruf geraten, bei Engpässen keine Kräfte vermitteln zu können. Die Mehrzahl der Beschäftigten finden sie inzwischen auf diesem Weg. Es sind mehr als dreißig Bewerbungen eingegangen. Manche in aufgeräumtem Layout, andere mit mühsam zusammengestellten PDFs mit unregelmäßigen Einrückungen, Hochglanzbilder mit professionellem Lächeln über dem Blusenkragen, verkniffene Schnappschuss-Gesichter im Halbschatten, holperige Sätze der Selbstdarstellung. Das schiere Maß an Ambition und Hoffnung macht sie traurig. Aber auch mit ihr hat niemand Mitleid. Adrian nicht, Victor ganz sicher auch nicht. Jeder würde dem anderen das Gleiche antun. Es ist die große Übereinkunft, die große Legitimation, eigentlich eine Gemeinsamkeit.

Sie sucht wahllos ein paar Namen heraus und kopiert den gespeicherten Antworttext in die Mails. »Vielen Dank für Ihre ansprechende Bewerbung. Gerne würden wir mit Ihnen zusammenarbeiten. Neben Ihrer Anschrift und Kontoverbindung benötigen wir noch folgende Unterlagen.« So ist das. Wer es nach oben schafft, zieht die Leiter hinter sich hoch. Ihr Telefon vibriert. Adrian will etwas wichtiges mit ihr besprechen.

*

Adrian öffnet die Tür und geht Cristina voran ins Wohnzimmer. So ein gleichgültiger Raum, die wahllos ausgesuchten Möbel, nichts passt zusammen, alles wirkt provisorisch und überstürzt. Wie kann man sich selbst so wenig Fürsorge entgegenbringen?

Er setzt sich in die Mitte der Couch, sodass sie viel zu nah sitzen würde, wenn sie neben ihm Platz nähme. Sie rückt einen Stuhl heran, er rutscht zur Seite, aber sie setzt sich ihm gegenüber. Der Abstand ist unnötig groß, aber keiner der beiden will ihn noch korrigieren.

»Was gibt's?«, fragt Cristina.

Adrian richtet eine Line Ketamin mit seiner Krankenkassenkarte auf seinem Handydisplay aus.

»Gábor macht Probleme«, sagt er. »Ein paar Arbeiter versuchen, ihr Geld einzutreiben. Ausstehende Löhne. Wieder mithilfe anderer.«

»Bei uns?«

Er zieht und lehnt sich zurück. »Bei Kober. Ich habe mich gefragt, wie die auf ihn gekommen sind. Und woher sie wissen, wo er wohnt. Victor hat es rausgefunden: Gábor hat es ihnen gesagt. Wenn ihr euer Geld wollt, der hat es. Anscheinend hat er auch einen Teil davon eingesteckt. Du warst doch auch bei Gábor?«

»Ja«, antwortet sie.

Er schüttelt den Kopf. »Hat er bei dir irgendeine Bemerkung gemacht, irgendwas Auffälliges?«

»Nichts Ungewöhnliches, hat sich über Leitungen beschwert, wollte neue Ausrüstung, wie immer.«

Adrian tippt mit dem Feuerzeug auf den Glastisch, in kleinen abgehakten Bewegungen, als müsste er ein Pensum bewältigen. »Dann muss ich jemanden vorbeischicken«, sagt er schließlich.

Cristina lehnt sich nach vorne. »Bist du sicher? Ihr kennt euch doch schon ewig. Ich meine …« Schon während sie redet bemerkt sie die Unruhe in seinem Gesicht.

Adrian unterbricht sie: »Misch dich nicht ein. Ich entscheide hier.«

»Nichtstun ist auch eine Entscheidung«, sagt sie bitter.

»Denkst du, du bist was Besseres? Mein Geld nimmst du immer gerne.« Das sagt er schnell und hart, mit fast monotoner Stimme. Er muss nichts unterstreichen, sie kennt diesen Tonfall.

»Ist ja gut jetzt.«

»Vergiss nicht, was ich für dich getan habe. Wenn ich dich nicht eingesetzt hätte, würdest du nicht bequem in der Gegend herumfahren und Sachen organisieren.«

»Den Pass habt ihr mir trotzdem genommen«, stichelt sie, presst die Luft zwischen den Zähnen hervor, lässt die Silben zischen, und für einen Moment sieht sie es in ihm beben, sieht ihn schon den Glastisch kippen, sieht, wie er ausholt.

»Pass auf«, setzt er an, »alles hat seine Grenzen.«

Alles hat seine Grenzen, wiederholt sie in Gedanken und nickt.

Sie schweigen. So kommen sie nicht weiter.

»Aber wegen Gábor«, betont sie jetzt milder, auf Besänftigung aus, »gibt es nicht noch irgendeine andere Möglichkeit?«

Er schüttelt den Kopf. »Ich muss an meinen Ruf denken.«

Cristina merkt, dass es ihn mehr bewegt, als er zugibt, und verspürt kurz Mitleid, dann Wut, unterdrückt beides. Adrian ist auch nichts anderes als der Lkw, dessen Fahrer eingeschlafen ist, die Autofahrerin, die dich übersieht, der Arzt, der die Fehldiagnose stellt, oder der Moskito, der dich ansteckt. Er ist eines von so vielen Dingen, die dir passieren können.

Adrian winkt müde ab. »Tut mir leid«, sagt er. »Ich kümmere mich drum.«

Cristina steht auf. Sie stehen sich unschlüssig gegenüber, verhandeln ihre Distanz aufs Neue.

Adrian berührt sie leicht mit der Hand an der Schulter. »Pass auf dich auf.«

»Du auch.«

Sie wickelt den Schal um den Hals, das Gefühl des Stoffes gibt ihr Sicherheit.

*

Im Bett übermannt sie eine tiefe Erschöpfung, ihre Arme und Beine drücken schwer in die Matratze. Sie fährt mit den Fingerkuppen über die Raufasertapete. Eine Waschmaschine in der Wohnung über ihr, mit dem unbeirrten Schleudergang, der die Gläser in ihrem Regal in ein Klirren versetzt, eine schüchterne Aufgeregtheit. Gemurmel. Ein Bett, das beim Sex an die Wand stößt, viel lauter als das Gestöhne, das man nur hört, wenn man sich wirklich darauf konzentriert. Etwas Rundes, das auf den Boden fällt. Schritte auf dem Flur, ein unterdrücktes Lachen. All das gibt ihr ein Gefühl von Verbundenheit, nicht einer abstrakten Vernetzung, sondern einer echten Nähe und Gleichzeitigkeit. Neben ihr laufen auch andere Leben. Sie denkt an Leiden und den Polder außen herum. Letztendlich lebt auch sie auf abgewonnenem Land, von Deichen umgeben, unter einem Druck, den sie mit einem ausgeklügelten System von sich hält. Aber es darf nichts einbrechen. Sie lebt unter dem Meeresspiegel.

23

Valerie scrollt durch ein Image von de Jongs Profil auf einem Computer aus Leiden. Obskure Blogs über längst abgerissene Sportstadien aus der Vergangenheit, Foren über Audio-Equipment für Kfz, jede Menge Pornografie. E-Mails an seine Ex-Frau. Flehentliche Texte, völlig zerrüttet, durchdrungen von dem Wunsch nach Anerkennung, einer zweiten Chance oder Forderungen. Suchanfragen für Beratungsstellen. Ein Artikel: »Wie schaffe ich es, dass sie mich wieder liebt.« Ein Post auf Trisovics Profil, 2:14 Uhr morgens. »Wie geht es dir«, hat er ihr auf die Wall gepostet, vor dem Fragezeichen hat ihn der Mut verlassen, ohne eine Reaktion zu erhalten, ohne Like oder Lächeln oder sonst was, und Valerie fragt sich, ob sie ihm im Chat geantwortet hat, und sie wünscht es sich sogar ein bisschen. Sie blendet es aus. Seine Schwäche schafft Sympathie, wo kein Platz für sie ist.

Valerie schaut nach draußen. Der Regen hat wieder eingesetzt, und eine Frau kämpft mit ihrem Schirm. Zwei Tropfen laufen auf der Scheibe aneinander vorbei, als wäre etwas nicht gut genug austariert.

Neben den regelmäßigen Mails an Peter Fals gibt es noch andere Adressaten. Sie öffnet eine E-Mail.

»Genügt das?«, hat de Jong geschrieben.

»Sieht gut aus. K.«, ist die Antwort vom Info-Postfach eines Fleischzerlegungsbetriebs.

Sie vergleicht den Namen. Es ist einer von Kobers Standorten. Im Anhang befindet sich ein abfotografiertes Papier mit Siegel des Veterinäramts Memmingen: »Gesundheitsinformation für den Umgang mit Lebensmitteln. Personen, die gewerbsmäßig folgende Lebensmittel herstellen, behandeln oder in Verkehr bringen: 1. Fleisch, Geflügelfleisch und Erzeugnisse daraus, 2. Milch und Erzeugnisse auf Milchbasis, 3. Fische, Krebse oder Weichtiere und Erzeugnisse daraus, 4. Eiprodukte, 5. Säuglings- oder Kleinkindernahrung …« Sie scrollt weiter. »Das Infektionsschutzgesetz bestimmt, dass Sie die oben genannten Tätigkeiten nicht ausüben dürfen, wenn bei Ihnen Krankheitserscheinungen (Symptome) auftreten, die auf eine der folgenden Erkrankungen hinweisen oder die ein Arzt bei Ihnen festgestellt hat: akute infektiöse Gastroenteritis (plötzlich auftretender, ansteckender Durchfall) ausgelöst durch Salmonellen, Shigellen, Cholerabakterien, Staphylokokken, Campylobacter, Rotaviren …« Die Auflistung geht noch ewig weiter.

Valerie verzieht das Gesicht.

»Was ist denn?«, fragt Magnus.

»Irgendeine Bescheinigung von einem Veterinäramt.«

»Lass mal sehen.« Er nuckelt an seiner E-Zigarette, rollt umständlich mit seinem Stuhl um den Tisch herum, zieht eine Schwade hinter sich her. »›Durchfall mit mehr als zwei dünnflüssigen Stühlen pro Tag, gegebenenfalls mit Übelkeit …‹ Was ist das denn?«

»Könntest du mal aufhören, mich einzudampfen? Mir wird auch gleich übel.«

»Jaja … ›typisch für Cholera sind milchigweiße Durchfälle mit hohem Flüssigkeitsverlust …‹«

»Ich kann lesen, Magnus.«

»›… Gelbfärbung der Haut und der Augäpfel mit Schwäche und Appetitlosigkeit weisen auf eine Hepatitis A oder E hin …‹«

»Ist ja gut jetzt. Schau mal hier: ›Wie können Sie zur Verhütung lebensmittelbedingter Infektionen beitragen? Hände waschen, Ringe ablegen, Schutzkleidung …‹ Das ist eine Art Bestätigung über eine erfolgte Einweisung.«

»Warum schickt er das rum?«

»Keine Ahnung.«

Magnus gähnt. »Schick's an die Kollegen. Sollen die sich den Kopf darüber zerbrechen. Ich bin raus für heute.«

Ohne Magnus' Hämmern auf der Tastatur bleibt Valerie in einer ungewohnten Stille zurück. Mit einem Mal verspürt sie überhaupt keine Lust mehr, nach Hause zu gehen, zu Thomas.

Sie nimmt ihr Telefon und schreibt Konstantin, einem Typen, den sie manchmal trifft. »Hey, na wie geht's?« – »Ganz gut, kann nicht klagen, und selber?« – »Na ja, immer stressig, aber ich dachte, vielleicht hast du ja mal wieder Lust.« – »Na klar, schwebt dir was Bestimmtes vor?« – »Eigentlich nicht.« – »Drinks?« – »Drinks gehen immer.«

*

Valerie sitzt Konstantin in der Bar gegenüber, rührt mit dem Strohhalm in ihrem Glas, die Eiswürfel klacken. Weil sie sich schon öfter getroffen haben, ist die Stimmung irgendwo zwischen vertraut und dröge. Sie kennen sich, haben aber nicht so engen Kontakt, dass man an irgendetwas anknüpfen könnte.

»Hast du vielleicht spontan Lust auf ein Konzert?«, fragt er und redet gleich weiter, als er ihre Überraschung bemerkt, »muss aber auch nicht, war nur so 'ne Idee, weil ich zufällig Freikarten über die Arbeit bekommen habe, und ich dachte, wo du doch Cello …«

»Doch klar, warum nicht?«

*

Nach einem etwas zu schnell getrunkenen Wein im Restaurant des Konzerthauses sitzen sie in Polsterstühlen. Das Orchester stimmt noch einmal und hebt zu einer wirren Kakofonie an, jemand hustet, dann ist es still. Sie spielen Dvořák. Sofort und unmittelbar ist Valerie enthoben, auf eine Weise erleichtert. Es schwillt an und klingt ab, Spannung und Entladung. Wie viel drängt sich gleichzeitig von diesem Fluss in ihr Bewusstsein, Rückbezug, Vorahnung und Hinführung von Moment zu Moment zu Moment, ein wiederholtes Motiv, eine unbewusst verschobene Verbindung und Struktur. Sie fühlt die Kontraste, die Auflösungen, die ganz weiten Bogen.

Konstantin lehnt sich an sie, aber sie will das nicht, das ist ihr eigener Raum, ein rarer Augenblick der Verinnerlichung. Sie verändert ihre Haltung, am liebsten würde sie ihn wegstoßen, aber in dem Moment zieht er sich von selbst zurück.

*

Später liegt sie im Bett, das Kopfkissen unter ihrer Wange riecht frisch, und sie sieht unter halb geöffneten Lidern, wie er seinen Kleiderschrank durchsucht. Er schlüpft schlecht balanciert in eine enge Unterhose und lässt den Gummizug auf seine Hüfte schnalzen, als wäre er stolz auf ein kleines Kunststück. Sie zieht die Augenbrauen hoch, er dreht sich zu ihr, und es gelingt ihr, ihren Gesichtsausdruck in ein Lächeln zu verbiegen, das alles sein kann, milde, mokant.

»Willst du duschen?«, fragt er.

Sie geht ins Badezimmer, steigt durch den Vorhang, lässt das Wasser über ihre Haut laufen, heiß, damit sie die Form ihres Körpers spürt, damit sie spürt, wo die Grenzen zwischen ihr und allem anderen verlaufen. Eine Wärme durchströmt sie, von der sie nicht sagen könnte, ob sie von außen oder von innen kommt.

24

Cristina steigt aus dem BMW, die Luft empfängt sie kalt und trocken. Ein harscher Wind geht, Wohnwagen stehen an der Straße, und das silberne Kühlaggregat sitzt auf dem Dach des Schlachthofes wie eine Frisur.

Wie feige kann man sein, flucht Cristina in sich hinein. Er könne sich nicht um jeden Scheiß kümmern, hat Adrian gesagt, aber natürlich hat er Angst, was Gábor mit ihm besprechen will, nachdem er jemanden bei ihm vorbeigeschickt hat, um ihn zu bedrohen, zu schlagen, auf Linie zu bringen. Und jetzt lässt er sich von Cristina vertreten. Er ist keinen Deut besser als all die, über die er immer herzieht, die Firmenbosse, die Vorarbeiter. Nur nichts mit irgendetwas zu tun haben. Schön aus dem warmen Wintergarten glotzen. Macht sie das eben.

Sie stapft auf die Pforte zu und meldet sich an. Im Gegensatz zum Container auf der Baustelle hat Gábor hier ein richtiges Büro.

Er sitzt hinter dem Schreibtisch, sieht sie und lacht trocken auf. »Ah. So ein Feigling.«

Da sind wir uns einig, denkt Cristina, mustert ihn aber wortlos. Unterhalb seines Auges wurden ein paar Stiche gesetzt, der Wangenknochen ist angeschwollen.

»Sag, was los ist. Ich hab nicht ewig Zeit«, sagt Cristina.

Ein dumpfes Scheppern lässt die Wand zittern, und sie zuckt kurz zusammen.

Gábor lächelt milde und schüttelt den Kopf. »Keine Sorge. Hier wird es manchmal laut. Was ist denn los? Was ist aus unserem gemütlichen Teetrinken geworden? Wir sind doch alle Freunde, nicht wahr?« Er streicht mit den Fingern über die Naht in seinem Gesicht.

»Kommt drauf an«, antwortet Cristina. Etwas Bedrohliches in seiner Stimme alarmiert sie.

»Das stimmt.« Er hält inne, den Wasserkocher in der Hand. »Das kommt immer drauf an. Sehr wahr.« Er hält das Gerät unter den Strahl. »Aber auf was kommt es an?«

Cristina steckt ihre Hände in die Manteltaschen. »Zum Beispiel kommt es drauf an«, sagt sie kühl, »ob man sich vertrauen kann, ob man Vereinbarungen einhält. Oder ob man seine Leute an Eintreiber verrät. Geld einsteckt.«

»Ah.« Er nickt. »So nennst du das. Eingesteckt habe ich das Geld.« Er setzt den Kocher auf seine Station, er rastet mit einem hellen Klicken ein.

»Was sollte ich denn sonst sagen?«

»Man könnte auch sagen, vielleicht habe ich das genommen, was mir Kober schuldet. Und vielleicht habe ich noch ein paar anderen gegeben, was ihnen zusteht.«

Cristina zieht den Stuhl unter dem Tisch hervor und setzt sich. »Das interessiert mich nicht. Mich interessiert, was wir vereinbart haben. Alles andere ist Auslegungssache.«

»Auslegungssache.« Er lässt das Wort auf seiner Zunge zergehen. »Das finde ich fantastisch. Dass man jeden Tag etwas lernt von euch. Da habe ich schon gelernt: Vermittlungsgebühr. Gesundheitszeugnis. Unterbringungspauschale. Transportabgabe. Und jetzt: Auslegungssache. Wunderbar. Und natürlich«, er zeigt auf seine Wange, »habe ich noch viel mehr gelernt. Jaja, der alte Bozgor hat gelernt. Ich muss euch wirklich dankbar sein.«

Das Wasser kocht, und Cristinas Augen folgen wachsam seiner Hand, wie die das Plastikgefäß zum Tisch manövriert. Er gießt sich ein. Schaut sie fragend an. Sie schüttelt langsam den Kopf.

»Aber ich kenne auch noch ein anderes Wort, ein gutes Wort. Ein deutsches Wort. Willst du raten?«

»Nein.«

»Dokumentation. Du weißt, was das ist, ja?«

»Ja.«

Er lacht in sich hinein. »Dumm von mir. Natürlich weißt du, was das ist. Es ist ja viel interessanter, dass ich das weiß. Das würde man mir gar nicht zutrauen. So ein alter und ungebildeter Mann. Aber Dokumentation ist natürlich auch viel einfacher geworden. Hier hast du eine Tonaufnahme, da mal ein Bild, hier ein paar SMS, da ein paar E-Mails.« Er schlürft von seinem Tee.

»Also gut.« Cristina wird ungeduldig, »Was hast du, was willst du?«

»Gut. Werden wir ganz konkret. Ich habe Beweise, dass ihr die Pässe habt. Die Bankkarten. Was ihr mit den Autos macht. Die gefälschten Zeugnisse, Fotos von schlechten Leitungen, von der Unterkunft. Manipulierte Schichtpläne. Alles hier auf meinem Computer. Kann ich dir gerne zeigen.« Er dreht den Bildschirm in ihre Richtung.

Cristina lehnt sich zurück.

»Aber natürlich auch andere Sachen. Einmal haben die Elektriker die große Säge so überbrückt, dass man sie mit einer Hand bedienen kann. Ich habe viele Male geschrieben, dass man das reparieren muss. Es ist Vorschrift, dass der Motor nur läuft, wenn zwei Hände an der Säge sind.« Er greift in der Luft nach einem unsichtbaren Gerät und rüttelt daran. »Weißt du, was sonst passieren kann?«

»Ich kann es mir vorstellen.«

Er klickt weiter.

Cristinas Blick geht vorbei, sie nimmt nur Verschwommenes am Rand wahr. Rot.

»Was passieren kann, passiert. Früher oder später. Aber er hatte keine Krankenversicherung. Am nächsten Tag war er weg.«

Gábor spricht leiser, wie zu sich selbst. »Warum war er weg? Weil ich ihn weggeschickt habe. Warum habe ich ihn weggeschickt? Weil der Boss das gesagt hat.« Er kehrt seine Handflächen nach außen. »Vielleicht interessiert das keinen, so ein Unfall, aber vielleicht alles zusammen. Oder? Was meinst du?« Er mustert sie eindringlich.

Die Sekunden dehnen sich zäh.

Cristina blickt sich um. »Entschuldige mich bitte kurz. Wo ist die Toilette?«

»Raus und dann rechts«, erklärt Gábor und lehnt sich zurück.

Sie tritt auf den Gang, ein Arbeiter überholt sie mit eiligen Schritten, sie drückt die Klinke zu den Toiletten, schließt die Tür einer Kabine hinter sich. Ihre Hände zittern. Sie nimmt ihr Handy raus und öffnet eine Nachricht an Adrian.

Als sie das Büro wieder betritt, sitzt Gábor unverändert hinter dem Schreibtisch, fixiert sie, abwesend, oder als wäge er etwas ab.

»Ich möchte dir noch etwas zeigen«, sagt er. »Eigentlich wollte ich es Adrian zeigen. Aber jetzt eben dir.«

»Ich habe nicht mehr viel Zeit.«

»Es dauert nur eine Sekunde, keine Sorge. Es ist wichtig.«

Er erhebt sich schwerfällig. Sie will hinter ihm bleiben, aber er hält die Tür ins Treppenhaus auf und folgt ihr die Treppe hinunter.

»Weiter«, sagt er, eine weitere Treppe hinab, »noch weiter.«

»Wo sind wir hier?«, fragt sie.

»Das sind die Kühlanlagen. Ziemlich wichtig. Müssten gewartet werden. Vor allem die Wärmetauscher. Das kann schlimm ausgehen, wenn die verschmutzt sind. Oder der Tank. Wenn da die Leitungen schlecht gelötet sind.«

»Da kenne ich mich nicht aus«, sagt Cristina, »aber ich setze mich gerne dafür ein, dass …«

»Nicht nötig«, unterbricht Gábor sie. »Weißt du? So funktionieren die Menschen nicht. Es passiert ja doch nichts. Ich war sogar bei der Polizei.«

Cristina schaut sich in Richtung der Tür um. »Du warst bei der Polizei?«

»Sie haben mich weggeschickt. Aber das«, er hält plötzlich eine Pistole in der Hand, »das werden sie nicht ignorieren.«

Er richtet sie erst auf sie, dann in Richtung des Tanks.

Cristina dreht sich um, öffnet den Mund, um etwas zu sagen, da drückt er ab, etwas birst, und alles wird taub.

25

»Jedenfalls«, setzt Victor bedächtig an.

Es lässt Adrian kurz aufschrecken, sperrt ihn in einen kurzen Moment der Unsicherheit, bis ihm wieder einfällt, dass sich das Wort auf nichts bezieht, dass es nur Victors Art ist zu sprechen.

»Jedenfalls was?«, fragt Adrian gereizt.

»Jedenfalls finde ich, wir sollten ruhiger machen. Das Ganze abwickeln. Diese Polizistin scheint zäh zu sein. Die werden wir nicht so leicht los. Haben wir doch schon oft gemacht, dann machen wir diesmal eben eine Pause. Warten ab.«

Fängt er schon wieder damit an. Tausendmal hat Adrian ihm schon erklärt, dass das nicht so einfach geht. Dass er die Firmen immer nur schließen und neu gründen konnte, weil er die Geschäftspartner nicht verloren hat und in der Lage war, für einen stetigen Zufluss von Arbeitskräften zu sorgen. Dass es nur auf dem Papier eine Abwicklung war, in Wirklichkeit aber immer alles in der Schwebe blieb. Er braucht Kober sicher an Bord, und das ist nach allem, was passiert ist, mehr als fraglich. Aber Adrian ist müde, er will keine Diskussion.

»Ich überleg mir was, Frate«, sagt er, und Victors Gesichtsausdruck hellt sich auf, so übertrieben dankbar mit einem Mal, dass Adrian ihn schon wieder in die Schranken weisen möchte, aber er unterdrückt den Impuls.

Sein Handy vibriert. Er sieht Cristinas Text und flucht leise. »Gábor will Geld, hat Beweise auf Rechner im Büro.« Er hält Victor das Gerät vors Gesicht.

»Hätte ich ihm gar nicht zugetraut.«

»Das hätte ihm keiner zugetraut. Aber den kriegen wir schon wieder auf Kurs.«

Adrian tippt eine kurze Antwort an Cristina: »Bleib ruhig. Sag ihm, dass wir das schon hinkriegen.«

Victor kneift die Lippen zu einem schwer deutbaren Ausdruck zusammen. Adrian lehnt sich zurück und reibt sich die Augen. Was kann Gábor wollen? Es geht ihm kaum um verbesserte Bedingungen, das weigert er sich zu glauben. Nein, so ein Typ ist Gábor nicht. Der will eine bestimmte Summe und dann raus. Wer könnte seine Position übernehmen? Vielleicht Cristina. Wenn sie sich genug Respekt verschafft. Aber er weiß nicht, ob er ihr trauen kann. Ob er überhaupt jemandem trauen kann. Kober wird die Preise neu verhandeln wollen. Das war mit Wagenbach einfacher. Der verfickte Wagenbach, wäre der nicht tot, wäre alles nicht so gekommen.

Victor sitzt mit geschlossenen Augen auf der Couch, den Nacken in den Polstern versenkt. Adrians Handy lässt einen blechern schrillen Klingelton durch den Raum schallen, vibriert über die Tischplatte, als wollte es sich in Richtung der Kante robben und hinunterstürzen.

Er sieht Kobers Namen auf dem Display und nimmt ab.

»Ja«, sagt er, dann ein paar Sekunden nichts, kratzt sich am Kinn und spürt die Stoppeln seines Barts, während Kober mit gepresster Stimme spricht: Explosion, Gasaustritt, Ursache unklar, mehrere eingeschlossene Verletzte. Was geht da vor sich, erst Christinas Text und dann das.

»Das sind deine Leute«, spuckt Kober aus. »Ich sag dir, wenn da irgendwer Scheiße gebaut hat, wenn mir da irgendwas gefährlich werden kann, dann tu verdammt noch mal, was du tun musst.«

Adrian legt auf. Tun, was er tun muss, Kober hat keine Ahnung, wie schlimm die Lage wirklich ist. Der denkt an unsichere Gerätschaften, an Unstimmigkeiten in den Schichtbüchern. Adrian muss Gábor aufhalten, bevor alles durchsucht wird. Eine kleine Chance hat er.

*

Victor gibt Gas, schlängelt sich an einem Linienbus vorbei, Adrians Herz hämmert. Er atmet durch, schaut aus dem Fenster. Häuserfronten fliegen vorbei, Straßenfluchten geben schlaglichtartig Licht frei, ein erhaschter Horizont, wie kurze Blitze von Sehnsucht.

Es beginnt zu regnen, Victor schaltet die Scheibenwischer ein, aber sie sind zu schnell. Ihre Blätter fahren über das Glas und sammeln die wenigen Tropfen zu einem dünnen Film unter der Gummierung, bewegen sich mit einem quietschenden Ruckeln in die Ausgangsposition zurück. Adrian wünscht sich nichts sehnlicher, als dass sich der Rhythmus den fallenden Tropfen angleicht, irgendein Zeichen der Synchronität, etwas, das ihm beweisen kann, dass nicht alles aus der Achse kippt. Victor stellt den Rhythmus der Anlage langsamer, doch nun sammelt sich nach einigen Sekunden zu viel Wasser, das den Verkehr verschwimmen lässt. Mit einem resignierten Seufzer stellt er die Frequenz wieder höher, und Adrian fühlt sich fast schon erlöst, als der Wagen hinter dem Gebäude hält.

»Warte hier.«

Adrian kramt den Schlüsselbund heraus und nimmt den hinteren Zugang zur Tiefgarage. Unten ist es still, seine Schritte hallen, er rennt durch das Treppenhaus, immer darauf gefasst kehrtzumachen, falls ihm Rauch entgegenkommt. Er läuft durch das leere Lager, niemand ist da, hinaus durch die Tür ins Freie. Eine Sanitäterin kniet bei einem fahlen Mann, dessen Arm ist unnatürlich abgeknickt, sie redet auf ihn ein, während sie einen roten Kasten öffnet. Adrian stolpert an ihr vorbei, das Blaulicht flackert in den Hof, flammt mit einem kalten Muster an die Wände. Er drückt sich in die Nische neben der Pforte, tastet nach seinem Schlüsselbund. Feuerwehrleute mit Masken rennen durch das Tor, ihre Schritte klingen schwer unter der Montur. Er dreht den Schlüssel in der Tür, sie gibt nach, er läuft nach oben. Das Büro ist gleich auf der rechten Seite. Wo zur Hölle sind Gábor und Cristina?

Auf der Tastatur liegt ein Zettel. Er liest die großen, krakeligen Buchstaben: »An die Polizei«. Gábor, dieser Hund, er stopft das Papier in seine Hosentasche.

Adrian weckt den Rechner aus dem Ruhezustand und loggt sich ein, klickt die Festplatte an, formatieren. »Durch Formatieren des Volumes werden alle darauf vorhandenen Daten gelöscht. Möchten Sie fortfahren?« Natürlich möchte er fortfahren, er klickt auf Okay. Ein dumpfer Lärm dringt aus der Halle, jemand ruft ein fernes Kommando. Er reißt die Schublade auf, nimmt Gábors Laptop und schiebt ihn in seine Tasche. Eine Meldung poppt auf, erfolgreich durchgeführt, er fährt den Rechner runter. Draußen quillt Rauch in den Gang. Adrian hält die Luft an, tastet sich der Wand entlang, stolpert die Treppe hinunter, spürt, wie seine Muskeln nach Sauerstoff verlangen und die Lunge verkrampft. Der Rauch brennt in der Kehle und den Augen, die Tür hakt kurz, aber dann bricht er mit ihr ins Freie.

Ein mechanisches, kaltes Zirpen dringt aus dem Hintergrund kurz in sein Bewusstsein, aber da ist es auch schon wieder weg. Da wird ein Mensch eingesammelt, da legen sie ihn ab, jemand brüllt etwas, Erstversorger stellen ihre Koffer ab, knien neben Körpern.

Jemand packt ihn an der Schulter, ein blasser, drahtiger Mann, ob seine Personalien schon aufgenommen worden seien?

Nein, antwortet er, nein, er zeigt seinen Ausweis, seine Hand zittert, er habe geschäftlich mit dem Unternehmen zu tun.

»Halten Sie sich für eine Befragung bereit«, sagt der Mann und gibt ihm den Ausweis zurück, prüft dabei aber schon wieder die Umgebung, auf der Suche nach dem nächsten Objekt für seine stahlblaue Wachsamkeit.

Eine Atemmaske bäumt sich vom Boden auf, trudelt ein paar Meter, Staub wird aufgewirbelt, Sanitäter halten ihr Equipment fest. Adrian schaut nach oben, der Regen hat aufgehört, und die Wolken brechen auf. Ein Hubschrauber landet.

»Beiseite«, brüllt jemand, und Adrian saugt das Wort in sich auf, bewaffnet sich mit ihm, trägt es vor sich her, »beiseite«, passiert einen weiteren Trupp, der ihm entgegenkommt, »beiseite«, schlüpft durch ein Drehkreuz, »beiseite«, überquert die Straße, öffnet die Beifahrertür und sinkt in den Ledersitz des Jeeps.

Victor lässt den Motor an. Adrian schließt seine Augen und lehnt sich zurück, spürt, wie die Sonne durch die Scheibe dringt, und die schwarze Fläche vor seinen Augen blendet in ein strahlendes Zinnober über.

26

Cristina kommt mit entferntem Wimmern zu sich. Wo ist sie? Wie ist sie hierhergekommen? Das Letzte, woran sie sich erinnern kann, ist Gábor, der Keller. Was ist passiert? Irgendwo rasselt etwas. Die Wand pulsiert blau. »Aici, aici!«, ruft jemand: Hier, hier. Andere Worte in fremden Sprachen, Angst in der Stimme. Die trockene Luft drückt stumpf auf ihre Ohren. Zwischen den Lagerräumen liegen schwarze Säcke im rechten Winkel zueinander, eine seltsame Anordnung. Die Sanitäter knien bei einer Frau, die sich angestrengt aufzurichten versucht, aber sie beschwichtigen sie: »Bleiben Sie liegen«, fahrige Gesten, entkräftet, schlaff. Cristina schwitzt, zittert, friert. Ein Mann wird auf den Rücken gelegt, die Beine angewinkelt. Ein Sanitäter legt ihm trostvoll die Hand an die Schulter und faltet eine Rettungsdecke auf. Das Aluminium funkelt golden.

Dahinten eine Silhouette, ist das Adrian, der aus der Tür kommt? Sie will etwas rufen, bekommt aber keinen Laut heraus. Sie erhebt sich unsicher, setzt einen Fuß vor den anderen, abgehackt, starrt auf die schwarzen Plastiksäcke, stellt einen umgefallenen Stuhl wieder auf. Mit einem Mal gerät der Boden in Schräglage, neigt sich als Rampe, sie sucht nach etwas, an dem sie sich festhalten kann, greift in Richtung der Wand, greift ins Leere, viel zu kurz, schlägt auf.

Cristina spürt den rauen, kalten Beton an ihrer Wange. Jemand fasst sie am Handgelenk und sagt etwas. Eine Frau tastet nach Cristinas Puls. Es wäre schön, wenn sie ihn verifizieren könnte, ihr Herz schlägt nur weiter, wenn die Frau es beweisen kann. Cristina sieht den roten Ärmel der Jacke, eine Sanitäterin, das beruhigt sie. Eine ruhige, sichere Stimme fragt sie etwas. In diesem Klang kann sie sich aufgehoben fühlen. Die Frau hat ihren Herzschlag gefunden. Eine innige Dankbarkeit ergreift Cristina.

Die Sanitäterin fragt weiter, nach Dingen wie Wochentag und Name, dem Datum, der Stadt, und auch wenn das alles anstrengend ist, kann Cristina sich daran entlanghangeln und antwortet. Mittwoch, Mitu, München, wohl zufriedenstellend, fast stolz, der Frau bei ihrem Unterfangen helfen zu können.

Die Sanitäterin nimmt eine Spritze, es werde gleich ein bisschen piksen, aber Cristina bemerkt es gar nicht, will fast schon fragen, ob sie es nicht noch einmal richtig machen könnte, aber da wird sie schon durchflutet und willkommen geheißen, von einer Hülle, die sie umfängt, der sie sich vollkommen hingeben kann, und alles, an dem sie festhält, fällt von ihr ab.

27

Valerie liest gerade eine riesige Festplatte über eine langsame USB-Verbindung aus, ein zähes, langwieriges Verfahren, als der Dienststellenleiter die Tür aufstößt. Magnus, der schief im Bürostuhl gelungert hat, richtet sich auf, als wollte er im Sitzen Haltung annehmen.

»Explosion in einer von Kobers Fabriken, die Kollegen sind schon dort, bitte zügig.« Der demonstrativ souveräne Tonfall kann seine Nervosität nicht kaschieren.

Valerie zieht ihre Jacke an. Sie laufen zur Ausgabe der Einsatzmittel, er brieft sie hastig im Gehen. Es könne sie eine unübersichtliche Lage erwarten, die Rettung sei immer noch da, möglicherweise auch die Medien, aber wegen möglicherweise flüchtiger Spuren und Verdunklungsgefahr habe man sich dazu entschlossen, die Spurensicherung sofort anzufordern.

Sie laden ihre Ausrüstung in den Kofferraum. Magnus setzt sich wie selbstverständlich auf den Beifahrersitz, Valerie steigt hinten ein. Die Sonne bricht durch, aber die Luft ist noch feucht, die Straße glänzt. Sie fahren los.

»Valerie, du machst die Server?«

»Ja.«

*

Blaulicht flackert vor der Fabrik, ein großes Einsatzfahrzeug der Feuerwehr fährt ab. Es ist geisterhaft still, abgesehen von einem entfernten hellen Surren, dass gedämpft und stumpf durch die Plastikhaube an Valeries Ohren drängt. Die am schwersten Verletzten sind schon abtransportiert worden, jetzt reden die Helfer mit verbliebenen Arbeitern, beruhigen die leichter Versehrten. Eine Frau sitzt auf dem Boden, eine Ärztin bei ihr. Sie schaut in Valeries Richtung, ihre Blicke treffen sich. Mitu. Sie erkennt sie trotz der gelösten Gesichtszüge, der glasigen Augen, der blassen Haut, der schlaffen Haltung. Mitu öffnet ihre Lippen, die verklebten Hautflächen lösen sich. Ein schmaler Spalt zeigt sich, schließt sich wieder, ihr Blick wandert ins Leere.

Valerie macht Magnus auf sich aufmerksam und nickt mit dem Kopf in Richtung Mitu.

Er versteht und sagt etwas zu dem Einsatzleiter.

»Frau Stetter?« Eine Kollegin aus der Spurensicherung nähert sich zögernd.

Valerie kennt sie nicht. »Ja.«

»Ich soll Ihnen zeigen, wo der Serverraum ist.« Sie setzt sich mit trägen Schritten in Bewegung.

Valerie folgt ihr vorbei an den Rettungskräften, vorbei an Mitu, an den Verletzten, das alles ist jetzt nicht wichtig, das alles ist schon in den Händen anderer, das muss sie jetzt nicht beschäftigen. Sie steigen die Kellertreppe hinab, gehen einen Gang hinunter.

Dann bleibt die Frau stehen. »Hier«, sagt sie und macht kehrt.

Valerie tritt in den Raum und spürt sofort die Kühlung. Die Steuerungsanlagen der Maschinen hängen an eigenen Servern, sie muss alles einzeln entkoppeln. Wie vollständig die Daten sind, kann niemand vorher wissen. Festplatten gehen kaputt, Firmen überschreiben Sicherungen routinemäßig, Videoüberwachungssysteme speichern oft nur befristet, Unternehmen kaufen neue Geräte, Systeme werden upgedatet, ohne dass alte Informationen migriert werden. Sie vergleicht die Zeiten aus der CPU mit ihrer

Uhr, notiert den Abgleich. Wenn alles gut läuft, sind darauf die Messwerte und Betriebsparameter der Maschinen auslesbar, vielleicht gewinnen sie auf diese Weise auch Erkenntnisse zur Ursache der Explosion. Die Fabrik verwendet ein weiteres System zum Ein- und Auschecken von Mitarbeitern und eine Schaltung der schweren Einlasstore für Lieferungen. Das hier vor Ort auszulesen würde zu lange dauern. Es hilft nichts, die müssen abtransportiert werden.

Valerie fröstelt und steigt die Stufen zur Oberfläche hinauf.

»Kümmerst du dich gleich noch um die Büros?«, fragt Magnus, »ich schau mal, wohin die Kameras speichern.«

»Kein Problem.« Sie ist froh, eine Aufgabe zu haben, und steigt die Treppen hinauf.

Seltsam friedlich liegen die Arbeitsräume da, vom Chaos unbetroffen, ordentlich, seriös, organisiert. Ein Staubsauger steht in der Zimmerecke, alles ist bereit für einen produktiven Arbeitstag. Ein ausgeschalteter Computer. Auf dem Schreibtisch liegt eine Dockingstation für einen Laptop. Valerie durchsucht die Schubladen und Schränke, doch das dazugehörige Gerät ist nirgends zu sehen. Sie verbindet ihr Auslesegerät mit dem Rechner. Ein kürzlich angestoßener Löschprozess. Was wollte hier jemand verschwinden lassen, so kurz nach dem Unglück? Ihre Hände schwitzen. Draußen ruft jemand etwas. Vielleicht gelingt es ihr, etwas zu retten, etwas wieder erscheinen zu lassen, Fragmente eines Bildes zusammenzusetzen, das sie nicht sehen soll. Sie erstellt ein Image des Rechners, um es sich später zurechtzulegen, räuspert sich, ihre Stimme hallt trocken und fremd. Fahrig, wie nicht ganz da, erhebt sie sich, das ungute Gefühl, etwas Gravierendes vergessen zu haben, klopft an ihr Bewusstsein. Sie trägt den Rechner durch die Gänge, die Treppe hinunter, stellt ihn zu den Asservaten. Inzwischen sind nur noch wenige Rettungskräfte vor Ort, dafür immer mehr Leute von der Spurensicherung. Wie scheue Tiere auf Nahrungssuche bewegen sich die aufgeplusterten weißen Gestalten über das Fabrikgelände. Auf einem Feld daneben glänzen die schwarzen Leichensäcke, erstarrte Kokons ohne Aussicht auf Verwandlung.

Nun steht sie neben Magnus im Innenhof, er hat die Arme in die Hüfte gestützt und schüttelt den Kopf. Auch ihr fällt nichts ein, was sie jetzt sagen könnte. Etwas dringt an Valeries Bewusstsein, in hohen Frequenzen, abgehackt, aus verschiedenen Richtungen. Wie ein Grundbrummen, aus dem sich vereinzelt Muster herauslösen. Sie setzt einen Fuß vor den anderen, jemand sagt etwas. Kristalline, hohe Töne, untrennbar verwoben, anschwellend, abschwellend, als schrille Verzweiflung klingeln die Telefone der Toten.

28

Adrian sitzt vor dem Fernseher, das Helikopterbild saugt sich an das Fabrikgelände, Rauch tritt aus, Rettungsfahrzeuge auf dem Zufahrtsweg und im Innenhof, Polizei, viel Polizei. Die Hintergründe seien unklar, sagt ein Reporter vor Ort, sein getragener Tonfall kann die Erregtheit darüber nicht vertuschen, dass endlich etwas passiert, dass seine erprobte, gemessene Sprache zum Einsatz kommt.

Fick dich, gleißender Zorn pumpt in Adrian, erst auf den eitlen Reporter, dann auf die Studiomoderatorin, die sich betroffen bei ihm bedankt, als wäre ihm selbst etwas Schlimmes widerfahren, und dann auf Gábor, der vielleicht, nein, bestimmt die Ursache dieses Clusterfucks ist. Alles zerschmettert. Jede einzelne Scherbe nicht mehr mit einer anderen zusammenzubringen.

Adrian atmet tief, versucht, sich davon zu überzeugen, dass es irgendwann wieder besser wird. Es gelingt ihm nicht. Er schaltet den Fernseher aus, macht sich mit Ketamin die Beine schwer. Menschen sind gestorben. Davon gibt es kein Zurück. Er wird noch verrückt hier, alleine in seiner Wohnung. Jeder Atemzug kostet ihn Kraft, als stünde seine Lunge von außen unter Druck. Eine hoffnungslose und blanke Verzweiflung. Es wird nie wieder gut. Er kann nicht schlafen, steht auf, raucht eine Zigarette und macht sie nach der Hälfte aus, trinkt einen Kaffee. Er trinkt, er trinkt, ertrinkt. Warum kann er nicht schlafen? Er setzt sich, schaltet den Fernseher erneut an und wieder aus.

Es ist nicht er, der die Verantwortung trägt. Er ist schließlich nicht Kober, nur ein Berater, nur ein Partner. Sein eigenes Geschäft ist davon auch betroffen, auch er ist ein Opfer. Das hört sich schon besser an, Berater, Vermittler, Opfer.

Er nimmt Gábors Laptop, klappt ihn auf, legt ihn in die Badewanne, verschließt den Abfluss, dreht den Hahn auf und stellt sich vor, wie das Wasser alles ertränkt, was darauf gespeichert ist, wie sich die Dateien in der Flüssigkeit lösen. Wie alles, was ihn belastet, im Nichts aufgeht.

Kurze Zeit später verlässt er die Wohnung, das tropfende Gerät in einer Plastiktüte im Rucksack, sein eigener Laptop in der Tragetasche. Er steigt in den Porsche, lässt ihn an, gibt beim Losfahren zu viel Gas. Bei einer roten Ampel bleibt er stehen. In Ordnung, ruhig jetzt. Er zählt das Geld im Kleingeldfach seines Geldbeutels. Drei Euro, achtzig Cent. Das ist gut, das ist konkret. Die Münzen kleben unangenehm in seiner schwitzenden Handfläche, und er lässt sie in seine Hosentasche gleiten. Bei Grün setzt er sich wieder in Bewegung. In einem weit entfernten Stadtteil findet er einen überdachten, vor Blicken geschützten Müllcontainer, drückt die Abdeckung auf, hebt einen Sack an, schiebt Gabors Laptop darunter, fühlt sich ein kleines bisschen erleichtert.

Er geht in den Supermarkt, nimmt einen Einkaufswagen, drückt die Münze in den Schlitz, und der Stift schießt mit sattem Klacken aus der Halterung. Er legt einen Eistee in den Wagen. Eine Banane. Einen Schokoriegel. Auf nichts davon hat er Appetit, aber darum geht es jetzt nicht, es geht um den Einkauf. Er lässt einen Mann vorbei, der Typ nickt ihm zu, er zurück, geht doch. Er schiebt den Wagen durch den Markt. Die Räder rattern über die kleinen Spalten zwischen den Fliesen, die beiden Hände am Griff zähmen das Zittern. Geben seiner Bewegung eine sanfte Bahn.

An der Kasse bemerkt er, dass das Geld nicht reicht, er hat ja einen Euro in den Wagen gesteckt. Er entschuldigte sich bei der Kassiererin, der das alles nicht egaler sein könnte. Ihr Mangel an Interesse regt ihn auf, aber jetzt stellt sie infrage, warum er überhaupt den Wagen gebraucht hat, sagt, er solle ihn eben zurückstellen. Adrian rammt ihn gewaltvoll in die Aneinanderreihung, es scheppert so, dass er selbst erschrickt. Warum fängt jetzt alles an schiefzugehen?

Sie runzelt die Stirn, nimmt die fehlende Münze entgegen, gibt ihm das Rückgeld. »Zettel?«, fragt sie, scannt aber schon die Einkäufe des nächsten Kunden, piep, er sagt: »Nein, danke«, piep, er sagt: »Auf Wiedersehen«, piep, sie sagt: »Tschau«, piep, er ist draußen.

Ohne den Einkaufswagen fühlte er sich nicht mehr so gut. Er nimmt eine Zigarette aus der Schachtel, die Hände zittern wieder. Das Café kommt ihm in den Sinn. Dass es von hier weit entfernt ist, ist gerade das Gute, mehr Zeit, die er benötigt, eine Richtung, die er sich verordnet. Da gibt es Internet, da kann er sich in einem geschützten Raum organisieren.

Im Café bestellt Adrian einen Espresso und klappt den Laptop auf. Checkt seinen Mail-Account. Rückfragen zu Abrechnungen sind aus den Buchhaltungsabteilungen von Partnerfirmen aufgelaufen. Eine E-Mail von Kober: alexander.kober@linknet-gmbh.de. »Sehr geehrter Herr de Jong«, beginnt sie, er will Distanz schaffen, bestimmt für den Fall, dass die Polizei die Mail liest. »Im Rahmen einer allgemeinen Geschäftsprüfung erbitte ich mir Einblick in die Unterlagen zu den vermittelten Mitarbeitern, ihrem Versicherungsstatus, ihrer Entlohnung, Details zu ihren Beschäftigungsverhältnissen. Dies ist eine reine Formalität, denn wie Sie wissen hat die langjährige, vertrauensvolle Zusammenarbeit nie Anlass zu Beanstandungen gegeben. Wir fühlen uns als

Unternehmen jedoch höchsten ethischen Standards verpflichtet, die eine regelmäßige Dokumentation erfordern. Dies ist umso wichtiger, um zu der Aufarbeitung des tragischen Unfalls vollumfänglich beitragen zu können.«

Der Cafébetreiber stellt den Espresso vor ihm ab. Adrian schreckt auf, reißt sich zusammen, bedankt sich. Ob es gut gehe, fragt der Inhaber ihn, er habe ihn ja länger nicht gesehen, aber Adrian würgt das Gespräch mit knappen Worten ab.

Kober, diese Ratte. Jetzt hat er Schiss, er weiß ganz genau, dass er dran ist, wenn sich jemand die Arbeitsbedingungen genauer anschaut. Ethische Standards. Vollumfänglich beitragen. So ein Bullshit.

Aber Adrian beherrscht sich, setzt eine Mail auf und antwortet in demselben geschäftlichen Ton: »Sehr geehrter Herr Kober, vielen Dank für Ihre Mail, die ich gerne zum Anlass nehme, Ihnen die gewünschten Unterlagen zusammenzustellen.« In dein dummes Maul hauen müsste man dir. »Die Kontaktaufnahme trifft sich ohnehin gut, denn auch von meiner Seite gibt es ein paar offene Punkte.« Den Kopf in die Autotür und zuschlagen. »Aus dem Umfeld der von uns vermittelten Arbeitskräfte sind in jüngster Zeit Fragen bezüglich der Einhaltung von Sicherheitsstandards aufgekommen, die sich aber sicherlich schnell aus der Welt schaffen lassen.« Das Genick brechen und ab in den Kofferraum. »Ich bin sicher, dass diese Tragödie ein Unglück darstellt, das nicht durch Fahrlässigkeit verursacht wurde. Es liegt auch in unserem Interesse, hier schnell für Klarheit zu sorgen.« Verrecke, du Drecksack. »Die Anfragen, die Ihnen teilweise schon vorliegen, lassen wir Ihnen gerne noch einmal gesammelt zukommen. Mit freundlichen Grüßen.« Friss das, du Hundesohn, godverdomme, Bastard.

Adrian klappt den Laptop zu und legt das Geld für den Espresso auf den Tisch. Tragödie. Unglück. Er will er nicht weiter daran denken. Die Mail hat ihn erschöpft.

*

Zu Hause nimmt er noch eine Line Ketamin und lehnt sich in der Küche ans Fensterbrett. Kober ist auch nicht besser als Wagenbach. Er wird schon sehen, was er davon hat. Wo ist eigentlich Cristina? Hoffentlich ist ihr nichts passiert. Er ruft sie an. Das Telefon tutet, der Ton läuft ins Leere, mal wieder nimmt sie nicht ab. Egal. Sie wird schon zurückrufen. Das Wichtigste ist, dass der Server in Leiden steht und er die Zugänge hat. Er hat die Kontrolle, er bestimmt hier. Er klappt seinen Laptop auf und lässt sich die Mikrotransaktionen auf sein Konto anzeigen. Die Zahlenkolonnen mit winzigen Summen, die sich zu größeren sammeln und in Kryptowährung umgewandelt werden, geben ihm ein Gefühl von Sicherheit.

29

Es ist erst elf Uhr morgens, und der Dienststellenleiter war schon zum dritten Mal in ihrem Büro. »Wir brauchen schnellstmöglich jegliche Erkenntnisse«, hat er gesagt, und kurze Zeit später: »Alles zu dem Fall hat jetzt oberste Priorität.«

Valerie runzelt die Stirn, und Magnus schüttelt den Kopf. Als ob er ihnen das erklären müsste. Als würden sie erst einmal gemütlich irgendeinen eBay-Kleinanzeigen-Betrug aufrollen. Aber da kann das Präsidium noch so wollen, davon lesen sich die Daten auch nicht schneller aus. Selbst ihre schnellsten Festplatten übertragen höchstens ein halbes Terabyte pro Stunde.

Die ersten Erkenntnisse zur Ursache der Explosion sind inzwischen zu ihnen durchgedrungen: Schusswaffengebrauch in einer Auseinandersetzung zwischen Varga und Mitu. Varga hat die Detonation nicht überlebt, weitere Todesopfer gab es wegen des Gasaustritts. Das war wohl unbeabsichtigt und könnte durch die Vernachlässigung von Sicherheitsvorschriften mitverursacht worden sein. Kober wird vernommen.

Valerie grübelt. Was ist Vargas Motiv?

Sie listen auf, was sie haben. Mit ihren Daten kann man die Abläufe im Schlachthof fast lückenlos nachvollziehen. Warenanlieferungen, Schichtbeginn, Arbeitsende, Geschäftskorrespondenz mit der Leiharbeitsfirma, alles, was auf ausbeuterisches Vorgehen hinweist, Maschinendaten, die Aufschluss über die Explosionsursache geben könnten.

Aber das müssen Experten beurteilen. Valerie liest die Daten aus und gibt sie weiter.

»Kann ich dir mit irgendwas helfen?«, fragt sie Magnus.

»Danke, aber ich bin da schon eingearbeitet, es dauert wahrscheinlich länger, dir das zu erklären, als es gleich selbst zu machen.«

Dann fischt er gnädig ein paar Ausdrucke von E-Mails aus der Ablage und meint, sie könne gerne noch einmal prüfen, ob er etwas übersehen habe.

Sie nimmt sie wortlos entgegen, in ihr brodelt es. Dieser unbelehrbare Trottel hat schon Sachen markiert. Unweigerlich wird ihre Aufmerksamkeit jetzt auf die neonfarben leuchtenden Stellen gezogen. Es gibt mehrere Mails zwischen Kober und Adrian, in denen es um die Verfügbarkeit von Personal zu bestimmten Zeiten, in bestimmter Stärke geht. Das allein ist noch nichts Belastbares. In ihre Arbeit hinein klingelt Magnus' Telefon.

»Aha«, sagt er, »verstehe.«

Er legt auf und mustert sie bedeutungsvoll. Wie sie das hasst, wenn er mehr weiß als sie.

»Sie haben de Jong vor Ort angetroffen.«

»Und? Er ist doch ein Geschäftspartner, das ist doch nichts Außergewöhnliches.«

»Wenn ein Geschäftspartner aber mitten in einem katastrophalen Unglück in die Büros marschiert, dann ist es wohl doch etwas Außergewöhnliches. Und wenn Zeugen aussagen, dass ein Vorarbeiter auf seine Anweisung hin zusammengeschlagen wurde, wenn Verdacht auf Lohnwucher und Steuerhinterziehung besteht und wenn in Rumänien eine Genehmigung zum Führen einer scharfen Kurzwaffe auf seinen Namen läuft, dann ist das in der Summe doch einiges.«

Valerie schürzt die Lippen und nickt. Dass er eine Waffe hat, macht sie nervös. Sie denkt daran, wie sie bei der Schießübung den Abzug gezogen hat und wie der Rückstoß in ihre Schulter gefahren ist.

»Heißt was? Zugriff?«

»Genau. SEK. Bei der nächsten Serveraktivität geht es los.«

Sie ruft ein Bild von de Jong auf. Er lächelt selbstsicher, als wisse er, dass ihr Arm nicht zu ihm reicht. Aber irgendwann findet jeder Lauf sein Ende. Früher oder später wird ihre Arbeit Früchte tragen und Verbrechen so genannt. Dann wird er erfahren, wie real das ist, was sie tut.

*

Es klingelt an der Tür, Anna ist wie immer pünktlich. Sie windet sich aus ihrer Jacke, streift die Schuhe ab und folgt Valerie in die Küche und beginnt direkt von ihrem letzten Einsatz zu erzählen.

»Heute waren wir in 'nem Bordell, da gibt es eine Barkeeperin, die macht mich fertig, ich sag's dir. Jedes Mal, wenn eine Razzia ist, tut sie so, als würde sie telefonieren. Nimmt ab. So.« Anna hält sich ein imaginiertes Telefon ans Ohr und streicht mit dem Finger der anderen Hand den Rist entlang. »ACAB, das hat sie hier tätowiert, sodass man es schön lesen kann, genau in der Haltung. Und wir müssen das dann anschauen, während sie so tut, als würde sie telefonieren, uns anlächelt und nickt und genau weiß, wir sehen das. Das wird ihr nie langweilig.«

Valerie lacht und nimmt den Wein aus dem Kühlschrank. »Du kannst dir ja auch was tätowieren. Auf die Stirn oder so.«

Sie setzen sich an den Tisch, sie schenkt Anna ein, dann sich selbst. Diese Vertrautheit fühlt sich gut an. Sie erzählt Anna von dem Einsatz auf dem Schlachthof, dass die Ursache der Explosion noch ungeklärt sei, dass es Verletzte und Tote gegeben habe.

Als Thomas hereinkommt, verstummt sie. Sie will nicht, dass er davon erfährt.

»Rede ruhig weiter«, sagt er.

Mit gefürchtet fahrigem Blick steht er da, als lasse er ihn über die Dinge schweifen, um von ihnen durchdrungen zu werden. Daran ändert sich auch nichts, als er sich auf Valerie fixiert.

»Das gehört sich nicht, dass ihr hinter meinem Rücken über mich sprecht«, stößt er hervor.

Sie lächelt defensiv, als ließe auch sie damit etwas durch sich hindurchgehen, nicht, als sende sie etwas. »Wir haben nicht über dich gesprochen.«

Er nickt, mehr zu sich als zu ihr. Anna lacht nervös. In Valeries Augenwinkel kommt Thomas immer näher, verschwindet hinter ihr und holt etwas aus einer Schublade. Sie wendet sich wieder ihrer Freundin zu, hofft, dass er den Raum wieder verlässt.

Aber nein, da steht er wieder vor ihr und unterbricht sie. »Was machst du denn?«, blafft er Valerie mit einem fast entgeisterten Gesichtsausdruck an. »Was soll das?«

»Was meinst du?« Valerie versucht zu lächeln.

»Du grenzt mich aus.«

»Wie das denn?«, fragt sie. Es ist ihr unangenehm, er ist ihr unangenehm.

Anna nimmt peinlich berührt einen Schluck aus ihrem Glas.

»Du grenzt mich total aus.«

Es stimmt, sie grenzt ihn aus, am liebsten wäre es ihr, er wäre nicht da, woanders oder nicht existent, egal, nur nicht hier. Sie versucht, ihn zu beruhigen, sie würde sich gerne in Ruhe mit ihrer Freundin unterhalten, sie hätten sich lange nicht mehr gesehen.

»Freundin.« Er grinst.

»Ja, Freundin. Und wir sind gerade mitten im Gespräch, nicht mehr und nicht weniger, also sorry, falls der Eindruck entstanden ist, dass ich dich ignoriere.«

»Weißt du, was ich dir schon immer sagen wollte?«, setzt er giftig an.
»Was?«, fragt Valerie scharf zurück.
Wie aus der Balance gebracht wiederholt er: »Weißt du, was ich dir schon immer sagen wollte?«
Valerie schaut ihn an.
»Du bist arrogant.« Triumphierend fischt er den Vorwurf mit rollendem R aus den Tiefen seines Bewusstseins. »Arrogant bist du. Nur, weil du ein bisschen was drauf hast, aber … so außerordentlich bist du nicht, wie du tust.«
»Wo bin ich arrogant?«, fragt Valerie und ärgert sich, jetzt hat sie angebissen, jetzt ist sie verstrickt.
»Du tust immer so, als ob du alles verstehst. Dabei verstehst du gar nichts«, antwortet Thomas.
Da ist es also wieder, denkt Valerie.
»Ich versteh so manches besser als du.« Sie lacht bitter.
Alles, was sie kann, hat sie aus eigener Kraft erreicht. Ihr hat niemand geholfen.
Anna rutscht von der Küchenbank, nimmt ihre Zigaretten vom Tisch und verdrückt sich auf den Balkon.
»Mach dich nicht lächerlich«, erwidert er. Jetzt bricht die gezügelte Verzweiflung auf. »Du weißt genau, was ich meine. Ich dachte, wir wären Geschwister.«
»Wir sind Geschwister. Wir reden wann anders. Okay?«
Thomas beißt sich auf die Lippe, dreht sich ruckartig um und geht in sein Zimmer.
Valerie folgt Anna auf den Balkon. »Kann ich eine?«
Anna schürzt die Lippe und reicht ihr die Schachtel. »Du willst rauchen? Ist es immer noch so schlimm?«
»So heftig war es schon lange nicht mehr.«
Valerie zündet die Zigarette an, und mit dem ersten Zug ist ihr schwindelig, aber schon mit dem zweiten ist sie eingefangen. Etwas in ihr rastet an seiner Sollposition ein.

»Lass uns abhauen«, sagt sie, »Kneipe oder so. Hier kriege ich keine Ruhe mehr.« Als sie Annas besorgten Blick wahrnimmt, schiebt sie nach: »Das wird schon wieder, keine Sorge.«

»Wir gehen mal raus«, informiert sie Thomas im Vorbeigehen durch die offene Tür.

»Ja, haut bloß ab«, murmelt er und knetet etwas in seinen Händen, das nur er sehen kann.

Wenige Schritte vor der Haustür klingelt Valeries Telefon. Magnus. De Jong greife gerade auf seinen Server zu, Zugriff mit dem SEK, ausdrücklich mit IT-Forensik. Valeries Puls beginnt zu rasen.

»Was ist denn?«, fragt Anna.

»Ein Einsatz«, entschuldigt sich Valerie, »der Fall, von dem ich dir gerade erzählt habe.«

Wenigstens kennt Anna das, spontane Zugriffe. »Na dann«, Anna drückt sie kurz, »lass dich nicht aufhalten.«

*

Jetzt muss es schnell gehen, aber es fühlt sich nicht schnell genug an. Valeries Herz pumpt, als wollte es mehr als sie. Sie denkt an de Jong und seine Waffe.

Die Kollegen sitzen in Einsatzmontur im Fahrzeug. Sie sind konzentriert, aber nicht nervös, jedenfalls nicht so nervös wie Magnus und Valerie. Ein einzelner eventuell bewaffneter Mensch macht denen keine Sorge. Die haben eben keine lange Ermittlungsarbeit hinter sich, sie haben nur eine einfache Aufgabe: die Zielperson in hoheitlichen Gewahrsam überführen. Sie reden kurz und formell, einer nickt Valerie zu, wie um sie zu beruhigen.

Sie verlassen das Fahrzeug zügig und bewegen sich ruhig, aber zielstrebig. Im Treppenhaus kommt ihnen ein älterer Herr entgegen, der nichts fragt, nichts sagt, sie kurz mustert und dann weitergeht, als wäre er den Anblick gewohnt, als nähme er ihn ganz neutral auf, ohne zu werten. Der Kollege bringt die Sprengladung an der Tür an, Valerie spürt, wie sich in ihr etwas ballt, eine Art Anspannung, die sich kurz aufbaut und mit der Detonation entlädt. Die Tür splittert wie Sperrholz.

»Polizei!«, ruft der Kollege, und sie stürmen mit gezogenen Waffen von hinten auf de Jong zu, der hebt seine Hände. »Auf den Boden!«

Langsam dreht er sich vom Computer weg, erhebt sich, und bevor er der Aufforderung folgen kann, ringt ihn der Kollege nieder, beugt seine Knie, drückt seine Schultern. De Jongs Gesicht ist zu Valerie gedreht, ein gelassener Ausdruck liegt darin, überlegen, spöttisch.

Sie blickt auf das Display des Laptops und sieht den Ladebalken, sieht, wie der Rechner die Daten in einen verschlüsselten Ordner saugt. Wie gelähmt steht sie da, kann nichts machen in den kurzen und endlosen Sekunden, in denen sich die Ermittlungsarbeit eines halben Jahres unerreichbar entzieht.

30

Cristina wacht auf. Es ist dunkel, ihr Arm hängt am Tropf, ihr Bewusstsein wabert stumpf wie in schweren Schaumstoff eingeschlagen. Die Stimmen auf dem Flur beruhigen sie, durch ein kleines rundes Fenster in der Tür dringt das Licht zu ihr herein. In Abständen, die sie nicht einschätzen kann, kommt ein Pfleger und sagt etwas. Sie antwortet. Er misst ihren Blutdruck. Die Manschette schließt sich immer fester um ihren Arm, als wollte sie sagen: Ich halte dich, ich bin für dich da, und das Versprechen hält auch noch an, nachdem sich der Klettverschluss der Schnalle geräuschvoll gelöst hat. Der Pfleger prüft die Frequenz der Tropfen, mit denen der gute Stoff in sie hineinläuft, während er ruhig und sanft mit sich selbst spricht: »Sieht gut aus, alles in Ordnung so weit, das wird schon wieder.« Dann ist er wieder weg.

*

Am nächsten Morgen wird sie vom grellen Schein durch weiße Vorhänge geweckt. Cristina fühlt sich geborgen, auch jetzt noch, wo die Chefärztin zur Visite kommt, einen ganzen Trupp im Schlepptau. Medizinstudierende, wie sie Cristina informiert. In neutralem Tonfall liest sie die Diagnose von einem Klemmbrett ab: »Ammoniakvergiftung, leichte Verätzung der Lunge, Frakturen am linken Knöchel und einigen Rippen, hinzu kommt eine Milzruptur ersten Grades«, sie spricht zur Gruppe statt zu Cristina. »Derartige Verletzungen können konservativ behandelt werden, sofern ein engmaschiges Blutbild vorliegt und der sonografische Befund sowie der Kreislauf kontrolliert werden.«

Die Ärztin spricht neutral und nicht einfühlsam, das gefällt Cristina.

Sie schickt die jungen Frauen und Männer vor die Tür und wendet sich Cristina zu. Sie müsse auf jeden Fall noch ein paar Tage dableiben, erklärt sie langsam und deutlich. Es würden Beamte darauf warten, mit ihr sprechen zu können. Sie werde es aber erst zulassen, wenn sich alle Werte stabilisiert hätten.

»Danke«, krächzt Cristina heiser.

Die Ärztin nickt und verschwindet.

Wie erleichternd, dass ihr hier alles abgenommen wird.

Sie füllt einen Zettel aus, keine Allergien, keine Unverträglichkeiten und bekommt Essen zugeordnet. Da steht es schon für das Frühstück aufgelistet: »1 x Joghurt, 2 x Scheibe Roggenbrot, 1 x Einheit Butter, 2 x Einheit Marmelade, 1 x Tasse Kaffee oder Tee.«

Sie kann die Klinik nicht verlassen. Ein Steckbecken hängt am Bett eingeklinkt. Es gibt nichts, worauf sie Einfluss nehmen könnte. Wie gut das tut. Die Routine des Pflegers beruhigt sie, Handgriffe, denen sie ansieht, dass sie mit verinnerlichter Ruhe geschehen, eine konzentrierte Umsorgung. Bestimmt ist sie hier eine Nummer, eine Patientennummer ohne Verantwortung und Bestimmung. Nichts könnte sie tröstlicher finden als das. Der Geruch von Desinfektionsmittel ist ihr schon längst Zeichen von Geborgenheit geworden, eine Erlaubnis, alles loszulassen, in das sich ihr Inneres so störrisch und unbelehrbar verhakt. So ist es, ein privates Symbol, eine kleine Erlösung.

Zum Glück hat sie eine Krankenversicherungskarte, denkt sie.

Sie legt den Kopf wieder auf das Kissen und fällt in einen tiefen Schlaf, von dessen Träumen ihr beim Aufwachen nur das vage Gefühl eines erlittenen Verrats bleibt.

31

Ein Beamter, der jünger als Adrian ist, prüft die Einlieferungspapiere. Verkniffener Mund, kantige Stirn, ein ernst verhärtetes Milchgesicht. Schwer vorstellbar, dass er mal irgendwie über die Stränge geschlagen hätte.

»Name?«

»Adrian de Jong.«

»Geburtsdatum und -ort?«

»Bukarest, 12.4.1979.«

»Beruf?«

»Berater.«

»Familienstand?«

»Geschieden.«

»Staatsangehörigkeit?«

»Deutsch.«

Er nickt.

Ein älterer Mann nimmt den Platz des jungen Mannes ein. Er ist Sachbearbeiter, und so fühlt sich Adrian: wie eine Sache, unverhofft in Fokus geraten.

»Haben Sie ein unversorgtes Kind in Ihrer Wohnung zurückgelassen?« – »Ist Ihre Familie hilfsbedürftig?« – »Fühlen Sie sich krank?« – »Beziehen Sie eine gesetzliche Rente?« – »Beziehen Sie Unterhaltshilfe?« – »Religiöse Kost, Krankheiten, Diät?«

So gründlich macht man sich selten Gedanken um sich selbst, denkt Adrian. Der Mann überreicht ihm ein Merkblatt zur Auswirkung der Haft auf Sozialversicherung und Arbeitslosenversicherung. Adrian muss lachen.

Sie machen Fotos, nehmen die Fingerabdrücke, stellen ihn mit Unterhose auf eine Waage. Es überrascht ihn, dass er nur fünfundsiebzig Kilo wiegen soll. Aber das ist dann wohl so.

»Narbe am rechten Unterarm«, beginnt der Bearbeiter und tippt. »Tätowierung am linken Schulterblatt, ein …, wie sagt man, ein Tribal?«

»Das ist ein Puls«, verbessert Adrian ihn.

»Soll mir recht sein. Eine gezackte Linie, die einen Herzschlag darstellen soll. Eine weitere Narbe im unteren Bauchbereich, oberhalb der Leistengegend, zwanzig Zentimeter, verblasst.«

Adrian zieht sich wieder an und sitzt dem Beamten gegenüber. Plötzlich hat er die irre Fantasie, dass der andere, solange er selbst nichts sagen würde, nichts schreiben könnte, und solange der andere nichts schriebe, könnte er ihn auch nicht festschreiben, es entstünde kein Bild, keine Wertung, keine Wahrheit.

»Haben Sie jemanden, der Ihre Wäsche wäscht?«

»Nein.«

»Dann müssen Sie auch in der Untersuchungshaft Haftkleidung tragen.«

In erprobtem Tonfall unterrichtet der Mann Adrian über Details. Seinen Ring dürfe er behalten, nicht aber die Kette.

Adrian zwängt ihn gewaltsam auf seinen Finger. Ein kurzes Bild von der Hochzeit im Standesamt blitzt in ihm auf. Der Ring fühlt sich unangenehm an, aber das wird sich geben. Vielleicht.

»Schnürsenkel und Gürtel müssen bitte gleich ausgehändigt werden.«

»Ich möchte etwas beantragen«, sagt Adrian, so viel weiß er noch.

»Ach ja?«, fragt der Mann belustigt.

»Schreibpapier, Umschläge, Kugelschreiber.«

Der Beamte schmunzelt und händigt ihm ein Formular aus. »Sonst noch was?«

Adrian schüttelt den Kopf.

»Gut. Das wäre es dann«, sagt der Mann. »Sie dürfen noch eine weitere Person über die Haft unterrichten.«

Adrian geht in sich. Jasmin? Ihm fällt sonst niemand ein. Er kennt überhaupt niemanden mehr außer ihr, der nicht mit drinhängt. Dass ausgerechnet mit ihr die Verbindung so lose geworden ist, dass er sie kontaktieren könnte, ohne sie zu belasten, macht ihn traurig. Es gab eine Zeit, in der sie alles miteinander geteilt haben.

»Ich verzichte.«

*

Seit ein paar Tagen sitzt Adrian jetzt schon in dieser Zelle. In Einzelhaft immerhin, wegen Organisierter Kriminalität oder was auch immer sich die kranken Fucker da zusammenspinnen. Er könnte ja Tatgenossen in der Anstalt haben. Als wäre er ein Schwerverbrecher. Aber es ist besser als das letzte Mal, als er mit anderen zu sechst in einer Zelle saß. Die ganze Zeit lief der Fernseher. Nachrichten, Talkshows, Dokumentationen, Fußball aus irgendeiner Liga.

Er schüttelt sich. Unwirklich kommt ihm das alles vor, als hätte er eine entscheidende Schwelle zum Wachsein nicht überschritten.

Schritte nähern sich.

»Besuch«, kündigt der Wärter in einem Tonfall geschäftigen Alltags an. Das ist es für ihn ja auch. Für Adrian wird es vielleicht bald dasselbe sein: Alltag.

In dem kleinen, kargen Raum sitzt ein Mann auf einem Plastikstuhl. Fast hätte er seinen Anwalt nicht mehr erkannt. Das letzte Mal ist lange her. Den ausgefüllten Besuchsauftrag scheint er ja zumindest aufgehoben zu haben. Adrian fragt sich, wer ihn informiert hat. Er ist drahtig und trainiert, hat einiges an Gewicht verloren, sieht gleichzeitig älter und gesünder aus. Weicher, weniger Straße, mehr Beratungsstelle. Er reicht ihm die Hand.

»Victor Radu hat mich kontaktiert«, erklärt der Anwalt. »Er ist ebenfalls in Untersuchungshaft. Ich konnte mir schon einen groben Überblick verschaffen. Erst mal bräuchte ich diese Formulare hier von Ihnen unterschrieben, damit ich offiziell als Verteidiger bevollmächtigt bin.«

Adrian setzt seine Unterschrift auf die Linie.

»Die Situation mit Ihrer Mietwohnung wäre zunächst zu besprechen. Grundsätzlich sind Sie flüssig?«

»Ja«, sagt Adrian und stützt den Kopf in die Hand.

»Gut. Die Sache ist nämlich die: Bei dem Umfang der Vorwürfe, Steuerhinterziehung, Lohnwucher, Ausbeutung der Arbeitskraft, erpresserischer Menschenraub, da kann es gut sein, dass Ihnen ein Arrestbeschluss blüht. Unschön. Dann wird alles eingefroren.« Man merkt, dass er gewohnt ist, Dinge knapp und deutlich zu erklären. »Sinn und Zweck der Maßnahme ist, dass da keine Vermögenswerte heimlich beiseitegeschafft werden. So weit klar?«

»Erpresserischer Menschenraub?«, wiederholt Adrian fassungslos.

»Zu den Details kommen wir noch.«

»Sie werden alle Konten abfragen, auf die Sie Zugriff haben. Egal, ob als Inhaber oder als Bevollmächtigter. Deshalb wäre es unabhängig von allen anderen Vermögenswerten am besten, wenn die Miete in der Haftzeit von jemand anderem überwiesen wird. Frau Trisovic wäre da ideal.«

Ihr Name durchzuckt ihn. Jasmin. Der Gesichtsverlust. Wie sie das verletzen würde. Und Paul.

»Ich weiß nicht, ob das so gut wäre. Vielleicht kann ja Victor …«

»Ausgeschlossen. Herr Radu sieht sich den gleichen Vorwürfen gegenüber. Viel zu nahes, ich sag mal: berufliches Umfeld. Nein. Familie ist ideal. Ich sehe da keine ähnlich gute Lösung. Also, kann ich sie kontaktieren?«

»Ja«, sagt Adrian müde.

»Gut. Dann beantrage ich einen Sprechschein für die beiden?«

»Ja.«

»In Ordnung.«

Er macht eine Notiz und unterstreicht sie, sticht mit dem Kugelschreiber schon fast auf das Papier ein.

»Drogen?«

»Was?«

»Nehmen Sie Drogen?«

Adrian räuspert sich. »Ja, also …«

»Keine Sorge. Das ist gut.« Der Stift ist schon wieder bereit.

»Das ist gut?«

»Ja. Kann unter Umständen in die Betrachtung des Gerichts einfließen. Menge, Häufigkeit des Gebrauchs?«

Adrian überlegt und nennt ihm seine Einschätzung.

»Wunderbar. Ansonsten ist die Lage relativ klar. Ich werde beim Vorführungstermin später auch dabei sein und versuchen, die Haftgründe zu entkräften. Ich muss Ihnen aber gleich sagen, die Aussicht auf Haftverschonung schätze ich als gering ein. Eine getrennte Ehe, kein Arbeitsverhältnis in Festanstellung, eindeutige Verbindungen ins Ausland, das allein gibt schon Flucht- und Verdunklungsgefahr her. Bei der Fluchtgefahr kann ich noch was versuchen, bei der Verdunklung lasse ich das sein, das kann man schwer verhandeln, ohne über konkrete Vorwürfe zu sprechen. Und das wäre zum jetzigen Zeitpunkt nachteilig. Nur dass Sie wissen, wo Sie stehen.«

Adrian winkt ab. Das weiß er alles.

»Glauben Sie auch bloß keinen Versprechungen, dass ein Geständnis oder die Belastung anderer Ihnen ein geringeres Strafmaß bescheren könnte. Wenn es so sein sollte, reden wir später darüber. Ich brauche es Ihnen wahrscheinlich nicht zu sagen, aber bitte auf dem Postweg und bei Besuchen keinesfalls Tatvorwürfe thematisieren, Sie kennen sich ja aus. Als Ihr Verteidiger wird Post an mich, die als solche gekennzeichnet ist, im Gegensatz zu anderen Schreiben nicht geöffnet und geprüft.« Er erhebt sich. »Inhaltliches besprechen wir dann beim nächsten Mal.« Er streckt Adrian die Hand hin. »Also dann, nur die Zuversicht.« Das sagt er mit flockiger Leichtigkeit und geht den Gang hinunter in Richtung Freiheit.

32

Valeries Rechner arbeitet mit einem verlässlichen Summen. Er hangelt sich von Fragment zu Fragment, führt die Teile von Dateien zusammen, macht Daten lesbar, Buchungen von Arbeitskräften, Maschinenwerte, E-Mail-Kommunikation, Schichtpläne. Ein unermüdlicher Prozess, nur von Zeit zu Zeit unterbrochen durch eines ihrer Kommandos, durch eine Neuanfrage mit einem alternativen Programm, falls mit einer Lösung der Zugriff nicht funktioniert.

Mit Magnus wechselt sie nur wenige Worte. Die Untersuchung von de Jongs Rechner hat ergeben, dass die Daten durch den ferngesteuerten Befehl eines Smart Speakers gelöscht wurden, der beim Sprengen der Tür ausgelöst wurde. Es wäre Magnus' Job gewesen, de Jongs Netzwerk zu kappen, aber er hat die falsche Verbindung unterdrückt, irgendeine Nachbarin hatte für eine halbe Stunde kein Internet, während de Jongs Daten ungestört fließen konnten.

Bleibt zu hoffen, dass sie auch so genug Belastendes zusammentragen können. Wie viel sich als verwertbar erweisen wird, ist noch nicht klar. Auf dem Rechner aus Vargas Büro konnten sie teilweise Dateien mit ungültigen Arbeitszeiten und ungemeldeten Arbeitern mit Klarnamen wiederherstellen. E-Mail-Wechsel mit Instruktionen, die auf die Einschränkung von Rechten der Arbeitskräfte hinweisen, Kontodaten mit Vollmachten auf de Jongs Namen. Säuberlich von Varga zusammengetragen. Wollte er de Jong damit erpressen? Aber in den Abhörprotokollen beschwert er sich immer wieder über die Arbeitsbedingungen. Vielleicht geht es ihm tatsächlich um Gerechtigkeit. Wenn etwas zu einer Verurteilung reicht, dann dieses Material. Vieles davon ist in anderen Sprachen, Holländisch, Französisch, Rumänisch. Alltägliches Geplänkel, dass das Übersetzungsprogramm in sperrigen deutschen Bruchstücken ausspuckt.

Der Dienststellenleiter steckt den Kopf zur Tür herein. »Kurzes Update«, sagt er, »diese Typen, die für die Arbeiter Geld eingetrieben haben, waren es nicht.«

»Waren was nicht?«

»Das mit Wagenbach. Sie sind zum Tatzeitpunkt gar nicht im Lande gewesen.«

Schon ist er wieder weg. Wagenbach, den hatte Valerie schon fast wieder vergessen. Sie macht sich wieder an die Arbeit.

Pornos, immer wieder Pornos. Betrunken Stiefschwester gefickt. – Cuckold Ehefrau braucht Riesenschwanz. So unterschiedlich die Titel, so ähnlich der Inhalt der Clips. Ein, zwei, mehrere Menschen, die sich durch alle möglichen Stellungen arbeiten. Wer denkt sich diese Beschreibungen aus, fragt Valerie sich, und warum? Ist das Bedürfnis nach irgendeiner Geschichte doch so groß? Die Videos sind austauschbar, ihre Titel werden zu den kürzesten Kurzgeschichten. Sie schüttelt den Kopf.

Eine wiederhergestellte Partition in de Jongs Profil, nur immer noch keine Hinweise darauf, wer Peter Fals sein könnte. Es scheint aussichtslos zu sein.

»Fuck!«, peitscht Magnus Stimme plötzlich durch den Raum, und Valerie zuckt zusammen. »Fuck! Fuck!« Er schlägt mit den Handflächen auf den Tisch.

»Was ist los?«

»Die holländische Dienststelle hat geschrieben. Sie haben die Server sichergestellt, aber es war alles gelöscht. Nichts mehr da. Blank.«

»Wann?«

Magnus scrollt mit verkniffenem Blick durch ein Fenster. »Am Tag des Zugriffs, um 19:03 Uhr.«

»Also knapp zwei Stunden nach de Jongs Verhaftung.«

»Ja.« Er lehnt sich resigniert zurück, verschränkt die Arme hinter dem Kopf und starrt an die Decke.

»Also, erst ziehen sich alle Daten von de Jong beim Zugriff wie von Geisterhand in eine verschlüsselte Cloud, die sonst wo lokalisiert ist, und dann löschen sich seine Server. Kann er das gewesen sein?«

»Unmöglich. Die Verhaftung hat ihn vollkommen unvorbereitet erwischt, der hatte nicht mal sein Telefon zur Hand.«

»Er kann auch niemanden benachrichtigt haben?«

»Wie denn?« Magnus richtet seine tonlose Stimme fragend in Richtung der Deckenlampe. »Es kann ihn höchstens jemand gesehen haben, aber die Wohnung war leer, die Situation überschaubar, also unwahrscheinlich. Wir haben auch keine Anzeichen, dass jemand die Log-ins genutzt hat.«

»Zufall? Oder ihnen wurde es zu heiß?«

»Aber warum dann nicht direkt nach dem Unglück? Warum erst nach dem Zugriff? Ich verstehe es nicht.«

»Und Mitu?«

»Die ist im Krankenhaus.«

Einige Sekunden lang schweigen beide.

Magnus seufzt und steht auf. »Na ja. Ich geh jetzt mal wegen der Überwachungsvideos zum Dierl«, sagt er. »Kommst du mit? Ist ja vielleicht auch für dich relevant.«

Das Angebot lässt sie sich nicht entgehen. Dierl ist ein echter Nerd. Einzelheiten eines Falls selbst interessieren ihn nur am Rande, alles, wofür er brennt, sind die technischen Details, mit denen er betraut wird.

Als sie in sein Büro treten, drückt Dierl sich so wohldosiert von der Schreibtischkante ab, dass sein Stuhl einen halben Meter nach hinten rollt und sich mit einer Vierteldrehung genau auf die beiden ausrichtet.

»Wie kann ich euch helfen?«, fragt er und schaut sie an, als erwartete er Beifall für seine Einlage.

»Wir brauchen deine Meinung zu ein paar Videos. Sie kommen von Überwachungskameras, aber die Zeitstempel springen.«

»Verstehe.« Er nickt. »Dafür kann es verschiedene Gründe geben.«

Wie Valerie und Magnus ist auch er Experte in einem Bereich, den sich Außenstehende meist sehr viel einfacher oder viel komplizierter vorstellen, als er in Wirklichkeit ist. Mit ihnen kann er auf Augenhöhe sprechen. Er untersucht die Metadaten, die Dateistruktur, und prüft, ob es Spuren und Signaturen einer Bildbearbeitungssoftware gibt.

»Ich sag euch aber gleich, falls ich Auffälligkeiten finden sollte, heißt das noch nicht, dass etwas gänzlich unauthentisch ist. Das bedeutet nur, dass ich dann noch mal genauer draufschauen muss. Sollte das der Fall sein, mache ich eine globale Analyse, also das Bild als Ganzes. Gegebenenfalls noch Details. Wenn das Bild zum Beispiel einen Pixelfehler aufweist, könnte man unter Umständen sogar beweisen, dass ein bestimmtes Gerät die Aufnahme gemacht hat. Es ist auch möglich, Fälschungen zu enttarnen. Aber euch geht es ja ohnehin um die Zeitstempel.«

»Nur mal so theoretisch: Könntest du auch beweisen, dass ein Video echt ist?«, fragt Valerie.

Er lacht mit dem privaten Vergnügen eines Eingeweihten in sich hinein. »Ausgeschlossen. Ich kann höchstens sagen, dass ich keinerlei Anzeichen für Manipulation gefunden habe. Echtheit kann nie bewiesen werden.« Dierl beugt sich vor den Bildschirm. »Als Erstes fällt auf, dass die eingeblendeten Zeitangaben im Video springen.« Stoisch markiert er die Stellen, von 08:04:12 auf 08:21:24, von 08:24:12 auf 09:02:11, von 09:02:53 auf 09:24:42 und immer so weiter.

Valerie bemerkt, dass Magnus neben ihr unruhig wird, während Dierl verschiedene Teile der Videospur in seinem Programm hervorhebt, sich Werte anzeigen lässt, Notizen macht.

»Okay«, sagt er schließlich. »Alles klar. Die Zeitsprünge sind damit zu erklären, dass die Kameras durch Bewegungssensoren aktiviert werden und sich dazwischen abschalten.«

Er wirft die Kameraeinstellungen in verschiedenen Fenstern auf seine beiden großen Bildschirme. Ein starrer Winkel zeigt die Fabrikhalle. Da blitzt etwas auf, da rennen Menschen in ruckartig beschleunigter Bewegung in Richtung der Ausgänge, der Rauch quillt auf und wird bald zur weißen Fläche, dringt durch die Bildrahmen in die angrenzenden Fenster, in die Gänge, in die Büros.

Wie ruhig die Kamera ist, denkt Valerie. So kühl. Unbehagen erfasst sie.

Dierl spult vor. Da drückt sich eine Silhouette durch den Gang und durch eine Tür. De Jong? Nach wenigen Augenblicken öffnet die Gestalt die Tür wieder und tritt in den Sichtbereich der Kamera. Ganz sicher ein Mann, gebückte Haltung, unter dem Arm ein klobiges Rechteck. Ein Laptop?

»Kriegt man den schärfer?«, fragt sie.

»Nicht viel schärfer, als er aufgezeichnet ist. Die Bildqualität kann ich noch etwas verbessern und den Ausschnitt vergrößern. Das ist nicht weltbewegend, aber kann die Sicherheit etwas erhöhen, mit der die Person identifiziert werden kann. Der Rest ist aufwendiger«, sagt er und meint damit, dass er jetzt wieder alleine weitermachen möchte. »Wenn ich mich neben dem Unglück noch auf andere Zeiträume konzentrieren soll, gebt Bescheid.« Das Wort »Unglück« klingt seltsam aus seinem Mund.

»Machen wir«, sagt Valerie.
»Gute Arbeit. Vielen Dank«, fügt Magnus hinzu, als wäre er der ermittelnde Kommissar und Dierl arbeitete ihm zu.
»Jederzeit«, sagt Dierl ungerührt, den Blick wieder auf den Bildschirm gerichtet.

Etwas in Valerie sträubt sich dagegen, zurück in das Büro zu gehen, sie biegt in die Küche ab und holt sich einen Kaffee. Doch es lässt sich nicht mehr aufschieben, die gesicherten Telefone der Opfer auszuwerten. Unbeantwortete Anrufe, ungelesene Nachrichten, sie hat Angst davor, was sie auf ihnen findet.
»Hälfte, Hälfte?«, fragt sie Magnus.
Er nickt.
Den Kaffee neben sich vergisst sie schnell. Die Handys sind alle in den Flugmodus geschaltet, die mit schwachem Akku mit Ladegeräten verbunden. Valerie hat die Handgriffe mechanisch gemacht. Jetzt muss sie sich Zugriff verschaffen, um zu sehen, ob noch irgendwer ein Gespräch geführt hat. Ob jemand noch eine Nachricht abschicken konnte, aus der sich Informationen zur Ursache ergeben.
Vierzehn Anrufe in Abwesenheit. Apelant ascuns. Apel ratat. Gesprek gemist. Vorschauen von SMS. Manche Texte versteht sie, manche nicht. Sie enden mit: »???!!« – »???« – »?« Angehörige, die sich Sorgen machen. Eingeschlossene, die um Hilfe flehen. Hastige Verzweiflung, durch die sie sich pflügen muss. So viel Panik und Angst. Wie die Buchstaben beim Schreiben verfliegen, Undenkbares schnell getippt und dann, so stellt sie sich es vor, wieder den Kontakt gewählt, das erbarmungslose Tuten vernommen und auf das eine Knacken gehofft, das die lang gezogenen Töne bricht, um diese eine vertraute Stimme zu hören.

33

Ein Polizist rückt mit dem Stuhl an Cristinas Krankenbett. Sie muss daran denken, dass ihr Großvater bei plötzlichen Gesprächspausen immer sagte, es werde wohl gerade ein Polizist geboren. Aber hier ist es anders. Die Polizei kommt, und das Gelaber geht los. Ein zweiter Mann lehnt wortlos an der Wand, ist in Gedanken, anscheinend überall, aber nicht hier. Sie beneidet ihn dafür, nicht in dieses Gespräch gezwungen zu sein.

»Wie geht es Ihnen?«, will der Polizist wissen.

»Fantastisch«, antwortet Cristina sarkastisch.

»Da haben Sie ja unglaubliches Glück gehabt.«

»Wenn Sie meinen.«

»Kann man schon so sehen, finde ich. Immerhin sind Teile des Boilers durch die Druckwelle direkt in die Wand hinter Ihnen geschleudert worden, haben dort auch einiges an Schaden angerichtet. Ein Wunder, dass Sie nicht zu einem weiteren Todesopfer geworden sind.«

Cristinas Kopf schmerzt. »Ein weiteres Todesopfer?«

»Das wussten Sie nicht? Ihr Kollege hatte nicht solches Glück.«

»Gábor ist tot?« Sie stützt sich ab und rückt höher.

»Ja. Und sechs weitere Menschen sind an Ammoniakvergiftung durch die beschädigte Leitung gestorben. Aber wir haben noch kein genaues Bild des Ablaufs. Deshalb spreche ich jetzt mit Ihnen. Ich bin sicher, dass Sie uns wertvolle Erkenntnisse liefern können.«

Erkenntnisse. Liefern. Aber natürlich, sie ist ja eine Dienstleisterin.

»Keine Sorge. Sie müssen wirklich nichts befürchten, wenn Sie die Fragen nach bestem Wissen und Gewissen beantworten. Wir haben hierzulande sehr geregelte Abläufe.«

Wissen und Gewissen. Etwas verzögert erreicht Cristina der Gedanke, dass der Satz eine Auslassung enthält: »im Gegensatz zur Polizei in Ihrem Land«, oder so ähnlich.

»Bringen wir es hinter uns«, sagt Cristina.

»Können Sie den Ablauf aus Ihrer Sicht schildern?«

Sie sortiert sich. »Gábor wollte etwas mit mir besprechen.«

»Herr Varga? Um was ging es?«

Sie fragt sich, ob die Polizei den Computer sichergestellt hat. Oder ob Adrian ihr zuvorgekommen ist.

»Etwas zu der Einteilung von neuen Arbeitskräften. Jedenfalls hat er das gesagt. Wir haben uns oft zu Schichten ausgetauscht. Das war nichts Besonderes. Und dann wollte er mir etwas im Keller zeigen. Da hat er eine Waffe gezogen und geschossen. Mehr weiß ich nicht.«

»Hatten Sie zuvor irgendeine Auseinandersetzung?«

»Nein. Nie.«

»Können Sie sich vorstellen, warum er Ihnen etwas antun wollte?«

Cristinas Mund wird trocken. Ihr Puls pocht in den Schläfen. Sie nimmt einen Schluck Wasser. »Ich war eben gerade da.«

»Also ein Zufall?«

»Er wollte eigentlich Adrian sehen. Ich glaube, ich war eine Art Ersatz.«

Der Polizist nickt verständnisvoll. »Hätte er denn einen Grund gehabt, Herrn de Jong schädigen zu wollen?«

»Das weiß ich nicht«, antwortet Cristina vielleicht ein bisschen zu schnell.

Aber der Polizist lässt sich nicht beirren. »Also gut. Können Sie sich erinnern, ob die Türen geöffnet waren?«

»Die Türen?«

»Die Brandschutztüren auf den Gängen.«

»Ich kann mich nicht erinnern.«

»Es ist wichtig«, betont der Beamte, als könnte das ihrem Gedächtnis auf die Sprünge helfen.

»Es tut mir leid.« Eine unerbittliche Erschöpfung ergreift sie.

»Das ist in Ordnung«, sagt der Polizist sanft.

Warum darf er darüber entscheiden, was hier in Ordnung ist?

Aber er hat sich schon erhoben. »Wissen Sie, es gibt unabhängige Beratungsstellen, die Sie unterstützen können.«

»Beratungsstellen für was?«

»Falls Sie oder Ihre Angehörigen bedroht werden. Falls es Dinge gibt, die Sie nicht gerne direkt mit uns besprechen möchten.«

Cristina nickt. Keine Beratungsstelle kann ihr helfen, Loredana zu finden. Sie muss vorsichtig sein, darf ihre Verbindung zu Victor und Adrian nicht aufs Spiel setzen.

»Wenn Ihnen noch etwas einfällt, lassen Sie es uns bitte wissen.«

Der andere Mann tritt vor. Sieh an. Ist er doch nicht als Zuschauer da.

»Sebastian Kessel, Staatsanwalt. Ich habe Post für Sie«, sagt er nicht direkt schroff, aber nüchtern, viel sachlicher als der Polizist.

Er übergibt Cristina einen Brief, den sie öffnet und überfliegt.

»Eine Anklageschrift?«, fragt sie matt. Aus der Abfolge von bürokratischen Sätzen nimmt sie »Beihilfe zum ausbeuterischen Menschenhandel« wahr.

»Wir werden Ihr Verfahren abspalten, da Sie nicht zu den Hauptangeklagten zählen.«

Es wundert Cristina, dass sie überhaupt beschuldigt wird.

Kessel nimmt den Stuhl, auf dem der Polizist gesessen hatte, zieht ihn zurück und platziert sich in einigem Abstand von ihrem

Bett. »Ich wollte Ihnen schon einmal mitteilen, dass wir an Gesprächen über eine Verständigung interessiert sind.«

Sie zieht die Augenbrauen hoch.

»Ihr Vorteil solch einer Absprache wäre einerseits, dass in ihr eine Unter- und Obergrenze des Strafmaßes festgelegt wird. So wird der Ausgang des Verfahrens für Sie absehbar«, erklärt er. »Außerdem gilt das Ablegen eines Geständnisses erheblich als Strafmilderungsgrund. Natürlich würde Ihre Verteidigung eingebunden. Und die Verständigung muss selbstredend in der Hauptverhandlung transparent offengelegt werden. Die Frage ist aber zunächst«, er lehnt sich nach vorne, »wären Sie grundsätzlich bereit dazu?«

Cristina hebt ihr Kinn und nickt mühsam. Haft wäre das Schlimmste für sie. Das würde ihre Suche drastisch zurückwerfen.

Kessel erhebt sich zufrieden. »Also dann«, setzt er an, »gute Genesung weiterhin.«

Die beiden Männer verlassen den Raum. Eine Verständigung, denkt sie, wiegt das Wort rastlos, wie und mit wem soll sie sich denn verständigen? Sie lässt den Kopf auf das Kissen sinken. Es empfängt sie weich und kühl, der Schmerz dehnt sich aus. Die Leuchtstoffröhre an der Decke strahlt unbeeindruckt.

34

Jasmin und Paul sind wieder weg. Ein letzter kühler Hauch von Jasmins Parfüms war durch den Raum gezogen, als der Beamte die Tür hinter ihr geschlossen hat, und jetzt, zurück in der Zelle, versucht Adrian, die ganze Begegnung zu rekonstruieren, möglichst viel davon zu behalten.

Wie sie ihn angeschaut hat, ihr Gesichtsausdruck unmöglich zu deuten, vorwurfsvoll? Nein. Verletzt, resigniert, wütend. Natürlich hat es ihre Ahnungen bestätigt, dass er jetzt einsitzt, aber wenigstens das hat sie ihm nicht vorgehalten. Wie sie die Ärmel ihres Wollpullovers hochgekrempelt hat, wie ihr Blick auf den Ring an seinem Finger gefallen ist und sich ihre sehnigen Unterarme kontrahiert haben, als sie ihre Hände geknetet hat.

»Hast du den Anwalt geschickt?«, hat sie gefragt und direkt weitergesprochen: »Weil, wenn du ihn geschickt hast, bin ich wütend. Wenn er mich einfach so gefunden hat, habe ich Angst.« Ihre Unterlippe hat gezittert dabei, aber sonst hat sie sich beherrscht. Beherrscht, wie immer, wenn Paul dabei ist.

»Ich war das«, hat Adrian geantwortet und ist sich jetzt im Nachhinein sicher, dass Jasmin darüber erleichtert war, auch wenn sie mit verkniffenen Lippen den Kopf abgewendet und das Fenster angenickt hat, als gäbe es irgendein Vertrauensverhältnis zwischen ihr und dem Loch in der Wand – siehst du, hab ich dir doch gesagt, so war das und nicht anders.

Dafür, dass sie ihn alle zwei Wochen für dreißig Minuten besuchen dürften, hatte sie nur ein verächtliches Schnauben übrig.

»Dann ändert sich für Paul ja nicht großartig was«, war ihre Antwort gewesen.

Er versucht, sich an alles zu erinnern, was Paul erzählt hat. Dass er eine Eins in Deutsch geschrieben hat, oder war das Mathe? Wie stolz er war. Etwas Zusammenhangsloses, dass er sich jetzt oft mit einem Kamal treffe, obwohl sie sich früher gehasst hätten. Das hat er wirklich gesagt, »gehasst«, als ob man in der Grundschule Feinde haben könnte. Aber jetzt seien sie beste Freunde. Wie viel Paul gefragt hat. Ob er als Kind gut in Sport gewesen sei. So wie Gullit? Dass Paul sich den Namen des Fußballers gemerkt hat, versetzte ihm einen Stich. Traurig, wie wenig ihm dazu eingefallen ist. Dass sie früher Videospiele spielten, später idiotische Mutproben machten, Schokolade im Supermarkt klauten, so was. Dass er nicht besonders gut in Sport war. Aber noch trauriger macht ihn, wie Paul das wenige aufgesaugt hat. Als wäre es das allerwichtigste Wissen.

»Du kennst doch Victor, oder?«

»Der Große?«

»Ja, genau. Victor ist mein Freund.«

Dazu hat Paul zufrieden genickt.

Das ist es also, denkt Adrian jetzt, du wirst abmoderiert. Es geht um die letzten Dinge, die er mitzuteilen hat, darum, die letzten wertvollen Sachen aus ihm rauszusaugen. Darum, vielleicht noch ein paar zusätzliche Erinnerungen mitzunehmen. Ab jetzt wird er eine Erfindung von Jasmin, so, wie sie als Paar schon eine Erfindung von ihr geworden sind, als sie Paul erklärt hat, warum sie gestritten haben, warum sie auseinandergezogen sind, dass sie sich nicht mehr lieben.

*

Seit wann fällt es ihm so schwer zu atmen? Mit eigener Anstrengung die Brustdecke zu heben, jeden Zentimeter Ausweitung kämpft er dem Raum ab. Ihm wird schwindelig. Der Anwalt konnte bislang nichts erreichen, weder beim Vorführungstermin noch in der Haftprüfung. Untersuchungsrichter, Staatsanwalt und sein Verteidiger haben sich förmlich und knapp ausgetauscht, ganz so, als wäre er nicht da, als wäre da niemand, den das alles direkt betrifft. Die Beweislage war zu überzeugend, als dass sein Verteidiger die Untersuchungshaft als ungerechtfertigt hätte darstellen können.

*

Am Anfang hat er sich noch gefragt, wie es Cristina und Victor geht, ob sie auch inhaftiert wurden, ob gegen sie ermittelt wird, aber inzwischen denkt er immer seltener an sie.

Er ist allein. Der schwarze Punkt an seiner Zellentür bedeutet, dass er generelle Gemeinschaftssperre hat, weil er in der Anstalt Tatgenossen haben könnte. In die Seelsorge, da könnte er hin, aber so weit ist es noch nicht mit ihm.

»To do time« heißt es auf Englisch, das trifft es, es ist nicht die Zelle, sondern die Zeit, wie eine dichte Masse, als ob sie nicht von alleine vergeht, sondern er ihr Stück für Stück abkämpfen muss, mit hohem Aufwand, sich immer wieder aufraffen muss, den Kampf anzugehen. Denn wenn er das nicht tut, wenn er nicht beginnt, etwas zu denken, etwas zu erinnern, dann erstarrt alles. Und so sind Tage zu Wochen und jetzt schon zu drei Monaten geworden.

Hier schreibt er auf einmal wieder mit der Hand. Anfangs kam ihm seine Schrift vor wie die eines anderen Menschen, und seine Muskeln ermüdeten nach wenigen Seiten. Notizen an sich selbst. Und Anträge. Das sind seine hauptsächlichen Anlässe.

»Ich beantrage, dass mir meine bei den Effekten befindliche Uhr ausgehändigt wird.« – »Ich beantrage zwanzig Bogen Schreibpapier.« – »Ich beantrage ein Rundfunkgerät.«

Inzwischen hat er wieder zu seiner Schrift gefunden. Er ist nicht sicher, ob sie ihm nur nicht mehr fremd vorkommt oder ob sie allmählich wieder ihre natürliche Gestalt annimmt. Er wünschte, er hätte die ersten Blätter behalten, um die Schrift vergleichen zu können.

*

Der Anwalt lässt sich mal wieder blicken, um ihm seine Strategie darzulegen.

»Halten Sie sich einfach daran, dass Ihres Wissens immer faire Stundenlöhne gezahlt wurden«, erklärt er. »Die Dokumentation über eingesetzte Stunden obliegt den Partnerfirmen, in Arbeitsabläufe und insbesondere die Sicherheitsmaßnahmen hatten Sie zu keinem Zeitpunkt Einblick.«

Selbst jetzt, bei diesen einfachen Erklärungen, wirkt er so aggressiv wie kontrolliert, eine Mischung, die Adrian verunsichert.

»Natürlich sind Sie davon ausgegangen, dass die Stückpreise in den Schlachtbetrieben eine gerechte Regelung darstellen, und Ihnen sind keine Beschwerden zu Ohren gekommen. Sollte jemand die Anwerbung oder andere Interna thematisieren, geben Sie nie über konkrete Vorgänge Auskunft«, schärft er ihm ein. »Sie sagen etwas Allgemeines. Diejenigen, die Arbeitskräfte anwerben, seien so geschult, dass Sie keine falschen Versprechen machen. Dass Sie das in jedem Einzelfall prüfen, wird ja niemand von Ihnen verlangen können.« Er blättert in seinen Unterlagen. »Zu den Pässen: Diese werden nur gelegentlich gebraucht, um die Arbeitskräfte bei bürokratischen Belangen zu unterstützen. Sie werden ihnen natürlich nicht abgenommen. Hatten Sie zu einigen von ihnen eigentlich regelmäßig Kontakt?«

»Kaum«, antwortet Adrian, von dem Redeschwall erschöpft.

»Kein Problem. Merken Sie sich einfach: Das Wohl der Mitarbeiterinnen und Mitarbeiter steht für Sie an erster Stelle. Aus diesem Grund trifft Sie der Verlust durch das jüngst aufgetretene Unglück auch zutiefst. Viele der Opfer sind Ihnen persönlich bekannt und gewogen gewesen.«

»Was hat das denn genau mit dem Verfahren zu tun?«, erkundigt sich Adrian.

»An sich nicht viel«, räumt sein Anwalt ein, »außer bei ein paar kleinen strittigen Punkten wie die unsichere Ausrüstung. Dass es überhaupt gerade jetzt zur Strafverfolgung kam, liegt ja daran, dass Sie recht zeitnah am Unglücksort waren, um den Laptop zu holen. Der einzige echte Unterschied für den Prozess liegt in der größeren öffentlichen Wahrnehmung. Und die können wir unter Umständen sogar nutzen.«

Er legt einen Stapel Papiere vor sich und sagt zufrieden: »Alles zu den Toten. Hintergründe, Familie, Lebensläufe. Teilweise mehr als das, was in der Zeitung steht. Das sollte genug Material sein, falls zu dem persönlichen Verhältnis Nachfragen kommen sollten.«

Mit einem kräftigen Händedruck ist der Anwalt wieder entschwunden.

Die Akten über die Opfer liegen ungelesen auf dem schmalen Tisch. Adrian nimmt sie in die Hand. Er ist nicht schuld, ermahnt er sich, er hat nichts damit zu tun, es war Gábor, der die Katastrophe ausgelöst hat, Kober, der an Sicherheitsvorkehrungen gespart hat, er hat nichts getan. »Nichtstun ist auch eine Entscheidung«, ermahnt ihn Cristinas Stimme von irgendwoher, und er nähert sich der Mappe, öffnet sie.

»Lucian Stan« springt ihm als erster Name entgegen. Da sieht Adrian das Piercing in der Augenbraue des Arbeiters. Ein Bild des jungen, eifrigen Mannes vor der Fabrik blitzt in ihm auf. Sein ruhiger, aufmerksamer Blick richtet sich auf Adrian.

Etwas in ihm beginnt Risse zu ziehen, und er klappt die Mappe zu, gerade noch, bevor er seine Fassung verliert.

35

Cristina geht durch das Eingangsportal der Alten Pinakothek. In der Halle ist es kühl und trocken, das Licht schimmert auf dem glatten Steinboden. Ihr Knöchel schmerzt, als sie die Stufen hinaufsteigt. In der Ausstellung findet sie Victor vor einem riesigen Ölgemälde. Unter den hohen Decken wirkt sogar er wie eine kleine Figur, die platziert wurde, um die Dimensionen des Raumes zu verdeutlichen.

»Hallo.« Die Lautstärke, mit der ihre Stimme durch den Raum hallt, lässt sie erschrecken.

»Hallo.« Victor mustert sie. »Es geht ja schon wieder ganz gut, oder?«

»Jeden Tag ein bisschen besser.«

Sie betrachtet das Gemälde: Nackte Körper ineinander verschlungen, von oben blicken ein paar in Tuch Gehüllte in den Abgrund, die Farben strahlen in greller Wucht. Sie liest die Tafel: »›Das Große Jüngste Gericht‹. Ganz schön dramatisch, oder?«

»Oben Jesus, links die Gläubigen, rechts die Verdammten, unten die Toten. Dramatisch, ja.« Er löst seinen Blick vom Gemälde. »Wie ich sehe, bist du frei. Das freut mich.«

Die Aufseherin schaut in ihre Richtung, kurz begegnet Cristinas Blick ihrem.

»Wie kam es denn dazu?«

Cristina setzt sich langsam in Bewegung und Victor folgt ihr.

»Das könnte ich dich auch fragen«, sagt sie ruhig.

Er lacht. »Das stimmt. So habe ich das gar nicht gesehen. Also gut. Das ganze Geschäft läuft auf Adrians Namen. Da war ich nicht mehr so, wie soll ich sagen, interessant. Sie haben keine Fluchtgefahr bei mir gesehen. Aber keine Sorge, er ist nur in Untersuchungshaft, er wird bestimmt freigesprochen. Bei mir sieht es auch gut aus.«

Cristina nickt. »Verstehe.«

»Und du?«, fragt Victor. Seine Stimme dröhnt, und wieder hebt die Aufseherin ihren Kopf.

»Lass uns rausgehen«, sagt Cristina, »das ist doch unsinnig.«

»Also gut.« Victor kneift die Lippen zusammen. Wahrscheinlich ist er beleidigt. »Eine Sache wollte ich dir zeigen, dauert nicht lange. Schau mal.«

Ein Selbstbildnis Rembrandts als junger Mann, in kleinem Format, kaum größer als ein Handybildschirm.

»Aus Leiden kommt der«, erläutert Victor, »das ist doch mal ein Zufall, oder? Komisches Bild auch.«

Cristina betrachtet den jungen Mann, der sich wie überrascht, wie überrumpelt, mit unordentlichen Haaren zum Betrachter wendet, wie in einem Schnappschuss, nicht wie in einem Gemälde und schon gar nicht wie in einem Selbstporträt.

»Ja, komisch.«

Ein unbefriedigendes Gefühl bleibt in Cristina zurück. Sie gehen wortlos nach draußen, nur der Klang ihrer Sohlen ist zu hören, vier ihrer Schritte passen in drei von Victors. Am Fuß der Eingangstreppe bleiben sie stehen, Victor schaut sie erwartungsvoll an.

»Sie haben mich wegen ein paar arbeitsrechtlicher Sachen angeklagt. Verstöße gegen Kündigungsschutz und unterlassene Sozialversicherungszahlungen. Da liefen ein paar über mich. Würde mich übrigens interessieren, woher sie das wussten.«

Victor zuckt mit den Schultern. »Ist ja nichts passiert, oder?«

»Sie wollten das Verfahren abkürzen und meinten, mit einem Geständnis kann ich mich auf eine Geldstrafe einigen, das habe ich genommen.«

»So einfach? Wollten die nicht mehr wissen?«

»Natürlich wollten sie mehr wissen«, antwortet Cristina kalt. »Aber was sollte ich denen denn großartig verraten? Ich weiß ja nicht mal im Detail, was ihr macht.«

Er zündet sich eine Zigarette an und hustet. »Das ist gut.«

»Ja, ganz hervorragend. Und was passiert jetzt? Wie geht es weiter?«

»Nichts geht weiter. Die Firma ist aufgelöst.«

»Aufgelöst«, bricht es aus Cristina heraus. Dann fasst sie sich wieder. »Und was macht ihr mit den Leuten?«

Er seufzt. »Ja, die Leute, die werden in eine andere Firma überführt.«

»Verkauft.«

»Wie auch immer. So entsteht keine Lücke bei den Kunden, jeder bleibt erst mal an seinem Einsatzort, nur der Personaldienstleister wechselt. Direkt können sie jedenfalls nicht eingestellt werden, das kann sich ja niemand leisten.« Victor wendet sich ab.

Eine neue Firma. Das heißt, Cristina bleibt nicht mehr viel Zeit, Loredana zu finden. Wenn ihre Schwester noch einmal versetzt wird, hat sie keine Chance mehr.

»Was für eine Firma?«, beharrt Cristina und geht ihm nach.

»Warum? Suchst du einen Job?« Er grinst. »Die kennst du nicht. Es ist besser, wenn du das nicht weißt. Such dir was anderes.«

»Das würde ich gern selbst entscheiden. Also welche Firma?«

Er schüttelt den Kopf.

»Was wird aus dem Geld, das ihr mir noch schuldet?«

»Alles zu seiner Zeit«, beschwichtigt er sie.

»Was soll das heißen?«

Er bleibt stehen, dreht sich zu ihr. »Das heißt, erst mal kommt Adrian raus, dann organisieren wir das Geld, und du kriegst, was dir zusteht.«

Cristina presst die Lippen aufeinander. Das gefällt ihr nicht. »Wenn das Geld dann überhaupt noch da ist. Was ist, wenn es beschlagnahmt wird? Wenn sie es sicherstellen? Früher oder später kommen die auch da ran.«

Victor nimmt einen Zug und schüttelt den Kopf. »Undenkbar«, sagt er, »das läuft auf mich, ohne jede Verbindung zu Adrian. Ich bin der Einzige, der Zugang hat.«

»Und wenn er verurteilt wird?«

»Dann wickeln wir das trotzdem ab, auch ohne ihn. Aber erst mal Geduld. Hast du noch Geld?«

»Nach der Strafe nicht gerade viel.«

»Ich kümmere mich. Du hörst von mir.«

Behäbig setzt Victor sich in Bewegung, bleibt kurz vor ein paar Jugendlichen stehen, beobachtet ihr Basketballspiel. Ein schlaksiger Junge wendet sich erstaunlich behände um seinen Gegenspieler und wirft. Die Stahlketten des Netzes rasseln. Als hätte er auf dieses Signal gewartet, geht Victor und verschwindet aus Cristinas Sichtfeld.

36

Valerie legt ihren Schlüssel und Geldbeutel in die flache Plastikschale und passiert die Schleusen. Ein Beamter umwinkt ihren Körper mit einem Scanner, als wollte er ihre Gestalt in groben Zügen für jemanden in weiter Entfernung beschreiben. Sie ist heute als Sachverständige geladen. Die letzten Tage hat sie überlegt und überlegt, ob und wie etwas, das sie eingebracht hat, angreifbar wäre, aber keinen Schwachpunkt entdeckt.

Sie sitzt auf dem Gang, reibt ihre Sohlen über das Linoleum, irgendwo schlägt eine Tür zu, Schritte hallen. Ihr Handy vibriert. »Viel Erfolg« hat Thomas geschrieben.

»Wie ist es gelaufen?«, fragt sie Magnus, als er in einer Pause aus dem Verhandlungssaal kommt.

»Schwer zu sagen. Das ist ein harter Hund.«

Als sie aufgerufen wird, gerät sie, ohne etwas dagegen tun zu können, in fiebrige Außenbetrachtung. Da sieht sie sich den Stuhl zurechtrücken und umständlich Platz nehmen, sieht sich der Richterin zunicken, sieht sich ihre Unterlagen auf dem Tisch bereitlegen, überfliegt ein paar Zeilen, von denen nichts in ihrem Bewusstsein Halt findet. Die Aufmerksamkeit muss weg von ihr, sie atmet und schaut de Jong an, der sie für einen Sekundenbruchteil fixiert. Sein Anblick bringt sie auf. Es liegt keine Feindseligkeit in seinem Gesicht, keine lächerlich trotzige »All Cops Are Bastards«-Pose, nicht mal Kalkül oder das überlegene Lächeln vom Moment der Festnahme. Nein, es ist die Gleichgültigkeit, die Auffassung, dass sie nichts miteinander zu tun haben, dass es keine Berührungspunkte gibt, außer diesem hier, der eher auf etwas unerfreuliche und strapaziöse Weise zustande gekommen ist, aber nichts, das zum Feindbild genügt. Sie ist für ihn nicht mehr als eine Unannehmlichkeit. Als glitte alles um ihn herum ab. Als hätte nichts mit ihm zu tun, keine Verhandlung, keine Ermittlung, keine Tragödien. Nichts. Aber das wird sie ihm austreiben.

Sie wird aufgerufen. Die Gesten der Anwälte und der Richterin fließen unter schwarzen Roben. Die Verteidigung wird sie befragen. Ein Mann mit Rennradfahrergesicht, ein Typ, dem große und lang anhaltende Anstrengung ein masochistisches Grinsen ins Gesicht krampft. Sie kann sich seine drahtigen Beine unter dem Tuch vorstellen.

»Vor Ihnen liegt eine Kopie Ihres Berichtes, ist das korrekt?«, fragt er Valerie.

»Das ist korrekt, ja«, antwortet sie in das kleine Mikrofon vor ihr und erschrickt über die Verstärkung ihrer Stimme.

Er lächelt süffisant. »Mir fällt etwas auf, gleich auf dem Deckblatt, das Wort ›Zusammenfassung‹. Es lässt darauf schließen, dass Sie Ihre Untersuchungen noch ausführlicher dargelegt haben. Gibt es denn einen tiefer gehenden Bericht, auf den diese Zusammenfassung Bezug nimmt?«

»Nein«, antwortet sie fest.

»Also haben Sie keinen ausführlichen Bericht verfasst, ist das richtig?«

»Ich habe alle relevanten Schritte festgehalten«, versichert Valerie und spürt augenblicklich, dass das ein Fehler war.

»Ihre Expertise in allen Ehren«, sagt der Anwalt, »aber was relevante Schritte sind und vor allem, ob diese in aller Ausführlichkeit und Transparenz festgehalten wurden, das wollen wir ja nun gerade gemeinsam herausfinden. Die Frage bleibt für mich: Zusammenfassung wovon?«

»Ich …«, Valerie sammelt sich. Von diesem blasierten Schnösel wird sie sich nicht in die Knie zwingen lassen. »Das Wort ›Zusammenfassung‹ bezieht sich hier auf die von mir angewendeten Maßnahmen, nicht auf einen weiterführenden Bericht.«

»Es gibt also keine ausführlichere Fassung?« Wieder dieses kontrahierte Sportlerlächeln.

»Jede Schilderung ist eine Auswahl. Man kann nichts vollständig wiedergeben. Die genauen Schritte sind in den Programmen festgehalten, sie nachzuvollziehen, erfordert aber Fachkenntnisse. Es gibt also keine ausführlichere Fassung.«

»Dann lassen wir das mal so stehen«, sagt er triumphierend, ungerechtfertigt, wie Valerie findet. Sie hofft, dass sich die Richterin dieser Deutung nicht anschließt.

»Hier steht«, der Mann blättert theatralisch, »Sie haben am 23. Februar im Büro von Herrn Gábor Varga eine Festplatte sichergestellt.«

»Richtig.«

»Können Sie für uns beschreiben, wie Sie die Daten gesichert haben?«

Der Satz klingt bitter nach. »Sie für uns.« Schon ist Valerie ausgegrenzt, als wäre sie verschroben, jemand, der zurückgezogen schwer nachvollziehbare Arbeit verrichtet. Dabei kann sie mehr als die anderen hier. Die anderen sind für ihn die Normalen, die Anwälte, die Richterin, die Wachen, sogar die Angeklagten.

»Bitte erhellen Sie uns.«

Ohne in den Report zu schauen, gibt sie die Schritte wieder, von der Kopie der Festplatte über die verwendeten Programme bis zum Auslesen.

»Erklären Sie uns, bitte, wie Sie verhindern konnten, dass sich die Daten auf der Festplatte während des Kopierens verändern?«

Valerie räuspert sich. »Analyseprogramme hinterlassen zwangsläufig Spuren. Deshalb ist es wichtig, am Anfang eine exakte Kopie,

Sie könnten auch ›Image‹ dazu sagen, herzustellen. Bei der späteren Arbeit mit dieser Kopie ist es wichtig, Spuren, die vom Eingriff kommen, zu identifizieren und sie von den gefundenen Spuren abzugrenzen. Alle Programme, die ich verwendet habe, sind völlig gängig für Eingriffe dieser Art.«

»Ich als Laie frage mich da: Sie haben also eine Kopie angefertigt. Wie können wir uns da sicher sein, dass die Kopie vollkommen identisch mit der sichergestellten Festplatte ist?«

»Ich habe gehasht«, setzt Valerie überlegen an, korrigiert sich, fasst sich genauer. »Dazu habe ich einen Hashwert erstellt, der die beiden miteinander abgleicht.«

»Bitte, nur zur Verdeutlichung: Was genau ist ein Hashwert?«

»Das ist ein Wert, der mittels einer Hashfunktion errechnet wird«, sagt Valerie, und um der Anschlussfrage zuvorzukommen, erläutert sie weiter: »Eine Hashfunktion bildet große, komplexe Mengen, wie hier die Daten der Festplatte, auf kleine Zielmengen ab. In den meisten Fällen erhält man dabei eine hexadezimale Zeichenkette, die der großen Datenmenge zuzuordnen ist. Wie ein Fingerabdruck. Wenn die Hashwerte der Festplatte und des Images übereinstimmen, kann das verifizieren, dass keine Änderungen an ihrem Inhalt vorgenommen wurden.«

»Haben Sie ein solches ›Image‹ erstellt?« Er hebt die Hand und macht Anführungszeichen in der Luft, der weite Ärmel seiner Robe folgt dem Schwung der Bewegung.

»Natürlich.«

»Mit welcher Software?«

»FTK Imager.«

»Haben Sie eine besondere Schulung in diesem Programm erhalten?«

»Es war Teil der Ausbildung, es ist im Arbeitsalltag üblich und anerkannt.«

Der Anwalt nickt verständnisvoll, als ob er mit einem Mal auf ihrer Seite wäre. Dann legt er das Kinn auf die Brust, als verstünde er als Einziger einen geistreichen Witz.

»Noch einmal zu den Daten selbst. Wenn ich Sie richtig verstehe, waren das Dateien, die eigentlich schon gelöscht waren. Könnten Sie uns bitte erklären, wie Sie trotzdem Zugriff darauf gewinnen konnten?«

Eine neutrale Frage. Hier muss Valerie nicht auf der Hut sein. Das Vorgehen soll für alle nachvollziehbar sein.

»Wenn eine Datei gelöscht wird«, erklärt sie und hofft, dass es nicht belehrend klingt, »wird sie vom Betriebssystem noch nicht wirklich entfernt. Es registriert erst einmal, dass der User kein Interesse mehr an ihr hat. Wo sie genau liegt, wird dann nicht mehr verfolgt. Sie ist also nicht mehr auffindbar und zum Überschreiben freigegeben.« Die Erklärung gibt Valerie Struktur, mit ihr stellen sich Klarheit und Selbstvertrauen ein. »Bis das aber geschieht, liegt sie noch im nicht zugeordneten Speicher.«

»Aber Sie haben Möglichkeiten, genau diese Dateien wieder lesbar zu machen, verstehe ich das richtig?«

»Zumindest Teile davon.«

Valerie nimmt einen Schluck Wasser, beschreibt wie sie Daten wiederherstellt, dass zum Beispiel ein Fragment einer Datei Hinweise auf den nächsten Teil enthalten könne und dieser wiederum auf einen weiteren. Dass man auf diese Weise wieder komplette Dateien erhalten könne. Dass es auch die Möglichkeit gebe, über die Signatur der Datei vorzugehen, was aber nicht so viele verwertbare Dateien generiere.

»Gab es an dem Computer Zeichen dafür, dass mehr als eine Person Zugriff hatte?«

»Es gab verschiedene Log-ins zu Mail-Providern, Chatprogrammen und sozialen Medien, ja.«

»Wie können Sie dann sicher sein, dass es mein Klient war, der die Adressdokumente gelöscht hat?«

Valerie spürt, dass sich der Druck erhöht. »Andere Aktivitäten, besuchte Seiten, besuchte Orte, Log-ins und Material der Überwachungskameras machen diese Annahme wahrscheinlich.«

»Wahrscheinlich«, sagt der Anwalt und lässt das Wort noch einmal langsam über seine Lippen rollen, »wahrscheinlich. Ich fürchte, wir müssen da schon ein wenig mehr erwarten als Wahrscheinlichkeiten.«

Was für ein lächerlicher Satz. Als gäbe es etwas anderes als Wahrscheinlichkeiten.

»Zu dem Zeitpunkt, als die Aktion auf dem Computer ausgeführt wurde, war niemand anderes im Büro. Das haben die Auswertung von Videos und die Überwachungsprotokolle ergeben, wie Sie wissen.«

»Natürlich.« Der Anwalt tippt mit seinem Stift auf den Block, als nagelte er etwas darauf fest. Dann hebt er seinen Kopf und fragt wie aus beiläufigem Interesse: »Wie können wir denn eigentlich sicher sein, dass die Zeit im Computer der realen Zeit entspricht? Es könnte ja auch eine ganz andere Zeitzone eingestellt sein. Jedenfalls stelle ich mir das so vor, so als Fachfremder.«

Die Maskerade nervt Valerie, wie der Anwalt mit Nichtwissen kokettiert, ironisch betont. Als wäre er geradezu stolz darauf, von diesen Dingen keine Ahnung zu haben.

»Wenn man eine Festplatte sicherstellen möchte, trennt man sie erst einmal von dem Computer und fährt ihn ins BIOS hoch. Das ist die Firmware eines PCs. Sie liegt auf der Hauptplatine und führt Informationen über den PC selbst, auch die Uhrzeit. So kann man die Uhrzeit mit der echten Uhrzeit abgleichen.«

»Es ist ja sicherlich überflüssig, das zu fragen«, der Anwalt pausiert, »aber haben Sie diesen Schritt ausgeführt?«

Valerie kratzt ihren Unterarm. »Ja.«

»Würden Sie sagen, dass dieser Schritt zur Standardprozedur gehört?«

»Natürlich.«

»Wäre es korrekt zu sagen, dass es ein grober Fehler wäre, diesen Schritt nicht vorzunehmen?«

Valeries Mund wird trocken. »Es ist ein wichtiger Schritt bei der Sicherung von digitalem Beweismaterial, ja.«

»Warum? Wären Sie so nett, das noch einmal zu erklären?«

»Weil man so«, erwidert Valerie mit schwächerer Stimme, als sie es sich wünscht, »mit Sicherheit sagen kann, welche Aktionen auf der Festplatte zu welcher Zeit durchgeführt wurden.«

»Wissen Sie, ob Sie diesen wichtigen Schritt, wie Sie es selbst nennen, bei der Sicherung ausgeführt haben?«

Valeries Herz schlägt. Sie rückt näher an das Mikrofon. »Ich kann mir nicht vorstellen, dass das nicht passiert ist«, sagt sie, und es hört sich dramatischer an, als sie beabsichtigt hatte, dringlich, fast schon flehentlich.

Da ist es wieder, das bissige Ausdauersport-Lächeln des Anwalts. »Vorstellung«, setzt er an, »das ehrt Sie natürlich. Vorstellung, Wahrscheinlichkeit, das sind schöne Worte, aber wir brauchen mehr. Tatsächlich«, und jetzt kommt es, ahnt Valerie, jetzt kommt die Pointe, »tatsächlich konnte kein Nachweis erbracht werden, dass dieser so wichtige Schritt wirklich erfolgt ist. Ist es korrekt«, er wendet sich wieder an Valerie, »dass Sie folglich nicht mit Bestimmtheit sagen können, dass die Löschung zum behaupteten Zeitpunkt erfolgt ist?«

Valerie greift nach dem Wasserglas, um es direkt wieder loszulassen. Es kann nicht sein. So ein Fehler würde ihr niemals passieren.

»Ist diese Darstellung korrekt?«

»Ja …«

*

Eine Seitentür führt auf den Gehsteig, raus aus dem Gerichtsgebäude, wortlos und hastig, Schritt, Schritt, Schritt. Die Sonne fällt flach in die Straße wie eine ausgerollte Zunge. Menschen setzen sich mit der grünen Ampel in Bewegung. Magnus folgt Valerie und setzt an, etwas zu sagen, bricht ab. Imitiert ihre Gesten, schnauft, schüttelt den Kopf. Geht forsch. Hat er keine eigene Wut? Verdammter Parasit. Sie beschleunigt ihren Gang, er sagt: »Warte mal, Valerie, sollen wir nicht …«, aber sie schüttelt den Kopf, ohne das Ende des Satzes abzuwarten, und stapft davon.

37

Adrian fährt mit den Fingern über den Tisch in dieser ätzenden beigen Plastiklasur. Ganz leicht picklig fühlt sich die Oberfläche an, ganz leicht nur, aber trotzdem wie eine harte Orangenschale, wie unreine Haut. Überhaupt erinnert ihn das Ganze hier an die Schule, Leute werden aufgerufen und ausgefragt, bemühen sich um eine souveräne Sprache, nur keine Schwäche, lechzen nach Anerkennung. Der kratzige Teppich tut ein Übriges. Da vorne, zuverlässig, unvermeidbar, thront der übermächtige Vorsitz über allem, entscheidet, wer sprechen darf, wie der Austausch verläuft, und nicht zuletzt urteilt er, und zwar über ihn. Er unterdrückt die Gedanken, er muss sich konzentrieren, es steht einiges auf dem Spiel. Gut, dass sein Anwalt diese Frau, Valerie Stetter, zerpflückt hat. Das hat das Momentum verändert, das hat er gespürt, und wahrscheinlich auch alle Anwesenden im Raum. Nach allem, was Victor über sie herausgefunden hat, hätte er nicht damit gerechnet. Ist sie also doch nicht unverwundbar. Jetzt wird er befragt, und sein Anwalt nickt ihm bekräftigend zu.

Der Staatsanwalt fragt einführend nach der Struktur seiner Firma. Das ist gut. Da ist er ganz der Unternehmer. Er rückt ans Mikrofon, Demut jetzt, Demut und Souveränität sind gefragt, und vielleicht ein bisschen Gewandtheit, ohne in Arroganz abzukippen.

»Wir vermitteln unsere Fachkräfte in verschiedene Sparten und helfen so unseren Partnern, im europäischen Markt wettbewerbsfähig zu bleiben.«

»Wettbewerbsfähig«, wiederholt der Staatsanwalt.

Das war zu viel, das war Pressedeutsch. Adrian wischt mit den Handflächen über den Tisch.

»Wie hat man sich das genau vorzustellen?«

»Wir ermöglichen beiden Seiten ein Arbeitsverhältnis zu guten Bedingungen. Die Arbeitgeber profitieren von motivierten und flexiblen Arbeitskräften, die Arbeitnehmer können überdurchschnittliche Lohnniveaus erwarten.«

»Worauf bezieht sich ›überdurchschnittlich‹ in diesem Fall?«

»Das, also das bezieht sich natürlich auf die Herkunftsländer, also auf die Ausgangsmärkte der jeweiligen Arbeiterinnen und Arbeiter.«

»Mit anderen Worten, einen Lohn zu zahlen, der in, sagen wir, der Ukraine oder Rumänien, überdurchschnittlich wäre, ist für Ihre Partner immer noch ein lukratives Szenario.«

»Das kann man so sagen, ja.« Ruhig bleiben. Bis jetzt lief alles gut.

»Bleiben wir mal bei den Ereignissen in der Fabrik. Dazu haben wir ja nun schon einiges gehört. Ihre Personalien wurden vor Ort aufgenommen. Auf Ihren kleinen Kameraauftritt kommen wir gleich noch zu sprechen. Warum waren Sie denn überhaupt dort anwesend?«

»Ich habe öfter mal Dinge zu klären, muss bei Kunden nach dem Rechten sehen. Ob alles zur Zufriedenheit verläuft, beiderseits, versteht sich.«

»Und an genau diesem Datum? Ganz konkret?«

»Das hatte keinen besonderen Anlass.«

»Ah ja. Und ohne besonderen Anlass marschieren Sie kurz nach einer Explosion mit verheerenden Folgen in ein Büro, stöpseln einen Laptop ab und verlassen das Gelände wieder?«

»Ja.«

»Vielleicht sind Sie ja so nett, uns den Grund dafür mitzuteilen?«

»Ich wollte sensible Daten sicherstellen.«

Der Staatsanwalt stutzt. »Sensible Daten? Wenn ich richtig informiert bin, war es doch der Rechner von Herrn Varga?«

Adrian sucht Blickkontakt zu Victor, der kurz die Augen schließt, der Hauch eines Nickens, Adrian lehnt sich nach vorne. »Das war ein Arbeitsgerät. Dazu hat jeder von uns Zugang.«

»Was für Daten waren das genau?«

Adrian fährt sich durch die Haare. »Das äh. Das ist privater Natur.«

»Da muss die Natur ja schon sehr privat sein.«

Adrian schweigt.

»Können Sie uns etwas zum Verbleib des Gerätes sagen?«

Er schüttelt stumm den Kopf.

»Und die Daten, die Sie, als Sie in Gewahrsam genommen wurden, in einem verschlüsselten Ordner gesichert haben, waren die auch privater Natur?«

»Ja.«

»Ist Ihnen eigentlich das Ausmaß dessen, was geschehen ist, wirklich bewusst? Sie sitzen hier ganz entspannt und erzählen uns all das im Plauderton. Das Schicksal Ihrer so geschätzten Arbeiter und Arbeiterinnen scheint Ihnen ja nicht besonders nahezugehen.«

»Nein«, sagt Adrian, »nein, im Gegenteil.«

Was gäbe er darum, zu verschwinden. Er durchforstet sein Gedächtnis nach den Akten, die sein Anwalt ihm gegeben hat. »Lucian Stan zum Beispiel …« Das fordernde Lächeln eines jungen Mannes. »Mit Lucian Stan …« Ein Piercing. »Mit Lucian habe ich oft …« Interessen: Basketball, Musikproduktion. »Wir haben oft …« Englisch, Italienisch, Französisch.

»Ja?«

Mit einem Mal ergreift Adrian ein Schluchzen, erst im Zwerchfell, dann im ganzen Brustkorb, er vergräbt das Gesicht in den Händen, jemand legt die Hand auf seine Schulter und nimmt sie wieder weg.

38

»Guten Morgen«, begrüßt Magnus sie, fast schon entschuldigend und defensiv. Irgendetwas stimmt nicht.

Valerie fährt den Rechner hoch und wartet darauf, dass Magnus sich dazu durchringt, mit ihr zu sprechen. Er räuspert sich, aber schaut, als sie sich in seine Richtung dreht, wieder auf den Monitor, als müsste er sich gerade in diesem Moment auf etwas Unvorhergesehenes konzentrieren. Schließlich zwingt er sich.

»Um dich gleich ins Bild zu setzen«, setzt er an, »es gibt Neuigkeiten.«

Magnus schafft es immer noch nicht, sich ihr zuzuwenden. »Kober hat eine Bewährungsstrafe für Verstöße gegen Vorschriften des Arbeitsschutzgesetzes bekommen«, sagt er in den Bildschirm, »Victor Radu für Beihilfe zur Lohnausbeutung.«

Valeries Atem wird flach, etwas in ihrem Inneren verklumpt. »Und de Jong?«

»Es hat einfach nicht gereicht«, sagt Magnus.

Sie sitzt da, und mit jeder Sekunde verstreicht eine mögliche Reaktion. Sie merkt nur, wie ihre Hände krampfen, Bilder flackern in ihr, die unbeteiligten Angeklagten vor Gericht, die Videoausschnitte, der Rauch, das schwarze Plastik, Paare auf Dates, Familien am Tisch, Erinnerungsbilder, die nicht ihre sind.

»Was ist mit den Abhörprotokollen?«

»Es hat einfach zu viele Gründe für die Staatsanwaltschaft gegeben, den Deal zu machen und den Prozess abzukürzen. Die Aufnahmen allein schon: mehr als fünfzig Stunden, die meiste

Zeit zwischen Rumänisch, Holländisch und Deutsch wechselnd. Du weißt ja, nur die Momente, die der Dolmetscher für wichtig hielt, hat er wörtlich übersetzt. Was das gekostet hätte, alles noch mal prüfen zu lassen. Dafür war die Aussicht auf ein erfolgreiches Verfahren einfach zu dünn. Und dann auch noch die Beweise, die wir nicht einbringen konnten. Aber es gibt ja immer noch die Ermittlung in Steuerrecht«, sagt Magnus versöhnlich, »vielleicht kommt da ja noch etwas raus.«

Da explodiert Valerie. Sie schlägt mit der flachen Hand auf die Tastatur. »Als ob das irgendetwas ändert. Als ob das im Verhältnis zu allem, was passiert ist, irgendwie – und ich sag dir, ich trau mich fast nicht, das Wort in den Mund zu nehmen – Gerechtigkeit herstellen könnte, wenn irgendwer wegen Steuerhinterziehung verknackt wird.«

Magnus setzt an, etwas zu erwidern, und seine ganze Mimik, diese überlegene, kontrollierte Haltung, macht sie erst so richtig wütend. »Na ja. Die Explosion hat immer noch Varga ausgelöst«, versucht er, sie zu besänftigen.

»Wir hätten de Jong gehabt, wenn du beim Zugriff deine Hausaufgaben gemacht hättest«, wirft sie ihm entgegen und bereut es sofort.

Sie hätte erwartet, dass er seine Position verteidigt, dass er etwas Abwiegelndes sagt, aber seine Selbstgefälligkeit bricht zusammen.

»Ich weiß. Das geht auf mich«, drückt er leise hervor, atmet tief aus und lässt die Schultern hängen.

Wie niedergeschlagen er jetzt aussieht, den Kopf wie eine vertrocknete Topfpflanze gesenkt, mit der Sehnsucht nach etwas Nährendem, wie einem Lächeln, einer Umarmung, einem »Kopf hoch!«.

Aber sie bringt es nicht über sich. Dabei ist Valeries Fehler mindestens genauso gravierend gewesen.

Sie presst die Lippen zusammen und widmet sich wieder der Datensicherung. So nicht, sagt sie sich, so nicht.

Dann macht sie eben alleine weiter. Ohne Verbindung. Oder ohne das Gefühl einer Verbindung. Das muss sie aber nicht als Mangel begreifen. Sie fasst de Jong ins Visier. Sie hat Zugriff auf seine Log-ins, kann anhand seiner IP-Adressen nachvollziehen, von wo er sich einwählt. Sie kann noch etliches Material erschließen, hat Zugriff auf die Tonaufnahmen aus der Überwachung. Es muss doch möglich sein, etwas damit zu tun.

Ihre Gedanken wollen laufen, sie versetzt den Rechner in den Ruhemodus und lässt sie los.

39

Die Fluchtlinie der Straße lockt wie eine Verheißung, und der weite Himmel überwältigt Adrian. Wie ihm Victor auf die Schulter klopft, ihn mit der Hand an sich heranzieht. Die erste Berührung seit einem halben Jahr, die Mischung aus hart und weich, aus Knochen, Muskeln und Fett, die wie eine Anspannung durch den Körper wandert und sich löst, wie alles pulsiert, wie der Atem riecht, das After Shave, wie die warme Luft aus Victors Nase über seine Haut strömt. Eine heftige Rührung ergreift ihn, und er fürchtet, wenn er jetzt loslässt, kriegt er sich nie mehr zusammen, dann reißt etwas auf, was nie mehr verkrustet.

Er zieht die Autotür zu.

»Nach Hause?«, fragt Victor.

»Ja.«

*

»Ich lass dich mal«, sagt Victor, als er den Wagen vor Adrians Wohnhaus zum Stehen bringt. »Wir sehen uns.«

Adrian nickt. Das Treppenhaus riecht nach Essigreiniger. Er geht die Stufen hinauf, eine Tür öffnet sich einen Spalt und schließt sich wieder. In der Wohnung findet er alles an seinem Platz, aber sie macht trotzdem einen unechten Eindruck, so, als hätte jemand jeden Gegenstand durch eine nur fast identische Nachahmung ersetzt. Jede einzelne seiner Jacken an der

Garderobe, den langen beigefarbenen Teppich im Flur, den Zahnputzbecher, den Glastisch vor der Ledercouch. Alles wirkt ausstaffiert und fremd, aber vielleicht ist ja auch er der Fremde.

Er schraubt eine Wodkaflasche auf, fühlt dieses warm vertraute Flimmern, das man nur spürt, wenn man weiß, dass man einer Sucht nachgeben können wird. Er nimmt einen Schluck. Der Schnaps rinnt warm die Kehle hinunter, seine Brust empfängt ihn wie einen lang vermissten Freund. Er setzt sich auf die Couch, räuspert sich, und die Wand wirft das Geräusch zu laut zurück. Erst jetzt fällt ihm auf, dass die Zimmerpflanzen fehlen und der Raum auch deshalb so ausgedünnt aussieht. Ein blankes Fensterbrett, ein leerer Fleck auf dem Teppich. Vielleicht hat Jasmin sie mitgenommen. Vielleicht hat sie sie weggeschmissen. Er schaltet den Fernseher ein, erkennt die alten Gesichter mit einem Gefühl von Frische.

Nach Stunden fallen ihm die Augen zu, überspannte Synchronstimmen tragen ihn in den Schlaf.

Mitten in der Nacht wacht er im blauen Licht des Bildschirms auf. »Ruf mich an!«, hebt eine Stimme ihn aus dem Traum, wen, wann und warum? Dann findet er sich wieder zurecht, er ist zu Hause, liegt auf der Couch.

Nach der Erleichterung kommt das schlechte Gewissen. Er weiß nicht, was er tun soll. Völlig planlos ist er, dabei hatte er Monate, um nachzudenken. Wo ist die Zeit hin, die er so zäh erlebt hat und jetzt so kurz erinnert? Zu innerer Ruhe hätte sie ihn führen sollen, zu einer Ausgeglichenheit, die Basis dafür sein könnte, sich selbst neu zu finden. Was hat er stattdessen gemacht? Anträge geschrieben, Notizen gemacht, geschlafen, gegessen, masturbiert, immer wieder das Gleiche. Vielleicht, um sich nicht wirklich an jenem Ort zu fühlen. Vielleicht dachte er, seine Zukunft würde sich von alleine klären. Aber nein, seinen

Berg von Problemen muss immer noch er selbst abtragen. Hätte er abtragen müssen. Erst mal braucht er Geld, ohne Geld keine Optionen. Welche Optionen ihm helfen, darüber wird er später nachdenken.

Aus dem Fenster sieht er die Lichter auf den Kränen über den Dächern in der Nacht, wie eine Dekoration des Zuhauseseins, golden und rot, eine Girlande. Auf mindestens einer der Baustellen arbeiten Menschen, die er vermittelt hat. Er stellt den Fernseher aus, erschrickt über die Stille, sperrt die Wohnungstür von innen ab und macht den Fernseher wieder an, nur nicht mehr so laut.

Schlafen kann er jetzt nicht mehr, und so schaut er vom Balkon aus dem Morgen entgegen. Er muss hier weg. Zu viele Dinge haben ihre Vertrautheit verloren.

Im untersten Küchenregal findet er das Einmachglas mit Kaffeepulver. Er öffnet es, sticht mit einer Gabel hinein und angelt ein Plastiktütchen hervor, schüttelt es, der braune Staub fällt davon ab. Er fährt mit dem Fingernagel die Versiegelung entlang, fischt die SIM-Karte heraus, setzt sie in sein Handy und wählt Cristinas Kontakt.

»Die von Ihnen gewählte Rufnummer ist derzeit nicht erreichbar. The person you have called is temporarily not available«, informiert ihn eine Frauenstimme in ungerührtem Singsang.

Als Nächstes ruft er Victor an.

»Hallo?«, keucht die vertraute Stimme schroff ins Telefon.

»Ich bin's«.

»Ah«, lacht Victor, »mal wieder eine neue Nummer zum Speichern. Wie läuft's?«

»Alles gut. Lass uns treffen.«

Als er Kaffee aufkocht, bemerkt er schon, wie seine Bewegungen vertrauter werden, wie sich Routine und Normalität einstellen, aber er will sie nicht eindringen lassen. Er will das Gefühl des Unverbrauchten und seiner Möglichkeit eines Neuanfangs um jeden Preis festhalten.

*

Victor fährt mit einem wuchtigen Jeep vor, diesmal in Schwarz, ein Wagen aus den letzten Beständen des Leasingbetriebs. Die Ledersitze, die schweren Türen, der starke Motor, das alles füttert Adrian mit Vertrauen.

»Bist du sicher, dass wir nicht abgehört werden?«, fragt Adrian.

»Die Ermittlung ist vorbei. Und den Wagen habe ich gerade erst geholt.«

Adrian hat Fragen.

Wie lange Victor eingebuchtet war. Einen Monat Untersuchungshaft. Was mit Cristina ist. Deal mit der Staatsanwaltschaft, hat sich auf eine Geldstrafe eingelassen. Und Kober. Zwei Jahre auf Bewährung, musste Entschädigungen zahlen. Seine Firma war gezwungen, vier Fabriken zu schließen.

Adrian zündet eine Zigarette an, schüttelt den Kopf. Es passt nicht zusammen.

»Warum hat Cristina nicht geredet?«

»Das ist einfach«, sagt Victor, »ich hab sie getroffen. Sie will ihr Geld.«

»Was hast du ihr gesagt?«

»Dass ich das organisiere, wenn du wieder draußen bist. Und mich bei ihr melde. Soll ich ihr Bescheid geben?«

»Glaubst du, die hat noch was vor?«

»Was denn?«

»Was weiß ich? Erpressung?«

»Glaube ich nicht.«

Victor lässt das Fenster runter und dreht das Radio leiser. »Ich wollte sowieso mal reden.«

Adrian wird mit einem Mal schlecht von der Zigarette. »Du willst raus.« Er lässt den Rauch aus seiner Mundhöhle quellen, schnippt den Stummel aus dem Fenster.

Victor lächelt gequält. Die Zeit im Gefängnis habe ihm, auch wenn sie nur kurz gewesen sei, klargemacht, dass es so nicht mehr weitergehen könne, wechselt er ins Rumänische. Er müsse aussteigen, solange sein Glück anhalte und solange er noch Geld habe.

Seinen Erklärungen folgt Adrian nur halbherzig. Er kennt sie aus seinen eigenen Selbstgesprächen, die Gelöbnisse: Wenn ich hier rauskomme, bin ich draußen. Während Victor redet, sucht Adrian erst nach Gegenargumenten: Wir können was anderes machen, wir haben das aufgebaut, irgendwas mit Ehre und Stolz, irgendwas mit wir gegen alle – und dann denkt er an früher.

»Weißt du noch, wie wir mit dem Auto rumgefahren sind, um für Tonys Label alle CDs aus den Elektromärkten aufzukaufen, damit das Album chartet?«, unterbricht er ihn.

»Ja«, sagt Victor irritiert, »wieso?«

Adrian zuckt mit den Schultern. »Nur so. War 'ne gute Zeit.«

»Die beste«, antwortet Victor, begreift erleichtert, dass es jetzt um Nostalgie geht.

Adrian ärgert sich, dass er seinem Weggefährten diese Gefühlsduselei abzwingt. Victor knipst an seinen Fingernägeln, und Adrian weiß, dass er nach einer weiteren Anekdote fischt, die etwas auf den Punkt bringen soll, ihre gemeinsame Zeit würdigen.

Er fängt davon an, wie klein sie angefangen haben, wie sie abgezogen wurden bei ihrem ersten größeren Deal. Wie die Typen ihnen nur die Waffe gezeigt haben: »En nu oprotten«, verpisst euch, ganz ruhig, nicht mal die Mündung auf sie gerichtet oder gedroht, einfach nur kurz den Lauf durch ihr Sichtfeld geschwenkt. »Und wir haben nur so genickt und gesagt, alles klar.

Und du meintest noch so: ›Prettige dag nog.‹ – Schönen Tag noch.«

»Ist mir so rausgerutscht.« Adrian erinnert sich an das dumpfe Gelächter und seinen trockenen Mund, nachdem er damals die Wohnungstür hinter sich geschlossen hatte.

»Was waren das? Zehntausend?«

»Zece mii.« Adrian schließt die Augen.

Der Song im Radio klingt mit einem Mal aggressiv, die Snares treffen ihn wie kleine Nadelspitzen. Er stellt das Radio ab. Eine Zeit lang sagen beide nichts.

»Ich glaube eben, dass jetzt der Moment gekommen ist, neu anzufangen. Vielleicht die eine Chance«, sagt Victor schließlich.

»Viel Glück, Frate.«

»Danke. Mit dem richtigen Menschen an der Seite kann man alles schaffen.«

Adrian lächelt traurig. »Verstehe. Kenn ich sie?«

»Höchstens aus einer Liste.«

»Ah. So ist das.«

»Ja, so ist das.«

Adrian presst die Augen zusammen, drückt mit den Fingern seinen Nasenrücken, atmet tief ein. »Kannst du mir noch bei einer Sache helfen?«

»Klar. Alles.«

»Ich brauch meine Sicherungen aus Leiden. Meine Konten, meine Kontakte, mein Geld, alles, was in den verschlüsselten Ordner auf dem Notserver gewandert ist.«

»Das habe ich mir schon gedacht.«

»Hilfst du mir?«

»Natürlich«, sagt Victor, »so war es doch besprochen.«

Es geht nicht anders, nur Victor hat die Vollmachten, nichts verbindet Adrian mit den Konten außer einer mündlichen Absprache. Victor lächelt in sich hinein, dankbar für die Aufgabe, die seinem Ausstieg einen Rahmen setzt, sodass er sich von Adrian mit einem letzten Gefallen trennen kann, ohne das Gefühl haben zu müssen, ihm noch etwas schuldig zu bleiben.

Victor dreht sich umständlich im Sitz und legt Adrian die Hand auf die Schulter. »Wann geht es los?«

40

Valerie kommt ins Büro, und Magnus begrüßt sie verhalten. Er lümmelt im Stuhl.

»Sorry«, sagt sie noch im Stehen.

»Mh?«

»Ich hab Mist gebaut und es dann zusätzlich noch an dir ausgelassen. Kommt nicht wieder vor.«

»Klar kommt das wieder vor«, seine Gesichtszüge entspannen sich. »Das ist aber nicht schlimm. Reden wir nicht mehr davon.«

»Okay.« Sie setzt sich. »Und was jetzt?«

»Weitermachen, nicht mehr dran denken. Oder hast du eine andere Idee?«

Kessel konnte seine Wut kaum verhehlen. Grobe Fehler bei der Sicherung der Asservate, die Nachlässigkeit beim Zugriff. Natürlich hat die Richterin ihn zerrupft. »Das war nicht vergnügungssteuerpflichtig«, hat er gesagt.

Valerie verschafft sich einen Überblick über die in letzter Zeit liegen gebliebenen Fälle. Ein Teenager hat Nacktfotos seiner Ex-Freundin in einer Chatgruppe veröffentlicht. Nein. Eine junge Frau hat urheberrechtlich geschützte Filme heruntergeladen. Nein. Die Anzeige eines Mannes, der eine Kaffeemaschine geordert und nie erhalten hat. Nein.

Von irgendwoher erreicht sie de Jongs Grinsen, wie er auf dem Boden fixiert ist, überlegen und selbstsicher. Sie schnauft aus.

»Was ist?«

»Ach nichts.« Sie zögert. »Geht mir irgendwie nicht gut. Mir ist auch ein bisschen flau. Ich glaube, ich geh wieder nach Hause.«

»Ja, mach das«, sagt Magnus, fast erleichtert. »Ruh dich mal richtig aus, ich schaff das hier schon.«

»Danke.«

*

Valerie geht die Isar entlang, flussaufwärts, tastet nach den Steinen in ihrer Tasche. Ihre Schritte werden schneller, und ohne den Beschluss gefasst zu haben, beginnt sie zu laufen, obwohl sie Straßenkleidung trägt. Vielleicht kann sie sie auflösen, diese Wolke aus Bildern und Texten, wie sie außen um jeden herumschwebt, wandelbar, widersprüchlich, unvollständig, aber vor allem groß, weit zurückreichend. In Zeitsprüngen und Abständen, fragmentiert und lückenhaft, hier eine Erinnerung, hier eine Stromrechnung, und plötzlich ist der Stecker raus, dann liegst du auf der Straße oder steckst in einem schwarzen Sack und kriegst nicht mehr mit, dass dein Telefon klingelt, und jemand mit einer stahlglatten Panik in der Brust hatte genau das befürchtet und wird sich später einreden, er habe das ja geahnt. Nein, sie muss es für sich alleine klären. Tacheles, Tacheles. Jämmerlich, jämmerlich. Und de Jong bleibt unberührt von allem, von Vargas Sammlung auf dem Rechner, von Mitu, von ihr selbst. So leicht kann sie es ihm nicht machen. Ihr kommt ein Gedanke, er durchflutet sie mit Adrenalin. Sie lässt ihre Schritte austrudeln und stemmt die Hände auf die Knie. Wäre das eine Möglichkeit? Traut sie sich das? Dann legt sie den Gedanken zurecht und beginnt, ihn zu sezieren.

41

Cristina fährt die Jalousie nach oben. Der Sommer ist vorbei, die Sommerferien, die in Rumänien immer drei Monate dauerten, weil es so heiß war. Es war vernünftig, den Deal einzugehen und die Geldauflage zu akzeptieren. Alternativlos. Sie konnte nicht riskieren, ins Gefängnis zu gehen, das hätte sie zurückgeworfen. Und Adrian und Victor konnte sie wegen der Suche nach Loredana auch nicht belasten. Der Schaden ist auch so schon groß genug. Mit Sicherheit haben sie Daten zu den vermittelten Personen gelöscht, die Dokumentation vernichtet oder zumindest verborgen, und wenn die Polizei darauf keinen Zugriff bekommt, wie soll ihr das dann gelingen?

Sie geht auf den Balkon, das gleiche Bild wie immer, der Kiosk, die Kreuzung, die Wohnungen. Sie stagniert, das besorgt sie. Sie beginnt eine Zeichnung, bricht ab.

Ein paar Schülerinnen gehen lachend die Straße hinunter. Wie alt werden sie sein? Vielleicht in der neunten Klasse. Sie erinnert sich an den Abschlussball, den die älteren Schüler organisiert haben, wie theatralisch das alles war. Sie versucht, sich die Mädchen auf der Straße dort vorzustellen, wie sie in Abendkleidern auf einer Bühne neben ihrem Ballpartner steif lächeln, während sie die Spiele des Programms über sich ergehen lassen. Versucht, sie zu sehen, wie sie bei der Wahl zu Miss und Mister nervös auf die Verkündung des Resultats warten. Es gelingt ihr nicht. Dafür sieht sie Loredana auf dem Weg dorthin umso deutlicher, in einem aufwendigen Kleid, ein bisschen ungelenk, aber mit einer Miene, die sich von den sich nach Bestätigung sehnenden Gesichtern der anderen Mädchen ihres Jahrgangs unterscheidet, einer Miene, die zeigt, dass sie sich hier zu etwas herablässt.

Jetzt findet Cristina schon etwas Schönes in diesem Firlefanz, diese Verklärung kann nur bedeuten, dass sie die Verbindung zu ihrer Vergangenheit verliert. Das ist schlecht.

Sie ist eine große Schwester ohne kleine Schwester, immer noch ein Schlüsselkind, aber der Schlüssel schließt nur noch ihre eigene Wohnung auf und nicht die ihrer Eltern. Sie betastet ihren Pass, hat keinen Grund mehr, ihn zu verstecken. Was will sie noch in diesem Land?

Ihr Telefon klingelt. Eine unbekannte Nummer.

»Ja?«

»Hallo.« Eine Frauenstimme. »Hier spricht Valerie Stetter.« Sie klingt heiser und gehetzt. »Sie wissen, wer ich bin?«

»Ja.«

»Können wir uns treffen?«

42

Valerie steht vor dem Restaurant. Ist sie noch bei Trost?

Sie könnte sich doch etwas Leichteres zusammenbauen, so, wie es andere auch tun, etwas Schwereloses, ein bisschen Rollkragenpulli, ein bisschen Brillengestell, ein bisschen Mädelsabend, ein bisschen Kalenderspruch, ein bisschen schlechtes Gewissen.

Dass sie sich wirklich noch selbst überraschen kann. Ungeheuerlich eigentlich. Aber sie hat es durchdacht und muss ihrem Ergebnis vertrauen.

Sie holt tief Luft und öffnet die Tür. Zuerst übersieht sie Mitu, weil sie die Frau in der Ecke erwartet, dabei sitzt sie mitten im Raum. Valerie setzt sich ihr gegenüber. Die Stuhlbeine scharren fahl über die Fliesen, Mitu blickt auf. Ihre Pupillen schlucken das Licht und scannen den Raum, registrieren eins nach dem anderen und legen es sorgfältig irgendwo ab. Dann fixiert sie Valerie, führt ihre Teetasse an die Lippen, nimmt einen Schluck und setzt die Tasse sachte auf der Untertasse ab. Ein kleiner heller Klang, wie eine erstickte Glocke aus großer Entfernung.

»Ich habe dich im Gerichtssaal gesehen.«

Ein Du. Valerie hustet und nickt. Im Gerichtssaal? Sie kann sich nicht erinnern, sie dort wahrgenommen zu haben. Sie muss Distanz bewahren.

Mitu schiebt ihren Teelöffel einige Millimeter zur Seite, zieht die Tasse zu sich, stützt ihre Ellenbogen auf den Tisch, legt eine Hand in die andere. Als schaffe sie Ordnung, rücke Figuren in ihre Ausgangsposition.

»Warum dieses Treffen?«

Valeries Herz schlägt höher. Nicht einschüchtern lassen. Sie weiß mehr, redet sie sich zu. Sie ist ihr voraus. »Ich weiß, dass du deine Schwester suchst.« Ihre Stimme hört sich heiser an, wie schraffiert, ohne klare Linie und Kern. Merkwürdig.

Mitu knetet eine Hand mit der anderen, Adern auf ihrem Handrücken treten hervor, dann sammelt sie sich. »Verstehe.«

Mehr sagt sie nicht. Sie streitet nichts ab, fragt nicht nach, um zu prüfen, wie viel Valerie weiß. Nur dieses eine Wort. Sie lässt das Schweigen sich ausbreiten, lässt ihre Hand los, greift wieder nach der Teetasse.

Es müsse natürlich niemand erfahren, insbesondere nicht de Jong, betont Valerie und ärgert sich über den Satz, der wie die Einleitung eines Erpressungsversuchs klingt. Sie könnten beide etwas füreinander tun, schickt sie hinterher, begibt sich damit schon auf Augenhöhe, was sie nicht vorgehabt hatte, schämt sich für ihren Übereifer.

»Ach ja?« Mitu setzt die Tasse ab, jetzt ist sie doch interessiert. »Und was wäre das?«

Es gebe mehr als fünfzig Stunden Audiomaterial, beginnt Valerie und bremst sich ein, jetzt nur nicht noch mehr preisgeben. Überwachungen von Telefongesprächen und Autos. Aber vieles davon nur auf Rumänisch und Holländisch, über weite Strecken ohne Mitu, zwischen de Jong, Varga und Radu.

»Und ich soll das übersetzen?« Etwas bricht aus den Silben hervor, eine Wut, die Mitu nur kurz nicht zähmt. Ein kurzer Moment, in dem sie um Haltung ringt.

Das gibt Valerie Zuversicht. »Nicht alles. Nur anhören. Wenn etwas Interessantes dabei ist, übersetzt du es und gibst es mir weiter.«

»Was findest du denn interessant?«, fragt Mitu und lässt ein spöttisches Lächeln aufblitzen.

Valerie erwidert das Lächeln sanft. »Ich habe Hinweise darauf, dass de Jong in Leiden belastende Daten gesichert hat. Dinge, die bei der Festnahme verschlüsselt wurden.«

Mitu schiebt die Tasse ein paar Zentimeter nach vorne. »Was ist für mich drin? Es geht hier ja wohl kaum um Geld.«

»Informationen zu deiner Schwester«, sagt Valerie, »und auch die nur vielleicht.« Sie legt den USB-Stick auf den Tisch und spürt, wie er auf dem Tischtuch kratzt.

»Was für eine glückliche Fügung.« Mitu schlägt einen zynischen Tonfall an. »Das ist nicht offiziell, oder?«

Valeries Brust verengt sich. Mitu stellt Fragen, deren Antwort sie schon kennt. »Nein.«

Mitu nickt. Sie greift nach dem Stick und schaut Valerie an, eine unverhoffte Milde in ihrem Blick, die Möglichkeit einer Verständigung. Sie legt einen Fünfeuroschein auf den Tisch, als wollte sie damit Valeries Dateien bezahlen und nicht ihren Tee. Ein kurzes Lachen steigt in Valerie auf, aber sie erstickt es in einem kehligen Laut.

Mitu legt ihren Mantel um und zurrt den Gürtel fest. »Eine Frage noch.«

Auch Valerie erhebt sich. Sie sind gleich groß, erkennt sie jetzt, im Sitzen hatte Mitu größer gewirkt.

»Warum machst du das?«

Valerie sucht nach Worten. »Für mich ist es noch nicht vorbei.«

Mitu schürzt ihre Lippen. Wiegelt ab. Nickt. Für den Moment zufriedengestellt.

»Eine Gegenfrage«, sagt Valerie.

»Ja?«

»Kurz nach den Festnahmen wurden alle Daten auf den Rechnern in Holland gelöscht. Wer hat das gemacht?«

Mitu stockt kurz, beginnt zu lachen. »Manchmal«, ihr Tonfall ist überlegt, »manchmal ist es nicht wichtig, was man schreibt, sondern was man nicht schreibt.« Sie streckt ihr die Hand hin.

Valerie nimmt sie, ein fester Druck, der sich rasch wieder löst und an den Fingerkuppen abgleitet. Dann wendet Mitu sich ab und verlässt mit großen, hastigen Schritten das Café.

43

Cristina überquert die Straße zu dem Haus, in dem sie wohnt. Außen herum ist alles grau und kontrastarm verwaschen. Sie nimmt den Aufzug nach oben. Ihr Name steht nicht an der Tür. Aber was ist schon ihr Name?

Sie zieht die Vorhänge zu, klappt ihren Laptop auf. Der USB-Stick verhakt sich im Steckplatz und schabt widerwillig hinein. Es befindet sich nur ein Ordner darauf, mit chronologisch geordneten Audiodateien. Die Polizistin hat die Dateien sauber benannt, mit Datum und Uhrzeit, mehr Informationen stehen nicht darin. »2018-12-04-uz-17_34-17_42.« Es sind mehr als fünfzig Stunden Aufnahmen.

Es klingt stumpf, leise Musik im Hintergrund, Motorengeräusche, ein Zungenschnalzen. Das geht so dahin, mehrere Minuten. Dann das Tuten der Freisprechanlage. »Adrian?« »Hallo.« Adrian und Victor verabreden einen Treffpunkt und eine Uhrzeit. Dann passiert eine Ewigkeit lang nichts. Gábor steigt ins Auto. Seine Stimme zu hören, versetzt Cristina einen Stich. Sie sieht das traurige Lächeln auf seinen Lippen, bevor er abdrückt, und wischt es beiseite. Sie muss sich konzentrieren. Erst tauschen sie Belanglosigkeiten aus, dann wechseln sie auf Rumänisch. Adrian fragt Gábor nach Neuigkeiten, lässt ihn Rechenschaft ablegen. Reagiert auf Gegenfragen gereizt, jede Kritik kann seinen Stolz verletzen.

Sie öffnet wahllos andere Aufnahmen. Da sind Gespräche mit Partnern, die Arbeitskräfte anbieten, Gespräche mit Geschäftsleuten, die sich für Vermittlung interessieren, Gespräche mit Vorarbeitern, die ihre Bedingungen nachverhandeln wollen. Manches per Telefon, manches im Auto, auf Deutsch, Holländisch und Rumänisch. Die Sprache ihrer Kindheit. So vertraut.

*

Die Kopfhörer sind Cristina zum ständigen Begleiter geworden. Sie trägt sie, während sie den Abwasch erledigt, auf dem Weg zum Supermarkt, nachts, wenn die Lichter der Autos die weiße Wand neben ihr immer seltener aufglimmen lassen. Am Anfang ist es ihr schwergefallen, die Stimmen auseinanderzuhalten, jetzt gelingt es ihr immer besser. Rund zwanzig davon hat sie schon gehört. Cristina lehnt sich zurück, hält ihr Handy bereit, um Notizen zu machen. Sie klickt die nächste Datei an.

Adrian ist zu hören, mit seiner heiseren, hellen Gereiztheit. Dann Victors schnurrender Bass. In einer weiteren Aufnahme erkennt sie Noras belegtes Timbre und Gábor, wie er die Worte vor seinem Gegenüber rasselnd ausschüttet.

Sie quält sich durch lang gedehntes Schweigen, nur von kurzen Einwürfen unterbrochen. Dann folgt endlich eine längere Unterhaltung, die sich aber mal wieder als stundenlanger Austausch von Banalitäten zwischen Adrian, Victor, Gábor und den anderen herausstellt. Es geht um Menschen, die sie nicht einordnen kann. Die hat er gevögelt. Den hat er geschlagen. Zwischendrin blitzt kurz Intimeres hervor. Ein, zwei Sätze über Victors Vater und Mutter, über Adrians Sohn. Nichts davon hilft Cristina weiter. Die nächste Aufnahme stammt aus dem Auto. Über weite Strecken herrscht einfach nur Stille bis auf das Brummen des Motors. Autotüren gehen auf und schlagen zu. Manchmal zischt Adrian sich selbst etwas zu, gelegentlich führt er geschäftliche Telefonate.

Mal gibt sich Adrian wie ein Unternehmer, benutzt Schlagwörter wie »agil verfahren«, »Potenziale heben«, »Silos auflösen«, argumentiert mit Zahlen, führt seine alte Nummer vom seriösen Geschäftsmann auf.

Vor Hendrik spielt er wie immer den Gangster, aber schon im nächsten Gespräch mit Jasmin ist er ganz anders. Da klingt alles harmlos, er spielt seine Rolle herunter, sagt, dass er auch nicht zufrieden sei, dass er das ja nur noch übergangsweise machen würde, die anderen damit nicht allein lassen wolle, immerhin habe er es von Anfang an mit aufgebaut. »Wenn ich die Firma abgewickelt habe, suche ich eine Anstellung«, verspricht er ihr. Adrian in irgendeinem Bürojob. Das hat der Welt gerade noch gefehlt. Cristina verzieht das Gesicht. Er betrinkt sich mit kaltem Wasser. Wie denkt er wirklich über sich, wenn er morgens aufsteht?

Sie braucht eine Pause, nimmt die Kopfhörer ab, hört den Straßenlärm und bemerkt den leichten Schweißfilm hinter ihren Ohren. Mit einem Mal fühlt sie sich wie ausgesetzt. Vielleicht ist es die Sprache, die sie an früher denken lässt.

Sie erinnert sich daran, wie ihre Schwester und sie als Kinder bei einem Ausflug einen Falken beobachtet haben. Wie sie auf ihren Großvater zugelaufen sind, voller Euphorie, ihr Erlebnis mit ihm zu teilen, und wie ihre kindliche Begeisterung in seiner Abgekämpftheit verlaufen ist. Sie kann sich erinnern, das kommt jetzt mit schmerzhafter Wucht auf einmal, dass ihr erster Freund gesagt hat: »Jeder Moment unseres Lebens hat dahin geführt, dass wir uns begegnen«, und sie hat damals schon gewusst, was für ein unfassbarer Schwachsinn das war, denn es hat ja auch jeder vorangegangene Moment ihres Lebens dahin geführt, dass sie auf der Toilette sitzt oder vor einem Französischtest. Und obwohl sie kein Wort geglaubt hat, hat sie damals gedacht, jetzt geht etwas los.

Sie kocht einen Tee auf und widmet sich wieder den Tapes.

Manchmal hat sie das Gefühl, dass ihr zwischen den Sprachen der Halt abhandenkommt. Nicht, dass ihr die Bedeutung der einzelnen Wörter nicht mehr einfiele, eher, dass sie Wörter immer mit einem vorläufigen Zweifel benennt. Bluză muss keine Bluse, sondern kann auch ein Pullover sein, oder sonst irgendein Oberteil. Carte ist ein Buch. Cald ist heiß. Chef heißt Lust. Prost bedeutet Dummkopf. Penibil heißt peinlich. Brav ist tapfer. So geht es also los, denkt sie, wenn man die Sprache verliert, langsam, an den Rändern.

Für die Polizistin notiert sie das, was ihr für sie ergiebig zu sein scheint. Ein paar Gesprächsfetzen über einen Notfall-Server, über Konten, die auf Victors Namen laufen und es erforderlich machen, dass sie sich persönlich treffen, damit alles reibungslos klappt. Cristina hält ihren Teil der Vereinbarung ein. Die Zusammenfassung gibt ihr den tröstlichen Eindruck voranzukommen. Wenn auch nicht in ihrem eigenen Vorhaben. Sie schickt die Stichpunkte an Stetter.

Unter einer Seite ihres Zeichenblocks ertastet sie eine Stiftkappe, und der Gedanke, dass irgendwo eine Mine austrocknet, ist ihr unerträglich.

Im Bett setzt sie die Kopfhörer auf, versucht, sich noch einmal zu konzentrieren, aber driftet ab. Sie hört die Gespräche im Schlaf, Satzfetzen dringen in ihren Traum, bis sie plötzlich aufschreckt, unsicher, ob ihre eigene Stimme etwas zu ihr gesagt hat oder nicht.

44

Die Küche ist perfekt aufgeräumt, die Teller stehen blank im Geschirrhalter geschichtet, der Tisch ist gewischt. Valerie und Thomas haben mal wieder gestritten, und das ist seine Art sich zu entschuldigen.

Er kommt in den Raum, schleicht um sie herum, tastet mit ein paar Fragen nach der Arbeit ab, wie die Stimmung ist. Sie antwortet offen, nimmt ihm seine Befangenheit, und nach ein paar Augenblicken findet alles wieder in den normalen Fluss.

»Ist der Fall jetzt eigentlich erledigt?«, will er wissen.

Sie beißt sich auf die Unterlippe. »Sieht so aus. Aber man weiß ja nie.«

Von ihren Plänen erzählt sie nichts, sie will ihn nicht wieder beunruhigen. Sie erinnert sich an Thomas in einer viel zu kurzen Badehose mit einer Kugel Eis, oder ist das ein geborgtes Bild? Aber sie kann sich an das Gefühl der Sonne und der Fremdheit erinnern, oder zumindest an etwas, das analog dazu ist. Sie will ihn fragen, aber dann wird ihr klar, wie unspezifisch die Erinnerung ist, wie wenig sie ihm gibt, um sie zu verorten, und sie bricht ab.

Sie isst den letzten Bissen von ihrem Brot. »Ich geh mal früher schlafen.«

»Klar. Gute Nacht, schlaf gut.«

Sie schließt ihre Festplatte an und geht wieder durch die Protokolle. De Jongs Gespräche. Termine. E-Mails. Mitus Notizen entnimmt sie, dass de Jong über einige Werte in

Kryptowährungen verfügt. Dass die Zugangsschlüssel sich irgendwo in Leiden befinden, falls er gezwungen wäre, sie zu löschen. Dass nur Radu rankommt. Aber wie hat er das mit der Serverlöschung überhaupt angestellt? Sie kann sich nicht sicher sein, dass Mitu sie nicht täuscht und ihr einfach irgendetwas liefert, nur um sie zufriedenzustellen.

»Manchmal ist es nicht wichtig, was man schreibt, sondern was man nicht schreibt«, hat Mitu gemeint.

Was wollte sie damit sagen? Sie soll zwischen den Zeilen lesen? Vielleicht bergen die Mails codierte Informationen. Aber die Texte wirken völlig harmlos, nichts deutet darauf hin, dass sie mehr in sich tragen, als auf den ersten Blick sichtbar ist. Die meisten Mails gehen an Wagenbach, Kober, Victor und Cristina. Und an diesen Peter Fals natürlich, zu dem absolut nichts gefunden werden konnte. Meistens Terminvereinbarungen, Weiterleitung von Personalunterlagen, allgemeine Nachfragen, Dokumente. So gut wie täglich. Ohne jegliche Antwort.

Meinte Mitu, dass Fals nicht geantwortet hat? Oder es steckt eine verborgene Botschaft im Mailverkehr. Aber damit etwas als Hinweis entschlüsselbar wird, müsste sie ja erst mal überhaupt wissen, wo sie zwischen den Zeilen lesen könnte. Aber sie hat nicht gesagt, »was man weglässt«. Eine durchgehende Reihe von Belanglosigkeiten, bis hin zu Adrians Verhaftung jeden Tag. Dann natürlich nicht mehr. Wie auch? Ein Gedanke meldet sich, dürr und spröde. Sie ruft ihre Notizen auf, vergleicht, wann die Festplatte des Laptops gelöscht wurde. 19:07 Uhr. Nachdem achthundertsiebenundvierzig Tage in Folge eine Mail zwischen siebzehn und neunzehn Uhr rausgeschickt wurde. Ein Totmannschalter, fährt es ihr ein. Dead man's switch. Natürlich. Wie konnte ihr das entgehen. Ein Mechanismus, der nicht auf eine Aktion reagiert, sondern auf das Ausbleiben einer Handlung. Durch Nichtstun herbeigeführt. Wenn man nicht schreibt. Das passt zu de Jong. Ihr Atem wird flacher. Das ist plausibel. So also.

Sie wischt sich die Hände an der Jeans ab und öffnet ein neues Fenster. Alles ist vorbereitet. Das Programm, das ihr kompletten Zugriff auf de Jongs Handy samt Nachrichten, Eingaben, Browserverlauf und Anrufe gewährt und so eingerichtet ist, dass es nur im WLAN sendet und im Datenverbrauch nicht auffällt. Der Mail-Anhang, der es auslöst. Ihr fehlt nur noch die Geschichte, damit er den Link auch anklickt. Ein glaubwürdiger Absender. Ein überzeugender Text.

Mitu fällt raus. Bei Radu würde er vielleicht nachhaken. Besser ein offizielles Dokument. Von der Staatsanwaltschaft. Etwas, das er kurz öffnet und dann wieder vergisst. Sie kopiert ein paar Phrasen, »für Ihre Unterlagen«, kompiliert ein PDF. Benennt den Absender als poststelle@sta-m1.bayern.de, richtet die URL sta-m1bayern.de ohne den Punkt vor »bayern« ein, ein kaum merklicher Unterschied. Schreibt: »Sehr geehrter Herr de Jong, für Ihre Unterlagen finden Sie anbei …« Liest alles noch einmal. Ihr Herz pocht. Was sie tut, ist verboten. Aber davon hängt nun alles ab.

Leimruten-Arglist. Alles, was jetzt kommt, soll so kommen. Sie klickt auf Senden, und im gleichen Moment fühlt es sich wie ein unverzeihlicher Fehler an.

45

Adrian kniet in der leer geräumten Wohnung, schichtet seine letzten Dinge in Kartons. Gleich kommt das Entrümpelungsunternehmen, dann ist das meiste hier nicht mehr seins. Die gerahmten Fotos behält er, zwei Anzüge, ein paar Jeans, T-Shirts, einen Pullover und eine Jacke. Wie viele von den Küchengeräten unbenutzt sind. Er legt die Zitronenpresse auf die Kleidungsstücke, ohne begründen zu können, warum gerade dieses Gerät Teil seines Neuanfangs sein sollte. Die DVDs. Wie lang hat die nicht mehr angerührt? Er schmeißt sie in den Müllsack. Teller, Tassen, alles hat er sechsfach, aber wann hat er zuletzt Gäste gehabt? Die hätte Jasmin mitnehmen müssen, die macht so was, die lädt Leute ein. Das wäre sinnvoll gewesen, aber irgendetwas musste ja schließlich auch er nach der Trennung mitnehmen. Sonst hätte er sich gleich eingestehen müssen, dass eigentlich sie alles braucht und er so gut wie nichts. Er behält von allen Serviceteilen nur noch eines. Geräte, die er noch nie benutzt hat, wirft er weg. Zwei prall gefüllte Säcke stehen vor ihm, er bindet sie zu, wickelt ihre störrischen Enden um seine Handgelenke, hebt sie an. Sie zerren an seinen Schultermuskeln.

Er fühlt sich erleichtert, als er sie über die Kante in die Müllcontainer kippen lässt.

Es klingelt. Die Arbeiter begrüßen ihn und unterhalten sich dann auf Rumänisch. Warum wirft dieses Arschloch so was weg? Er lässt sich nicht anmerken, dass er sie versteht. Sie könnten durch ihn nach Deutschland gekommen sein, denkt er.

Nur eine Stunde später ist alles weggeschafft, abgesehen von drei Kisten, die er im Kofferraum und auf der Rückbank verstaut, und dem Fernseher, mit dem nicht weiß, wohin. Er klingelt bei einem Nachbarn, der erst nicht versteht, was Adrian will, und das Geschenk dann widerwillig annimmt, sagt, er könne ihn ja verkaufen, und dabei wirkt, als täte er Adrian einen Gefallen damit. Bastard, denkt er.

Sein Handy vibriert, eine Mail von der Staatsanwaltschaft. Irgendein Dokument zu seinem Freispruch. Er überfliegt es und schaltet das Telefon ab.

Jetzt ist die Wohnung leer. Adrian fühlt sich in den Moment zurückversetzt, als Jasmin und er hier eingezogen sind. Wie der Makler sie durch die Räume geführt und Jasmin ihn leicht an der Hand berührt hat, als er ihnen das kleine Arbeitszimmer gezeigt hat. Weil beide schon wussten, dass es ein Kinderzimmer werden soll, und über die Kühnheit ihres Entschlusses noch erstaunt waren.

Ein Klingeln reißt ihn aus seiner Erinnerung.

Der Vermieter begrüßt ihn mit einem festen Händedruck. Es irritiert Adrian, dass er in Jacke und Schuhen an ihm vorbeigeht, aber natürlich gibt es keine Stühle, keine Garderobe, keinen Teppich, keinen Grund, die Schuhe auszuziehen. Er streicht mit dem Finger über Fensterrahmen, öffnet Küchenschränke, inspiziert die Wände, notiert Beschädigungen. Für den Vermieter ist es eine Routineangelegenheit. Er weiß nicht, dass Adrians Sohn die tiefe Furche im Kinderzimmer verursacht hat, als ihm ein Spielzeugschiff aus dem Hochbett gefallen ist. Kennt nicht die Ecke, in der Pauls Wiege stand, weiß nicht, dass er seine ersten Schritte da im Wohnzimmer gemacht hat, wie er sich am Heizkörper hochgezogen und verblüfft über sich selbst mit einem Mal losgelassen hat. Die undichte Küchentür, von Jasmin immer wieder beanstandet, aber nie gerichtet. Jetzt wünscht sich Adrian, er hätte es getan. Der

Abdruck von einer Kommode, die schon seit ihrem Auszug nicht mehr da steht. Adrian kämpft mit den Tränen.

Der Vermieter macht die Fenster auf und zu, beäugt den Boden, legt dazu fast sein Ohr auf das Laminat, macht Fotos von Kratzern mit einer Kreditkarte daneben, zum Maßstab, wie er erklärt.

»Ja, da sind jetzt leider mit den Jahren schon ein paar Mängel entstanden. Das muss ich machen lassen, da kann ich Ihnen auch noch nicht sagen, was das für die Kaution bedeutet.«

Adrian interessiert sich nicht dafür.

Er müsse leider gleich weiter, sagt der Vermieter, Adrian solle einfach die Tür hinter sich zuziehen. Er hält ihm das Protokoll entgegen. Adrian unterschreibt, ohne es zu lesen.

Adrian setzt sich auf den nackten Boden. Das Licht zeichnet verzogene Rechtecke darauf. Das war's also, denkt er, und dann spricht er es laut aus: »Das war's also«. Die Worte prallen spröde von den Wänden ab. Die Traurigkeit in ihm schwindet, und er versucht, sie zu halten, atmet absichtlich flach, spürt diesem Klumpen nach, der gesunken ist, ohne sich aufzulösen. Es gelingt ihm nicht. Nach einiger Zeit steht er mit steifen Gliedern auf, verlässt die Wohnung und schließt die Tür hinter sich, zum letzten Mal.

*

Jasmin wirkt abgelenkt, als er sie anruft. Er ist sich erst unsicher, ob sie ihm überhaupt zuhört, doch dann sagt sie: »Klar, meinetwegen, komm vorbei.«

Er klingelt, Paul umarmt ihn, und sie bleibt in der Tür stehen.

»Ist was Bestimmtes?«

»Ich muss ein paar Wochen weg. Da wollte ich mich verabschieden.«

»Wo geht es denn hin?«

»Holland. Ich muss was organisieren, die Firma auflösen. Dann was anderes machen, was Solideres. Vielleicht nehme ich auch eine Auszeit. Ich muss mich erst mal orientieren, glaube ich.«

Jasmin nickt. Sie fragt nicht weiter nach, seine Erneuerungsfantasie interessiert sie nicht. Warum auch? Ihm fällt nichts mehr ein, was er sagen kann.

»Also dann«, er beugt sich zu Paul, »pass auf dich auf. Und weißt du was? Mir ist eingefallen, wie die Kaninchen hießen.«

»Wie denn?«

»Alfred und Henk.«

Er fährt Paul durch die Haare, legt ihm die Hand auf die Schulter, umarmt ihn noch einmal, atmet in seinen verschwitzten Nacken, küsst seinen Scheitel.

»Ist bei dir alles in Ordnung?«, fragt sie.

»Ja«, bringt er hervor, »ich freu mich«, drückt die Worte an der Stelle in der Kehle vorbei, wo die Stimme brechen könnte.

»Weinst du?«

Adrian dreht sich weg. »Nein. Und du?«

»Und ich was?«

»Nur so.«

»Vielleicht ist es wann anders besser.«

Sie will sich abwenden, und er drückt sie an sich. Sie lässt es mit sich geschehen, nur in der letzten Sekunde legt sie ihre Hand auf seinen Rücken und gibt einen ganz leisen Druck darauf. Sie riecht nach kaltem Rauch. Er hebt die Hand und wendet sich ab, etwas in ihm wummert unrund.

Das bleibt also, denkt er, als er die Treppe hinuntergeht, kalter Rauch auf den Lippen, auf dem Kopfkissen, nur kalter Rauch. Er blickt noch einmal über seine Schulter, sie schaut ihm nach, wie man Menschen nachschaut, die für immer verschwinden.

46

Cristina sitzt auf ihrem Balkon, hat Kopfhörer auf und kritzelt Figürchen in ihren Zeichenblock. Inzwischen kann sie sich schnell orientieren. Erkennt, ob Gespräche per Telefon, mit der Freisprechanlage des Autos oder zwischen Leuten im Innenraum eines Fahrzeuges geführt wurden. Blecherner Hall beim Telefonieren im Inneren, diffuse Hintergrundgeräusche draußen, manchmal stampfen Maschinen in der Ferne.

Gerade hört sie einen Mitschnitt aus Adrians Porsche, stumpf, fast ohne Nachhall. Adrian spricht mit einer Frau, die einsilbig antwortet. »Das kann ich dir auch nicht sagen. Ich erledige das, verstanden.« Monoton, fast gelangweilt klingt die Stimme, und wieder einmal dringt es nur langsam an Cristina heran, dass sie das selbst ist, die sie da hört. Das also bleibt, nachdem sie sich gedrosselt hat, ihre Stimme fast ohne Eigenschaften, ohne Anteilnahme, kaum hörbare Empfindungen. Dazu hat sie sich gemacht, denkt sie. Fragt sich, ob sie es zurückgewinnen kann, wirklich an etwas teilzuhaben. Sie hört sich selbst, wie sie sich verabschiedet, hört, wie sie die Tür hinter sich zuschlägt und wie Adrian Luft durch die Zähne entweichen lässt, ganz langsam.

Die nächste Aufnahme stammt aus Victors Jeep. Eine Zeit lang ist nur der Motor des Wagens zu hören. Mit einem Mal beginnt Victor zu singen, mit zarter und samtener Stimme, es überrascht Cristina, gibt ihr zum allerersten Mal das Gefühl, etwas zu hören, das sie nicht hören dürfte, etwas, das zu intim ist.

Dann klingelt Victors Telefon. Er atmet hektisch und bellt kurze Sätze. »Mach ich nachher.« – »Vorher war keiner da.« – »Weiß ich selber.« – »Alles klar.« – »Tschau.«

»Muie«, zischt er, und es ist nicht genau klar, ob er seinen Gesprächspartner oder jemanden im Straßenverkehr damit meint. Cristina hört ihn nervös auf das Lenkrad tippen.

Das inzwischen vertraute Klacken der Autotür. Eine Frau sagt: »Was willst du?«, in fast akzentfreiem Deutsch.

Cristina hält inne. Drückt Pause und notiert sich die Zeitangabe, aus Angst, die Stelle wieder zu verlieren. Zerhackt das Gespräch, lässt es einfrieren und bewegt es wieder. Ist sie das? Die Tonqualität ist nicht besonders gut. Und sie hat Loredana lange nicht Deutsch reden hören.

Die Unterhaltung wechselt ins Rumänische, die Frau beschwert sich über Personalmangel, irgendetwas mit schlecht angelernten Hilfskräften, und Cristina konzentriert sich auf den Unterschied. Das leichte Anheben der Stimme, sie tackert die Worte mit ihren Konsonanten den Satz entlang. Loredana.

Ein Gefühl kriecht in sie hinein, ein Gefühl von was, fragt sie sich, während die Worte weiterprasseln. Ist es Angst? Wovon reden sie da überhaupt? Sie hat sich auf den Inhalt des Gesprächs gar nicht konzentrieren können. Sie spult zurück.

Victor fragt Loredana, ob sie alle Schichten besetzt habe. Schichten kann es überall geben, auf dem Bau, in der Fabrik, in der Gastro. Sie antwortet gereizt, das habe sie doch schon längst in der Zeiterfassung eingetragen. Wenn er sie extra herbestellt habe, um alles noch mal einzeln abzufragen, dann könnten sie sich das auch sparen. Oder ob das so ein albernes Spielchen von de Jong sei. Ihre Stimme ist dünn, aber scharf gespannt wie der Draht eines Käseschneiders.

Cristina kann sich vorstellen, wie ihre Schwester das Kinn dabei leicht nach vorne schiebt und ihr Gegenüber keines Blickes würdigt. Immer sendet Loredana aus, sie durchschaue schon alles, sei schon einen Schritt weiter, man verschwende ihre Zeit mit der eigenen Herumtuerei.

Victor dämpft seine Stimme. Sie solle tun, was de Jong für richtig halte. Sie sei immer noch bei ihm angestellt. Er könne nicht immer alles mit allen ausdiskutieren. Aber wenn ihr die Schichtleitung in der Altenpflege zu viel Umstände mache, dann könne sie das auch jederzeit wieder sein lassen und arbeiten wie früher: in der Fabrik. Ob ihr das lieber sei? Loredana schweigt. Er wiederholt die Frage selbstbewusster. Na also. Sie solle noch Geduld haben, sagt Victor, weicher jetzt. Sie müssten nur ein bisschen warten, bis die Sache mit Wagenbach sich erledigt hätte. Dann wäre der richtige Moment gekommen. »Ştiu«, antwortet sie, ich weiß. Jemand schnallt sich ab. Etwas knarzt, etwas raschelt. Einen Augenblick später ist Victor wieder sachlich. Er hangelt sich an ein paar Allgemeinheiten entlang, ob es etwas Berichtenswertes gebe, ob alles nach Plan verlaufe, was auch immer das heißen mag. Einmal sei die Polizei dagewesen, informiert Loredana ihn, aber das sei nur eine Lappalie gewesen, ein Diebstahl sei angezeigt worden, man habe niemandem etwas nachweisen können. »Okay.« – »Also dann.« Die Tür klackt unbefriedigend, wird noch einmal geöffnet und zugeschlagen, diesmal entschieden und satt.

Cristina nimmt die Kopfhörer ab. Auf dem Balkon ist es kalt geworden. Sie steht auf, ihr Blick ruht kurz auf der mehrspurigen Straße, wandert über die Dächer. Loredana ist hier, denkt sie. Die Aufnahmen stammen aus dem Jeep, so weit kann Victor damit nicht gefahren sein, Loredana muss im näheren Umkreis sein. Sie muss in Erfahrung bringen, ob es auch Bewegungsprofile zu den Aufnahmen gibt. Ob es in dem Zeitraum in einem Altenheim eine Anzeige wegen Diebstahls gegeben hat. Cristina schreibt Stetter.

Ihr Atem geht schneller. Jetzt nichts an sich heranlassen. Keine Angst, keine Wut, keine Nachsicht. Und ganz besonders keine Hoffnung. Ihr Schutzwall biegt sich unter dem Meer, das an sie herandringt.

47

Die Neonlichter spiegeln sich im schwarzen Lack des Wagens. Adrian klinkt den Zapfhahn aus und hängt ihn in den Tank. Der kühle Wind beruhigt ihn, aber in jedem Atemzug, kurz bevor er beginnt, die Luft einzusaugen, bemerkt er so etwas wie Sorge. Er rastet den Zapfhahn wieder an der Säule ein und schließt den Tankdeckel. Das Kassenhaus ist flach und quadratisch. Er tritt ein, bezahlt, wechselt ein paar Worte mit dem Kassierer und geht zum Wagen zurück. Bevor er einsteigt, atmet er noch mal tief ein, aber es gelingt ihm nicht, seine Lungen vollständig zu füllen. Er ist irgendwo bei Bonn, es ist elf Uhr abends, er ist seit sechs Stunden unterwegs. Noch drei Stunden bis Leiden.

Adrians Hand liegt am Lenkrad, er hebt die Finger, und sofort beginnen sie zu zittern. War das schon immer so? Er kann sich nicht erinnern. Er mustert seine Finger. Die kleinen Wülste an den Gelenken, ineinander verfaltet. Sie sehen jung und dann wieder alt aus, als wüssten sie etwas über ihn. Er legt sie wieder an, hemmt den Tremor, zwingt sie zu Bestimmtheit.

Als er losfährt, fühlt er sich besser. Er bewegt das Fahrzeug ruhig und gleichmäßig durch die träge Nacht. Die weißen Streifen strömen einer nach dem anderen an der Motorhaube vorbei. Asphalt vor ihm, Asphalt hinter ihm. Ein Auto frisst sich in seinem Rückspiegel heran und überholt ihn.

Das ist das Problem an Autobahnen in der Nacht. Viel Raum, in dem sich alles ausbreiten kann. Gábor. Wagenbach. Victor. Paul. Jasmin. Das ganze Leben, das er hinter sich lässt. Er umfasst das Lenkrad fester. Die Arbeiter in den Fabriken. Er stellt das Radio an und wieder ab. Die Blicke des Staatsanwalts, der Richterin. Das Gesicht der Polizistin. Fick sie alle. So war es doch schon immer. Er schließt die Augen für zwei Sekunden, lenkt den Wagen zurück in die Spur. Jeder für sich. Und doch weiß er, dass ihm alles entglitten ist. Das Grundrauschen aus Alkohol, Ketamin und Kokain. Immer da. Ein leichtes Glimmen, genug, um jede Rührung anzuzweifeln. Wie würde sich sein Körper anfühlen, wenn er nicht das ganze Zeug in sich reingehauen hätte, das sein Innerstes zermürbt, Leber, Milz, Lunge, Hirn? Einmal alles auf null.

Es ist längst zu spät, etwas zu ändern. Alles, was jetzt kommt, ist Schadensbegrenzung. Zu viel ist irreversibel beschädigt. Deshalb muss es weitergehen. Die nächsten Tage sind entscheidend. Konten leer räumen und alles löschen. Reset. Wie das Haus nach einem Einbruch in Brand setzen. Alle Spuren vernichten. Nur noch ein paar Tage. Und dann kann er endlich tun, wonach er sich so sehnt. Dann kann er endlich verschwinden.

Die Nadel des Tachos bleibt mit leichtem Zittern an der Hundertsechzig hängen. Nur die Ziffern des Kilometerzählers schreiten langsam und stetig voran.

48

Cristina kreuzt am Bahnsteig den Weg eines Mannes, der ihr fahrig in die Augen schaut und dann mit einer schnellen Drehung in den offenen Türen der wartenden Bahn verschwindet, ganz so, als hätte sie ihn dort hineingelenkt. Kusch, kusch, füg dich. Sie drängt sich in den Waggon. Ein zusammengefallenes Häufchen Mensch sitzt auf der Bank und nickt zu sich selbst. Die Straßenbahn hält. Laub wirbelt auf.

Sie prüft die Adresse, die Stetter ihr genannt hat. Das einzige Seniorenheim des Bezirks, in dem in der Woche vor der Tonaufnahme eine Anzeige wegen Diebstahls aufgegeben wurde. Das Haus mit der Nummer 14 reiht sich unauffällig ein, es sieht aus, wie die Mietshäuser daneben. Das muss nichts heißen. Kübel mit zurechtgeschnittenen Pflanzen stehen neben der Tür im Hochparterre. Ein Logo mit einem seriösen, gediegenen Wappen, von dem nach einer Sekunde keine Details im Gedächtnis bleiben.

Cristina öffnet die Tür. Ein älterer Herr in einem mintgrünen Jogginganzug mustert sie interessiert.

»Hallo. Entschuldigung. Hallo?«, sagt eine helle, klare Stimme nachdrücklich.

Cristina dreht sich um und bemerkt einen in die Wand eingelassenen Schalter. Aus dem Augenwinkel hat sie den Mann hinter der Plexiglasscheibe gar nicht gesehen. Sie setzt ein strahlendes Lächeln auf und beugt sich zu den Sprechschlitzen.

»Entschuldigen Sie, wenn ich hier so hereinplatze. Meine Mutter hat sich kürzlich die Hüfte gebrochen, und nun wollte ich mich einmal umschauen, ob es nicht vernünftiger wäre, eine gute Einrichtung zu finden.«

Bei dem Wort »gute« zuckt der Nasenflügel des Mannes etwas.

»Das freut uns«, sagt er, und Cristina schaut sich kurz um, auf der Suche nach einem Uns, »nur ist das leider nicht so einfach. Wir können gern einen Rundgang anbieten, der benötigt allerdings einen gewissen Vorlauf. Sie verstehen sicher, dass das unerlässlich ist, um die Privatsphäre der Bewohner zu schützen. Lassen Sie uns doch gerne Ihre Kontaktdaten da, dann wird sich später jemand melden.«

»Ich melde mich selbst wieder«, bedankt sie sich. »Ich muss mir erst einmal einen Überblick verschaffen. Ich kam nur zufällig vorbei, und da dachte ich …«

»Natürlich«, unterbricht der Mann sie. Er trägt tiefes Verständnis für die ganze Welt im Gesicht.

Cristina geht wieder und setzt sich auf eine Bank in der Nähe der Anlage. Im geschützten Raum eines Autos könnte sie länger warten, ohne dass es auffällig würde, aber Victor hat ihr letztes Fahrzeug schon abgeholt. Sie wartet eine Weile. Vereinzelt kommen Angehörige, oft gehetzt, kurze Besuche zwischen anderen Terminen. Der Mann im mintgrünen Anzug tritt auf die Straße, schiebt seine Hüfte nach vorne, mustert den Himmel und setzt sich zügig in Bewegung. Er geht nur wenige Meter zu einem Kiosk, das aber mit einer Hast, als ob ihm dazu eigentlich die Zeit fehlen würde. Nach ihm kommt niemand mehr heraus. Mittag wird Nachmittag wird Abend. Die Lichter gehen nach und nach aus, bis nur noch die Rezeption erleuchtet ist. Sechs Stunden sind vergangen.

Cristina gibt auf und geht.

*

Seit zwei Wochen kommt sie jetzt schon hierher, und inzwischen haben sich die Blätter des kleinen Baumes auf der Verkehrsinsel vor dem Altenheim blassrot gefärbt. Der Herbst beginnt. Sie hat sich angewöhnt, sich ungefähr zur Mittagszeit auf die Bank zu setzen, sodass jemand, der sie öfter bemerkt, davon ausgehen würde, sie arbeite in der Nähe und mache Pause. Bald muss sie Erfolg haben, denn langsam geht ihr Geld zur Neige.

Es gibt zwei Seitenausgänge und eine Passage in den Innenhof, wo das Personal raucht. Gelegentlich verlassen Mitarbeiterinnen und Mitarbeiter den Eingangsbereich oder kommen zu ihrer Schicht, meist in Straßenkleidung, seltener im hellgrünen Kittel. Auch heute schreckt sie wieder ein paarmal auf, glaubt, ihre Schwester am strammen Gang oder der Statur zu erkennen, aber die kurze Unruhe legt sich sofort, wenn sie den ersten eindeutigen Unterschied erkennt.

Es wird früher dunkel und kalt, sodass sie ihre letzte tägliche Runde um den Block mit der Wohnanlage nicht mehr so lange hinauszögern kann. Sie fröstelt, setzt ihre Kapuze auf und erhebt sich.

Und dann steht Loredana plötzlich da. Cristina war darauf gefasst, aber auch wieder nicht. Loredanas Gesicht erhellt sich, und Cristina glaubt fast, sie freut sich über etwas, das nicht mit ihr in Zusammenhang steht. Ihre Schwester läuft auf sie zu, da hat sie sie schon in den Armen, wie im Stroboskoplicht kommt die Berührung schneller als antizipiert, fest, warm, vertraut.

»Was machst du hier?«, fragt Loredana und löst sich aus der Umarmung. Sie betont es wie eine Feststellung statt als Frage und zündet sich eine Zigarette an.

Wie erleichternd, das kann man zu zweit tun, das entlastet das Schweigen. Cristina steckt sich auch eine Zigarette in den Mund. Sie lässt das Rädchen vergeblich am Zündstein schaben, Loredana reicht ihr Feuerzeug rüber.

»Warum sprichst du Deutsch?«, will Cristina wissen.

Loredana wischt die lästige Frage mit einer Handbewegung beiseite. »Wir sind jetzt hier.«

Cristina nickt. Also gut. Es geht nach ihren Regeln. »Ich habe mir Sorgen gemacht.« Erst einmal etwas Unverfängliches.

Loredana lächelt und lässt Luft durch die Nase entweichen, wie an eine Lächerlichkeit erinnert. Etwas ist mit diesem Lächeln, die Unterlippe verdeckt die obere Zahnreihe halb, die Oberlippe aufgeschürzt, ein ständiger Anflug einer verborgenen Verzweiflung. Ein Lächeln, mit dem Schmerz und Vergebung aufbrechen, Skepsis und Hoffnung, immer gleichzeitig, immer unentschlossen.

Sie setzen sich auf eine Bank an der Seite des kleinen Vorplatzes.

Cristina fasst Mut. Nimmt das Herz zwischen die Zähne. »Warum hast du nicht geschrieben?«, wagt sie sich vor.

Loredana atmet den Rauch langsam aus. Ein lang ersehnter Moment. Cristina versucht, alles aufzusaugen. Was ihre Schwester sagt, wie sie sich selbst fühlt, aber da ist nicht viel, auf keinen Fall genug, um den ersehnten Augenblick auszufüllen.

»Ich hatte mich entschieden zu gehen«, Loredana vermeidet es, Cristina anzuschauen. »Und ich dachte, wenn ich dir davon erzähle, schaffe ich es nicht.«

Es klingt schlüssig und einstudiert, es überzeugt sie nicht. Es erklärt nicht, warum sie sich an einem Tag noch so nah waren und am nächsten Tag nichts mehr davon übrig zu sein schien.

»Ich brauchte einen klaren Schnitt. Jemand musste sich auch um die Großeltern kümmern. Mir war klar, dass du das machst.«

Während Loredana spricht, flutet Cristina eine tiefe Vertrautheit. Das Schulterzucken, mit dem sie ihre eigenen Gedankengänge abbricht. Egal. Die Art, wie sie beim Zuhören ihre Stirn nach und nach in Falten legt, wenn sie etwas misstraut. Wie in

Zeitlupe. Ihre leicht geschürzten Lippen, wie sie sich eine Strähne erst drei-, viermal hinter das Ohr streicht, bis sie das Haargummi löst und die Haare wieder zusammenbindet. Cristina hätte all das nicht mehr beschreiben können, aber sie nimmt es mit überwältigender Zugewandtheit wahr.

Eine alte Frau im Morgenmantel läuft mit zögernden Schritten auf die Straße. »Aber, Frau Wimberski, was machen Sie denn?«, sagt Loredana, legt die Zigarette am Rand des Aschenbechers ab, läuft auf die Frau zu und fasst sie sanft am Ellenbogen.

Absurd, denkt Cristina, jetzt, wo ihre eigenen Großeltern in einem Heim in Rumänien leben, pflegt Loredana hier Fremde.

Loredana führt die Frau in Richtung des Eingangs, redet milde auf sie ein, und das Bild sticht Cristina mit einer kurzen, heftigen Eifersucht.

Nun steht Loredana wieder vor ihr, die Schultern hochgezogen, die Arme verschränkt, wippt von einem Fuß auf den anderen.

»Was hast du jetzt vor?«

»Mit dem richtigen Menschen an der Seite geht alles«, antwortet Loredana und schaut einem Auto nach. »Ich habe jemanden, der alles für mich tut. Wenn es wirklich, wirklich darauf ankommt.«

»Wer?«, fragt Cristina.

Loredana schüttelt den Kopf. »Ich gehe jedenfalls nicht zurück. Keiner hat Geld, die Hälfte der Leute nicht mal fließend Wasser.«

Cristina sammelt ihre Kraft. »Übertreib mal nicht.« Es ärgert sie, wie ihre Schwester sich inszeniert. »Wir hatten eine gute Wohnung, sehr wohl mit fließendem Wasser, wie übrigens hundertfünfzigtausend andere Menschen in Arad auch.«

»Aber nicht auf dem Land.«

»Wir sind nicht vom Land.«

»Hier geht es mir auch gut«, schnaubt Loredana.

»Das verstehe ich ja«, versucht Cristina, sie zu beschwichtigen. »Immerhin ist es nicht …«

»Ce?«, etwas blitzt in Loredanas Augen auf. Sag es, fordert ihr Blick. Dann löst sich ihre angespannte Miene in ein spöttisches Lächeln. »Was ich mache, ist meine Sache. Anstrengend ist alles. Nichts gibt es umsonst. Du hast dich ja auch zum Studium verpisst, damals, ohne dich zu kümmern, was mit mir passiert.«

Wohin ist die Innigkeit der ersten Umarmung verschwunden? Dort noch einmal anfangen. Cristina schweigt und zieht an ihrer Zigarette, sachte, weil sie Angst davor hat, was ist, wenn sie fertig geraucht hat. Obwohl sie Loredana gegenübersteht, sehnt sie sich nach ihr.

»Das kannst du nicht vergleichen«, sagt sie. »Wir haben das abgesprochen, alle haben gesagt, dass es besser ist, wenn ich studiere, auch die Großeltern. Ich habe geschrieben, angerufen. Das war geplant. Nicht so was wie das hier.«

Loredana drückt die Zigarette aus und zündet direkt eine neue an. Das erleichtert Cristina, eine Fristverlängerung. Sie tut es ihr gleich.

»Das hier«, wiederholt Loredana trocken. Und dann rattert sie los, gedämpft, aber mit schnellen harten Silben: »Wo holst du diese Überzeugung her, immer alles einordnen zu können? Woher willst du wissen, dass ich keinen Plan habe? Warum bist du überhaupt hier, glaubst du wirklich, du müsstest mich vor irgendetwas beschützen?«

»Du könntest doch so viele andere Dinge tun«, wendet Cristina ein, und ihr gefällt selbst nicht, wie sie sich dabei anhört, sie will zurück an den Anfang des Gesprächs, noch mal von vorn beginnen.

Ihre Schwester krempelt den Ärmel hoch, und Cristina nimmt den Ansatz einer Tätowierung wahr, traut sich aber nicht, nachzufragen. Loredana bemerkt den Blick und zieht den Ärmel wieder runter. Cristina nimmt einen Zug und verschränkt die Arme, Zeige- und Mittelfinger liegen mit der Zigarette auf ihrem Ellenbogen auf.

»Du hast mich allein gelassen«, wirft sie ihrer Schwester entgegen.

Loredana beißt sich auf die Lippe und nickt langsam. Da kommen wir dem Kern näher, sagt ihr Blick, um dich geht es hier. Um nichts anderes. Ein Kollege grüßt im Vorbeigehen, sie hebt die Hand unbestimmt in seine Richtung.

»Ich komme klar«, setzt Loredana an und schiebt hinterher: »Es tut mir leid«, als wäre das etwas, für das sie sich entschuldigen müsste. »Es tut mir leid, dass ich nichts für dich tun kann.«

»Für mich?«

»Für deinen Wunsch, mich zu beschützen.«

Sie redet ruhig und bestimmt, klingt, als zupfte sie an einem Stahlseil, das quer durch den Raum gespannt ist. Gleichmäßig und stetig wie ein Metronom.

Mit jedem Wort, das Loredana sagt, kommt es Cristina vor, als würde ihrem Mund immer mehr Flüssigkeit entzogen.

»Schau nicht so. Wir können ja Nummern tauschen. Wir sehen uns wieder«, schließt sie ab und zieht ihr Telefon aus der Tasche ihres Kittels.

Cristina wählt die Nummer, die Loredana ihr nennt, und wie ihre Schwester lächelt, nickt und den Anruf wegdrückt, schmerzt sie.

Cristina würde gern etwas erwidern, aber es ist alles gesagt. Sie ist alleine. So, wie sie es befürchtet hatte. Ihre Schwester mustert sie, sanft, fast verständnisvoll. Wie auf dem Weg zu einem echten Lachen. Wie auf dem Weg zum Weinen. Ein Lächeln, das sein Vergehen mitbetrachtet, fast in Melancholie aufbricht, schau an, da war ich mal glücklich. Aber dann beruhigt sich ihr

Gesichtsausdruck, wird wieder glatt und achtsam. Sie umarmt sie. Noch einmal die feste Umklammerung, noch einmal Wange an Wange.

»Ich muss meinen eigenen Weg gehen. Danke, dass du mich retten wolltest«, dringt ihre Stimme in Cristinas Ohr.

Dann wendet Loredana sich ab und geht mit schnellen, strammen Schritten, ohne sich noch einmal umzudrehen.

49

Valerie ist angespannt, die Muskelansätze gereizt, der ganze Körper geladen. Absicht und Aktion fallen ineinander. De Jong hat den Köder geschluckt. Über ihren Laptop kann sie auf sein Handy zugreifen. Er ist schon seit ein paar Wochen in Leiden. Wie sie den Nachrichten entnimmt, braucht Victor noch ein paar Tage, das gibt ihr etwas Zeit.

Cristinas Aufzeichnungen haben ihr einen gutes Bild davon verschafft, wie de Jong an seine Reserven gelangen will. »Danke, das reicht mir«, hat Valerie ihr geschrieben, »de Jong ist schon in Leiden und ich bald auch.« Nach kurzem Zögern hat sie hinzugefügt: »Ich hoffe, du hast gefunden, was du gesucht hast.«

Sie tastet nach ihrem Reisepass, prüft noch einmal, dass sie ihr Ticket auf das Smartphone geladen hat, und faltet die Kopie, die sie zur Sicherheit ausgedruckt hat. Versichert sich, dass ihre Waffe ungeladen in der Tasche liegt und das Magazin getrennt davon in ihrer Handtasche. Sie wirft noch einen Blick auf Thomas, der auf dem Sessel im Gegenlicht des Fensters sitzt, in ein Buch vertieft, den Kopf in die Hand gestützt.

»Kommst du klar?«, fragt sie.

»Mach dir keine Sorgen.«

Aus einem plötzlichen Impuls geht sie durch den Raum und umarmt ihn.

Er erstarrt. Fängt an, gepresst zu lachen, tätschelt schließlich ihren Rücken, um sie loszuwerden, jeder seiner Klopfer wie ein Wort aus dem Satz, den er sagt: »Ist. Ja. Gut. Jetzt.« Er ahnt nicht, wie es in ihr aussieht. Für ihn macht sie nur ein paar Tage Urlaub, will sich lediglich dieses Leiden mal ansehen.

Sie schultert ihre Sporttasche und beißt sich auf die Lippe. Eine Erinnerung blitzt in ihr auf. »Sag mal, hatten wir im Kinderzimmer nicht so einen bunten Wollvorhang?«

Thomas stutzt, aber sie braucht eine Antwort, es ist in diesem Moment unheimlich wichtig für sie, dass er das Bild bestätigt, dass es einen Zusammenhang von damals zu heute belegen kann.

»Mit Füchsen und Schildkröten.« Er lacht. »Wie kommst du drauf?«

»Nur so ein Gedanke«, antwortet sie erleichtert.

In der Wohnungstür dreht sie sich noch einmal zu Thomas. »Wir telefonieren«, ruft sie, und er genau zeitgleich: »Wir schreiben.«

Das ist also ihr Aufbruch. Jetzt muss sie hinter dem Bildschirm hervorkommen. Sie wird de Jong im echten Leben entgegentreten, sich in seine Geschichte einmischen. Er wird Rechenschaft ablegen müssen, egal, was es kostet.

Auf der Treppe nach unten erfasst sie ein heftiges Verlangen nach einem Abschied. Sie hat das Bedürfnis, dass jemand sie zur Tür bringt, sie umarmt und ihr eine gute Reise wünscht. Es ist eigentlich gleichgültig wer. Sie hat noch drei Stunden Zeit. Magnus kann sie unmöglich treffen.

Sie scrollt durch ihr Telefonbuch. Ruft Anna an.

»Jetzt gleich?«, fragt ihre Freundin gehetzt. »Heute schaff ich es nicht, können wir nicht, lass mich mal nachschauen … Nächste Woche? Oder gleich übernächste? Da sieht es ganz entspannt aus.«

»Ja klar«, sagt Valerie, »kein Stress. Wir hören uns.«

Wie leer ihr Telefonbuch sonst ist. Lauter Kontakte, mit denen sie nicht in Kontakt steht. Nils kommt ihr in den Sinn. Seine großen, schlanken Hände, mit sicherem Druck, eine schöne Mischung aus filigran und fest.

Sie scrollt durch ihr Adressbuch. Sie klickt auf den Kontakt und öffnet das Chatfenster. »Bin 10 Min zu spät, sorry«, steht da.

Das ist die letzte Nachricht, die sie vor ihrem letzten Treffen geschrieben hat. Sein Text, einen Tag später: »Du hast dich gut angefühlt.«

Sie tippt: »Hey! Was machst du gerade? Spontan Zeit?«, und im Hin und Her der zweifarbigen Sprechblasen sieht es nahtlos aus, wie in einem stetigen Rhythmus. Ganz so, als wäre zwischen den Nachrichten nicht fast ein Jahr vergangen.

*

Zwei Stunden später steht sie in seinem Flur, mustert ein schmerzhaft belastetes Regalbrett, das sich unter Vasen, Büchern und einem Radio biegt. Weil die Blume in der Mitte steht, sieht es so aus, als übe ausgerechnet sie den größten Druck aus, das federleichte Ding bringt das Holz zum Ächzen.

»Was ist?«, fragt er.

»Nichts.« Valerie löst ihren Blick von der Blume und fährt ihm mit der Hand durch die Nackenhaare.

»Wie lang bist du weg?«

»Weiß noch nicht. Wahrscheinlich länger«, antwortet sie.

»Na, dann mach's mal gut«, sagt er, und mit einem Mal drücken Tränen in ihre Augenränder.

Sie umarmt ihn, damit er ihre Regung nicht erkennt und falsche Schlüsse zieht. Wenn er wüsste, dass sie ihn für den Abschied missbraucht. Aber wer weiß schon jemals, was der andere will.

50

Adrian sitzt Victor im Frühstücksraum des Hotels gegenüber. Victor greift den Stiel des Löffels und lässt ihn an das Ei federn, mit enorm hoher Frequenz. Es bilden sich feine Risse in der Schale, sie bricht aber nicht, weil der Plastiklöffel zu leicht ist, um das Ei auf diese Weise aufzuschlagen, darum holt Victor jetzt fast einen halben Meter aus, drischt auf das Ei ein, und die Oberfläche gibt nach. Der Einschlag klingt wie heruntergeregelt, als hätte ihn jemand den leisen Gesprächen im Frühstücksraum angepasst. Jetzt löffelt er breitschultrig das Ei, den Kopf gesenkt, die Arme auf den Tisch gestützt, die ganze massige Körperwucht auf das Ding gerichtet.

Adrian hält es nicht mehr aus. Er steht auf und geht zum Büfett, häuft gleichgültig mit der kleinen Zange Dinge auf seinen Teller. Aufgefächerte blasse Käsescheiben, Wursträder mit unnatürlichen Farben, einzeln drapierte Salatblätter und Paprikastückchen. Er greift nach dem Orangensaft, der in einem großen Krug auf einem Unterteller steht. Der Strahl teilt sich am Plastikausguss, sodass er die Hälfte danebengießt. Er schaut sich um, niemand hat es bemerkt, dann richtet er den Blick auf den Teppichboden, auf dem er einen großen Fleck vermutet. Aber das dichte Gewebe hat den Saft ebenso aufgesaugt wie die Geräusche, dieser Teppich könnte alles schlucken und spurlos verschwinden lassen, wahrscheinlich auch ihn hier an Ort und Stelle. Außer Victor würde niemand bemerken, dass er abhandengekommen ist. Er geht zurück zum Tisch.

Victor schaut kurz hoch, als er sein Tablett absetzt und den Stuhl zurückzieht. Er hat das Ei aufgegessen und rupft jetzt kleine Stücke von einem Brötchen ab, die er sich stoisch in den Mund schiebt.

»Also. Was jetzt?«, fragt er zwischen zwei Bissen.

Adrian sammelt sich. »Wie lange brauchst du, um alles klarzumachen?«

Victor überlegt. »Übermorgen treffe ich Cristina und zahl sie aus. Dann brauche ich noch einen Tag für alle Log-ins und Schlüssel. Mit dem Thermit vielleicht zwei. Höchstens. Obwohl ich es ja übertrieben finde, danach gleich den ganzen Laptop zu verbrennen.«

»Lass das mal meine Sorge sein. Wann bringst du es mir vorbei?«

»Wir treffen uns. Ich lass es dich wissen.«

»Gut.«

»Ja, gut«, wiederholt Victor und mustert ihn prüfend.

»Was ist?«

»Nichts.« Zwei Stückchen Weißbrot wandern in seinen Mund. »Was hast du vor bis dahin?« Die Besorgnis in Victors Blick bringt Adrian auf.

»Weiß nicht.«

Mit dieser Antwort scheint Victor nichts anfangen zu können.

»Ein paar Sachen organisieren«, schiebt Adrian nach.

Victor nickt. Er erhebt sich mühsam, nimmt Geldbeutel, Handy, Zigaretten und Schlüssel nacheinander vom Tisch und verteilt sie auf verschiedene Taschen seines Mantels.

»Also dann.« Im Vorbeigehen legt er kurz seine Hand auf Adrians Schulter. Wie weich ihr Ballen sich anfühlt.

*

Ziellos läuft Adrian durch die Stadt. Das Lachen einer jungen Frau schallt laut über den Kanal. Ein Mann spritzt in seinem Garten die Mülltonne ab. Eine Sportgruppe trottet an ihm vorbei. Der Tag drängt ihn aus dem Weg und entrinnt.

»I made my song a coat«, sagt ein Gedicht über ihm an einer roten Wand, und es lässt ihn daran denken, wie sich Cristina in ihren Mantel zurrt.

Es ist noch früh, aber letztlich kehrt er ins Hotel zurück. Auf dem Balkon zündet Adrian eine Zigarette an, stützt die Arme auf das Geländer. Es bräuchte nur einen kurzen unheilvollen Impuls, um über die Brüstung zu springen. Die Lichter hinter den Fenstern gehen aus und an. Zeichnen Sternbilder in die Fassaden. Der Himmel ist eine tiefe dumpfe Fläche. Nur der Mond schimmert leicht. Da halten die Autos an der Ampel. Grellrote und weiße Punkte, die Bahnen durch die Nacht ziehen, stoppen und beschleunigen, stoppen und beschleunigen, stoppen und beschleunigen. Schlagen wie Wellen vor seinen Bug. Vor ihm die Lichter, manche näher dran, manche weiter weg, in unregelmäßigen Abständen, spontan gesetzte Akzente, kaum einmal zwei nebeneinander. Und das An- und Abschwellen gibt ihm Vertrauen, es geht voran, es geht voran. Er wartet darauf, dass er müde wird, und der Wind raucht die Hälfte seiner Zigarette.

51

Die Waffe liegt in Valeries Tasche wie ein schweres Geheimnis. Nur Thomas hat sie davon erzählt, wie sie sich am Schießstand selbst misstraut hat. »Ganz normal«, hatte er dazu gemeint. Das fand er dann wieder normal. Sechzehn Schuss auf die Scheibe. Vielleicht steckt Schuss siebzehn in ihrem Magazin. Sie wird verhindern, dass de Jong sich absetzt. Alles läuft auf den einen Zugang zu seinen Reserven hinaus. Den wird sie ihm abnehmen, und wenn sie ihn dazu zwingen muss. Seine Pistole kommt ihr in den Sinn. Valerie klappt ihren Laptop auf. De Jong hat den Ortungsdienst seines Telefons eingeschaltet. Sie überprüft seinen Status. Der blaue Punkt blinkt neben Leiden Centraal, in einem Hotel in der Nähe des Bahnhofes.

Ihr Drang wird von der Dauer der Zugfahrt gelähmt. Sie kämpft darum, ihren schwindenden Mut zu bewahren. Es gibt nichts, was sie tun kann, um schneller an ihr Ziel zu gelangen. Der Kontrolleur kommt, bittet um ihre Fahrkarte, scannt sie mit seinem Lesegerät, ohne Valerie anzuschauen. Der Zug passiert Haus um Haus, jedes Rattern, jedes Zischen, jeder Mast, wächst zu etwas heran, das größer ist als sie selbst. Die Frage bleibt nur, ob sie ein Teil davon ist. Oder ob sie schon längst geschluckt wurde und wie ein träges Stück Masse mitbewegt wird. Ihre Fingerkuppen fahren über den glatten Klapptisch, dann über die kurzen Bürsten des Sitzpolsters, über die Metallschiene am Fenster, und sie sehnt sich nach den schroffen Texturen vor dem Fenster, Baumrinde, abblätternder Rost von einem Pfeiler, ein verbogenes Gitter.

Ein Geschäftsmann hinter ihr spricht in sein Handy. »Deine Mail ist exzellent«, sagt er deutlich, aber monoton, legt das Handy weg und murmelt: »Idiot.« Er hat die Diktierfunktion verwendet, redet selbst wie ein Roboter, damit die Maschine ihn versteht.

Ihr Handy blinkt. Eine Nachricht von Magnus auf der Mailbox. »Hallo, Magnus hier. Wo steckst du denn? Du weißt doch, dass du eine Krankschreibung einreichen musst. Nicht, dass es noch Ärger gibt. Kannst du nicht wenigstens was schreiben? Eine kurze Nachricht? Ehrlich gesagt mach ich mir Sorgen.« Er klingt angefasst und fahrig.

»Alles gut«, schreibt sie. »Ich meld mich. V.«

Nicht, dass es Ärger gibt, hat er gesagt, und sie sitzt mit einer Waffe in der Tragetasche ohne dienstliche Anweisung in einem Zug nach Leiden. Dafür droht ein Disziplinarverfahren. Aber das ist alles weit weg.

Sie schaut wieder aus dem Fenster, ihr Blick hangelt sich von Pfosten zu Pfosten, hält einen Augenblick lang an ihnen fest, bevor sie, einer nach dem anderen, für immer aus ihrer Sicht verschwinden.

In Mannheim steigt sie um. Der neue Sitzplatz bleibt nur kurz fremd, dann ist es wieder der gleiche Fluss. Die Gleise teilen sich, zwei Brücken mit gleichem Schwung verschieben sich voreinander, die hintere senffarben, die vordere in mattem Grau, ein farbloses Abbild. Trübe Ziegelbauten, blasse Schilder an Lagerhallen und alle paar Sekunden ein Stahlträger, der das Bild hart zerschneidet, wie ein Blinzeln.

Kurz nach Utrecht trifft sie die Einsamkeit, plötzlich und hart. Unvermittelt reißt der Rhythmus der Industriebauten ab, Streben peitschen vorbei, alles bebt, alles rattert, ein paar zerfaserte Bäume ziehen vorbei, und dann gleitet der Zug an Feldern vorbei. Sie spürt den Druck einer plötzlichen brutalen Stille.

Auf beiden Seiten liegen graue Wiesen vor einem entsättigten Horizont. Sie gehört hier nicht hin. Die kurze Melodie und die Ansage gelten nicht ihr. Es ist nur sie, und das kommt ihr zu wenig vor. Unverhandelbar abgeschnitten. Ihre Handflächen, die sie jetzt an ihren Knien reibt, ihre Brust, die sich hebt und senkt, ihr Atem. Sie drückt die Tasche auf ihrem Schoß, spürt das Gewicht der Waffe. Du hast deine Schlüsse schon gezogen, vertrau ihnen, fang nicht wieder von vorne an. Die Wolken stehen unbewegt. Eine Frau an einem Bahnsteig. Ein Mann mit Hund auf einem Feldweg. Abgetrennt. Abgekapselt. Grashalme erinnern sie an einen Kindheitsurlaub in Dänemark, erinnern sie an Härchen auf dem Unterarm. Büsche, in Linien gezwungen, schützen die Felder. Ein leerer Hochsitz erinnert sie an eine Bühne, erinnert sie an einen dunklen Zuschauerraum, erinnert sie an Lampenfieber.

Die Schaffnerin geht durch den leeren Waggon, und Valerie wünscht sich, sie würde sie nach dem Ticket fragen, sie anlächeln, ihr wenigstens zunicken, irgendwie bestätigen, dass sie da ist, existiert, aber sie geht in starrer Routine den Gang hinunter, sich alle paar Schritte mit sanften Griffen an die Sitzlehnen in Balance haltend.

Valerie ist allein. Das hatte sie doch gewollt, oder nicht?

Der Zug fährt ein. Valerie sieht das Schild durch das Fenster: »Leiden Centraal«. Sie zwingt sich zur Bewegung, streckt ihre Knie durch, steht auf, nimmt ihre Tasche am Gurt. Die Tür öffnet sich schwerfällig, sie tritt auf den Bahnsteig und sieht wie die Zielanzeige sofort auf die Gegenrichtung »Den Haag« umschlägt.

Ein Gerüst überspannt den Bahnhof wie eine Bauzeichnung, wie eine Visualisierung von etwas, das noch konkrete Gestalt annehmen muss. Jetzt, am frühen Abend, ist es belebt, die Menschen kommen von der Arbeit, laufen geschäftig umher, kaufen Zeitungen und Zigaretten, ziehen Koffer, setzen emsig ihre Schritte, alles, damit diese Hülle mit Leben befüllt wird.

Valerie schultert ihre Tasche, sie ist da.

Der Vorplatz des Bahnhofs wirkt noch großstädtisch, aber nachdem sie die Straße überquert hat, streift die Stadt jede Spur einer weiter reichenden Vernetzung ab. Ein Haus trennt seine warmroten Ziegel mit einer Bahn Efeu von einer kargen grauen Fläche ab. Großflächig steht etwas in Kyrillisch darauf. Sie liest den Namen Ossip Mandelstam. Mehr kann sie nicht entziffern. Obwohl die Dunkelheit noch nicht eingebrochen ist, hängt der Mond, bedrängt und allein. Die Wolken schieben sich vorbei, erreichen ihn schließlich, verdecken ihn, umschmiegen ihn, bedrängen ihn. Dann lassen sie ihn wieder allein. Er bleibt unbeeindruckt.

Sie prüft den Standort auf ihrem Telefon und geht weiter in Richtung ihrer Unterkunft.

Die Frau vor dem Hotel lächelt Valerie zu, drückt eine Zigarette im Aschenbecher aus, hält ihr die Tür auf und ist trotzdem Tausende Meilen weg. Ein von allem losgesagter Blick. Valerie dankt ihr. Die trockene Luft im Eingangsbereich des Hotels riecht nach Farbe und Sägespänen. Es riecht wie ein Neuanfang.

Die Frau überprüft Pass und Reservierung, beschreibt den Weg zum Frühstücksraum, breitet einen Stadtplan mit Symbolen für Sehenswürdigkeiten, Restaurants und Freizeitangebote vor ihr aus, gibt auf Englisch Empfehlungen, »this one is fine«, und kringelt dazu scheinbar wahllos Orte ein. Dann noch einmal das unverbindliche Lächeln, während sie den Schlüssel mit dem schweren zylinderförmigen Anhänger behutsam auf den Tresen stellt. Ihre langen Nägel klacken auf dem Glastresen, und darin steckt alles an Liebe, was Valerie von ihr bekommen kann.

52

Cristina zerdenkt es, zerdenkt es entlang der Striche, die sie setzt. Zieht die klaren Linien der Wartehalle am Flughafen harsch auf ihren Zeichenblock. Platziert einen Passagier, der sich in einer Sitzgruppe über den Laptop beugt. In einer halben Stunde startet ihr Flieger nach Amsterdam, von wo sie per Zug nach Leiden weiterreisen wird. Dort wird sie ihr Geld bekommen. Aber was dann? Alles, was ihr Antrieb gegeben hat, ist zusammengefallen. Loredana wurde geblendet, weiß nicht mehr, was sie will. Wenn sie doch nur zur Vernunft käme. Cristina fängt in groben Zügen eine Flugbegleiterin ein, die einen Rollkoffer hinter sich herzieht, und spitzt den Bleistift nach. Beherrscht hat Loredana gewirkt, kontrolliert, als folgte sie geduldig einem Plan. Cristina schraffiert die glatten Kacheln auf ihrer Zeichnung. Sie ist zufrieden mit der Anordnung der Figuren und beginnt, die Linien mit einem feinen Filzstift nachzufahren. Mit dem Radierer bereinigt sie die Zeichnung von den Bleistiftlinien. Als sie fertig ist, wirken die Figuren starr und leblos. Ihr ist elend zumute. Die Skizze hat ihren Schwung verloren.

Der Aufruf zum Boarding tönt blechern durch die Lautsprecher, und sie reiht sich in die Schlange ein. Von München aus ist Amsterdam ein kurzer Flug, leichte Turbulenzen, kaum abgeschnallt, schon erscheint das Gurtsymbol wieder für den Landeanflug. Der Bildschirm an der Decke des Ganges zeigt eine Karte, die Fluglinie, Flüsse und Straßen zerschneiden die Ländergrenzen, als ob sie gar nicht da wären. Alles hat seine Grenzen. Wenn es nur so einfach wäre. Im Doppelglas des Fensters sieht Cristina ihr Spiegelbild zweifach, blass und verschoben wie ein leises Echo. Dann wird es dunkel, und die Lichter der Stadt schimmern, einzelne Autos auf verlassenen Straßen. Der Flieger setzt rumpelnd auf, seine Räder zurren am Asphalt. Cristina hat kein Gepäck aufgegeben, ihre Tasche liegt im Gepäckfach, sie manövriert sie heraus, steht im Gang und hat keinen sehnlicheren Wunsch, als dass die ganze gedrängte Schlange sich endlich in Bewegung setzt und sie aus diesem Schlauch entlässt.

Der Beamte am Schalter mustert ihren Pass eingehend, schiebt ihn über die Stahlfläche, bedankt sich, wünscht ihr einen guten Aufenthalt. Sie verstaut das Dokument sicher in ihrer Handtasche und sucht nach Schildern, die den Weg zum Zug weisen.

*

Feiner Nachtnebel liegt über Amsterdam. Die digitale Tafel am Bahnhof verbindet die Pixel zu Buchstaben und Ziffern, Raum und Zeit in Bezug gesetzt. Rotterdam via Leiden Centraal, 22:37 Uhr, sechs Minuten Verspätung. Auf dem feuchten Bahnsteig spiegeln sich die Masten in den Kacheln, gebrochen, eckig verschoben, instabil geschichtet. Eine fahle Mischung aus Mondlicht und elektrischer Beleuchtung des Bahnhofs. Die Stille ist plötzlich und absolut.

Cristina streckt sich und fröstelt, bewegt sich wieder unter das Hallendach. Es ist kälter, als sie erwartet hatte. Sie sieht einen Shop, geht durch die Glastüren, nimmt eine Wasserflasche aus dem Kühlschrank, wiegt das vertraute Gewicht in ihrer Hand, lässt Münzen in die geöffnete Hand des gleichgültigen Kassierers fallen, das befriedigende Rattern der Kassenschublade registriert ihren Kauf und dokumentiert ihre Spur. Er gibt ihr den Beleg, 22:08 Uhr steht darauf, 1,30 Euro. In dem Moment hat sie ein Gefühl von Hier und Jetzt und versucht, es festzuhalten, solange das möglich ist.

Ihre Gedanken wandern zu der Polizistin. »De Jong ist in Leiden und ich bald auch.« Sie fragt sich, was Stetter vorhat, wie sie Adrian stoppen will, ob sie weiß, dass er eine Waffe hat, ob ihr klar ist, dass sie in Gefahr geraten kann. Aber das ist nicht Cristinas Problem. Man kann sich selbst zu dem machen, was man sein will. Sie hat schon lange entschieden, niemanden mehr zu bemitleiden.

Der Zug fährt ein. »Leiden – Den Haag – Rotterdam« steht auf der Anzeige. Sie folgt der langsamer werdenden Tür ein paar Schritte den Bahnsteig entlang und steigt ein.

*

Im Hotel händigt ihr der Portier einen schweren Schlüssel aus, und sie findet ihr Zimmer im hintersten Winkel einer unübersichtlichen Verschachtelung von mit Teppich ausgelegten Gängen und Stufen. Das Zimmer ist winzig, vor dem schmalen Bett bleibt gerade genug Platz für ihre Sporttasche.

Sie löscht das Licht, schlägt die Decke über sich und fällt in einen tiefen, traumlosen Schlaf.

*

Am nächsten Morgen sind die Straßen voll von Studierenden, die an Ständen die Vorzüge ihrer Universität präsentieren, um Unschlüssige zur Einschreibung zu bewegen. Auf den Kanälen prosten sich junge Menschen auf Booten mit Bier zu. Der Trubel macht Cristina nervös, und sie geht in Richtung des alten botanischen Gartens. Vor dem Eingang hat sich eine Schlange gebildet, und ihr Blick fällt auf einen Bildschirm hinter der Glasfront des Gebäudes.

Ein Mann steht auf einem Feld. Verschiedene Kameraeinstellungen zeigen ihn, mal als ferne Figur in der Landschaft, mal in Detailaufnahmen, er richtet die Fingerspitzen aufeinander, stülpt eine Hand auf die andere, zieht unsichtbare Fäden, reibt seine Handfläche ab. Ein Schild erklärt, dass es sich um ein Gedicht in Gebärdensprache handelt: »Polder« von Wim Emmerik. Cristina schluckt trocken, liest gebannt den holländischen Text, dann die englische Übersetzung. Aus den Strophen springen sie die Verse an

Then not there but here
In the land that is in me
The land in which I was

Immer wieder betrachtet sie die Schleife, um den Ort dieser Zeilen zu finden, aber sie findet sie nicht in den Gesten des Mannes. Sie spürt, dass er sich direkter ausdrückt, dort, wo ihre eigene Sprache aufhört, und ein heftiges Verlangen, ihn zu verstehen, ergreift sie. Doch sie hat anderes zu tun, erinnert sie sich. Es gelingt ihr, sich zu lösen. Sie geht weiter.

Die Zeit bis zum Treffen mit Victor vergeht zäh, und als sie am späten Abend das Bahnhofsgebäude betritt, ist sie froh, dass Victor sie schon erwartet. Ein Lederkoffer steht zu seinen Füßen.

Er breitet die Arme aus, umschließt sie, hält ihre Schultern, mustert sie. »Schön, dich zu sehen«, sagt er beschwingt, »wirklich schön.« Er greift nach ihrer Tasche.

»Nicht nötig«, setzt sie an, aber er hat sie ihr schon entrissen und geschultert, geht mit forschen Schritten voran.

»Entschuldige mich einen Moment, bitte, warte kurz«, er geht in Richtung der Toiletten, wirft Münzen ein, drückt sich mit ihrem Gepäck durch das Drehkreuz.

Cristina bleibt im Gang zurück. Ein Mann passiert sie, dreht den Kopf in ihre Richtung, blickt weg, als sie aufschaut.

Victor kommt wieder raus, diesmal schiebt er die Tasche unter der Absperrung hindurch, hebt sie auf der anderen Seite wieder auf und hält sie Cristina hin.

»Hier. Alles drin«, sagt er. »Kannst ruhig nachsehen.«

Sie greift nach der Tasche, will sie öffnen, aber er umfasst ihr Handgelenk.

»Nicht hier, draußen, wo keine Kameras sind.«

Sie gehen wortlos durch den Tunnel unter dem Bahnhof. Ein milder Wind weht in der Unterführung.

Am anderen Ende kniet Cristina sich hin, öffnet den Reißverschluss der Tasche, zieht einen Umschlag hervor, befühlt die Scheine unter der Lasche. »Bar?«, fragt sie und richtet sich auf. Sie blättert durch die Banknoten. »Da fehlt noch was, oder?«

»Ich wusste, dass du das sagst. Komm mit.«

Auf dem Parkplatz bleibt er vor einem BMW stehen. »Hier.« Er gibt ihr den Schlüssel. »Damit bist du mehr als gut ausbezahlt. Papiere sind im Handschuhfach.«

Sie nickt, steckt sich eine Zigarette zwischen die Lippen und zündet sie an. »Und was machst du jetzt?« Der Rauch wird zur Sprechblase und verflüchtigt sich.

Victor lächelt. »Ich kläre übermorgen noch alles mit Adrian. Dann verschwinde ich.«

»Wohin?«

»Süden habe ich gedacht. Und du?«

Sie überlegt. »Norden.«

Er nickt, als hielte er das für einen guten Plan.

»Also dann. Pass auf dich auf, Cristina Mitu. Adio.«

Sie hebt die Hand. Er macht kehrt, und alle paar Meter taucht seine Silhouette kleiner unter den Kegeln der Laternen wieder auf. Dann ist er weg.

*

Sie öffnet die Tür des Wagens und lässt sich in den Fahrersitz fallen. Das Leder ist kühl und weich. Sie stellt das Radio an und wechselt die Sender, bis sie klassische Musik hört. Ein Orchester klingt aus, und der Sprecher kündigt auf Englisch eine Sonate für Klavier und Cello von Brahms an. Dann geht also doch noch etwas weiter.

Wohin soll sie jetzt? Sie blättert ihren Pass auf. Cristina Mitu. 174 cm. Braune Haare. Grüne Augen. Außer Loredana gibt es niemanden mehr, der sie kennt. Ohne sie weiß niemand mehr, wer sie ist. Sie blättert weiter, befühlt das Papier, riecht an der Falz, das Muster erinnert sie an Geldscheine. Keine Stempel, keine Vermerke bei den Visa. Eine Leere, die sie füllen könnte. Woanders sein.

Sie stellt den Sitz nach hinten. Nur kurz ausruhen. Dann wird sie darüber nachdenken können, was sie als Nächstes tut. Das Cello erhebt sich zu einer schwermütigen Melodie, und irgendwo beginnt ein Strandbiest seinen mühsamen Tanz.

*

Sie erwacht durch ein Klopfen an der Scheibe, Licht scheint ihr ins Gesicht.

»Goedemorgen.«

Sie richtet sich auf, dreht den Schlüssel, lässt die Scheibe herunter.

Eine Polizistin beugt sich zu ihr. »Is alles goed met jou?«

»Sorry. Sorry, I was just …«

»I was worried about you for a second there.«

»I'm fine, thanks.«

Die Polizistin nickt, und Cristina erkennt echte Erleichterung in ihrem Gesicht. Sie streckt sich, stellt den Sitz wieder in Fahrposition, lächelt und hebt die Hand. Im Rückspiegel sieht sie, wie die Frau ihr nachblickt.

Wohin also? Sie ruft die Karte des Navigationssystems auf, zoomt heraus, scrollt nach oben in Richtung Norden, das Wort »Abschlussdeich« zieht sie an. Ein Ende. Ein Ziel.

Sie lenkt den Wagen vom Parkplatz, eine weibliche Stimme weist ihr den Weg. Sie stellt sie ab, fährt durch ein Industriegebiet, über Land, durch kleine Städtchen mit roten Ziegelstraßen, über Waldstraßen mit Einfahrten voller Laub, und dann, nach eineinhalb Stunden Fahrt, erheben sich die Blöcke des Tidesperrwerks am Beginn des Abschlussdeichs, wehrhaft und erhaben, wie ein klassizistisches Portal zu einer anderen Welt.

Sie fährt daran vorbei, zweiunddreißig Kilometer streckt sich der Damm vor ihr, links die Nordsee, rechts das abgerungene IJsselmeer, die Straße in Richtung Nordost.

*

Cristina steht auf der Aussichtsbrücke über dem Abschlussdeich. Eine Bahn, die eine Wasserfläche durchschneidet, im Nebel nichts am Horizont erkennbar. »Sólo es real la niebla.« Milchig und trüb liegt alles da, Windräder stehen starr in der Ferne, und würden nicht die Fahnen an den Masten flattern, die Grashalme im Wind zittern, dann wüsste sie gar nicht, dass etwas lebt, dass Zeit verstreicht. Sie ist den Halmen für ihre Regung dankbar, berührt sie mit den Fingerkuppen, balanciert über wackelige Felsbrocken zum Wasser und hält ihre Hand hinein. Es ist die Stelle, an der der Damm geschlossen wurde, informiert eine Tafel. Die bronzene Figur eines Arbeiters, der mühsam den letzten Stein ablegt, erinnert daran. Wenige Meter von ihm entfernt steht ein Denkmal des Ingenieurs, überlebensgroß, stolz gereckt. So läuft das.

Aber es ist kein Abschluss. Cristina denkt an Lucian und die Fabrik. An das ganze Geld. An ihre Schwester und all die Jahre, die sie aufgewendet hat. Zu was für einem Menschen sie geworden ist. Sie denkt an Adrian, der sie eher hätte draufgehen lassen, als selbst zu Gábor zu fahren. An die Polizistin, die in Leiden ist, um ihn zu stoppen. Betrug bleibt Betrug, auch wenn sich niemand betrogen fühlt.

Nein, sie muss beweisen, dass es anders geht. Dass man sich dazu entscheiden kann etwas zu tun. Auch wenn niemand davon erfährt. Sie weiß, dass Adrian die Zugänge von Victor braucht und dass sie sich morgen treffen. Es ist nicht vorbei. Sie steigt zurück ins Auto und lenkt den Wagen wieder auf die Straße, fährt über die nächste Brücke, schlägt die entgegengesetzte Richtung ein. Zurück nach Leiden. Dieses Mal fliegt rechts der Damm, dahinter die Nordsee, links etwas tiefer das IJsselmeer. Ihr Herz schlägt als innerer Rhythmus, wie von sich selbst mitgerissen. Immer fester pocht es in ihren Fingerspitzen, in ihrer Lunge, Cristina spürt den Fahrersitz, spürt das Lenkrad und gibt noch mehr Gas.

53

Valerie verlangsamt ihre Schritte und lässt Menschen passieren. Sie mag das Gefühl nicht, dass sich jemand in ihrem Rücken befindet. An jeder Ecke dreht sie sich um und prägt sich das Bild ein. Jeder Weg sieht von der anderen Seite anders aus. Der Regen fällt und kehrt nicht zum Himmel zurück. Jeder Eindruck versetzt ihr einen kleinen Stich. Sie macht Bemerkungen zu sich selbst. Wie ruhig die Grachten daliegen. Schau mal, die Äste an den Bäumen. Verknöchert. Schau mal, wie die Sonne an der Baumlinie bricht. Gewaltig. Die Welt entgleitet ihr. Oder ist es umgekehrt? Konzentrier dich. Reiß dich zusammen. Die Menschen hier haben nichts mit dir zu tun. Schotte dich ab, lass die Blicke durch dich durchgleiten.

Da treffen sich zwei Straßen, da kippt etwas. Eine Frau auf dem Fahrrad winkt einer anderen zu, ihre Wege kreuzen sich, sie verringern ihr Tempo, rufen sich etwas zu, beschleunigen wieder. Fast eine Begegnung.

Atme tief durch. Der Moment geht vorbei.

Die Spiegelung der Häuserreihen im Wasser. Im Erdgeschoss haben die Wohnungen große Fenster, aber kaum jemand hat Vorhänge oder Jalousien, die Menschen stehen in Jogginghose am Herd, lümmeln auf der Couch, winken vorbeigehenden Nachbarn zu. »Privatsphäre ist eine relativ neue Denkfigur«, hört Valerie Thomas sagen.

Jugendliche sitzen auf einer Bank in der Sonne, reden aufeinander ein. Einer von ihnen gestikuliert, das Papier, in das sein Falafel gewickelt war, fällt ihm aus der Hand, alle lachen.

Eine irrlichternde Sehnsucht erfasst sie, hier, an diesem Ort, etwas erlebt zu haben, aufgewachsen zu sein, sich beim Anblick einer staubigen Fensterscheibe an das Geschäft zu erinnern, das sich hier mal befand, daran zu denken, wie sie mit ihrer besten Freundin nach der Schule am Kanal entlanggegangen ist, als man sich noch nicht aus den Augen verloren hatte.

Im Hochparterre eines alten Backsteinbaus hat jemand das Licht angemacht. Sie hört das Radio durch das geöffnete Fenster, ein verblasster Druck einer Brücke an der Wand, eine hässliche Deckenlampe, deren schräges Schnittmuster ein zerfasertes Licht über die Wand wirft. Auf dem Regal ist ein Globus verstaut. Wann wurde zuletzt an ihm gedreht?

Sie erreicht ihr Hotel und nimmt die schmalen, weichen Stufen der mit Teppich ausgelegten Treppe. Ihre Tür hakt etwas, aber mit ein wenig Druck schafft sie es, sie zu öffnen. Die Bettwäsche mit einem anderen Muster als der Teppich und der Teppich mit einem anderen Muster als der Sessel. Das Bild über dem Bett zeigt eine Straße, die zwischen Hochhäusern in New York dem Horizont entgegenschießt. Ein Gegensatz von Chaos und Ordnung, denkt Valerie, irgendwie angemessen.

Sie setzt sich auf das Bett und klappt ihren Laptop auf. Also dann. Lass mal sehen, wo du steckst. Eine Nachricht von Victor. Treffpunkt in Den Haag. Morgen Nachmittag.

Valerie tritt auf den Balkon. Es liegt etwas in der warmen Abendluft oder doch in ihr selbst, was nach außen will und sich mit der Wucht von tausend ungelebten Leben spannt. Studentinnen reden laut vor ihrem Fenster, drehen Zigaretten, eine unerträgliche Aura von Aufbruch. Wie viele Richtungen sie zeigen, die Körper einander zugewandt, die Blicke zur Seite. Valerie kneift die Augen zusammen, schwarze Balken im Querformat, wie sie von unten und oben drücken, und der Himmel über den Dächern wird gleichzeitig weiter und enger. Ganz langsam schließt sie die Lider, gleich wird es schwarz, ihr eigener, unendlicher Raum.

54

Adrian zückt seinen Geldbeutel und flucht über Victors Hang zum Dramatischen. Sie hätten sich überall treffen können, in einem beliebigen Park, in einer Tiefgarage, auf irgendeinem gottverlassenen Parkplatz. Wenn er unbedingt einen Treffpunkt mit Zeugen braucht, okay, aber warum unbedingt diesen? Es gäbe doch genug Alternativen. Aber nein, er muss sich unbedingt hier treffen, in diesem Miniland in Den Haag.

Adrian passiert den Eingang. Ein diesiger, grauer Regenschleier liegt in der Luft. Wolken hängen träge über den verkleinerten Straßen, und nur wenige Menschen schlendern wie milde interessierte Riesen zwischen den Miniaturen hindurch. In ihren bunten Regenjacken sieht man sie sofort. Warum jemand die Idee überzeugend fand, das Postkarten-Holland noch mal auf die Größe einer mittelgroßen Grünanlage zu komprimieren, ist ihm schleierhaft. Als ob die fucking Niederlande sonst unüberschaubar groß wären, flucht er vor sich hin, als ob man diese Weite anhand eines Modells begreifbar machen müsste, als ob das nicht schon im echten Leben ein enges kleines Blumenkasten-Idyll wäre, das man gar nicht mehr niedlicher einpacken und verschnüren könnte. Kniehohe Paläste, Bahnhöfe, Kirchen, Lagerhallen, Wiesen mit Windmühlen, Kanäle, auf denen Schiffe fahren, ein Fußballstadion. Enten staksen zwischen den Häusern hindurch, ein Auto liegt auf dem Dach. Zwischen den Modellen mühen sich winzige Menschen ab. Vor einer Open-Air-Bühne steht ein Plattenspieler als Fernsteuerung, ein Junge dreht daran, und die mechanische Menge zappelt panisch. Ohne nachzudenken, ohne zu wissen, was sie antreibt, gehen die kleinen Menschen ihren sinnlosen Beschäftigungen nach. Für Adrian ist das fast schon zu lebensnah. Ob Victor deshalb hierhin wollte, ob ihm das irgendetwas sagen soll?

Wo ist der verdammte Bahnhof? Da wollte Victor sich treffen. Oder war es ein Flughafen? Nein, der Bahnhof. Utrecht, meinte er. Nur dumm, dass er ihm nicht gesagt hat, an welchem Gleis. Ha. Da steht er, mit all seiner plumpen Masse. Sinniert. Schaut den Zügen nach, die vor seinen Füßen magnetisch bewegt über die Gleise zuckeln. Denkt wahrscheinlich, er hätte etwas Würdevolles. Auf seinem Kopf sitzt ein Hut mit breiter Krempe, so etwas hat er noch nie getragen. Die Hände vor seinem Bauch gefaltet, wendet er den Kopf zu Adrian, nickt ihm zu.

»Was ist denn das für ein Auftritt? Was soll das mit dem Hut?«

»Den habe ich heute Vormittag gekauft.« Victor kneift die Augen zusammen. »Ich fand es passend. Für einen Neuanfang.«

Verlieren jetzt alle den Verstand, oder ist er es selbst? Also gut, ganz wie Victor möchte. Adrian stellt sich neben ihn und schaut über die stille Landschaft mit den betriebsamen Menschen. Ein Güterzug hält im Bahnhof. Auf einem See wird ein kleiner Wasserskifahrer von einem Boot gezogen. Die Zeit dehnt sich unerträglich.

»Hast du es bekommen?«, fragt Adrian schließlich.

»Natürlich«, antwortet Victor und schweigt wieder.

Es kann doch nicht sein, dass Adrian ihn zu jedem weiteren Schritt drängen muss. Adrian setzt schon an, da kramt Victor etwas aus der Manteltasche hervor.

»Es sind zwanzigtausend. Mehr habe ich bar nicht zusammengekriegt. Der Zugang zum Schließfach. Ein Kilo Thermit. Das ist mehr als genug.«

Gongschläge erklingen in holprigem Rhythmus, Victor dreht sich in Richtung des Klanges. Ein Mädchen steuert die Kirchturmglocke mit Hebeln. Victor lächelt selbstvergessen und wendet sich wieder Adrian zu.

»Der Stick natürlich, das Wichtigste.«

Er legt Adrian etwas in die Hand, umschließt sie mit beiden Händen und zieht sie wieder zurück, zögernd und behutsam. Der kleine Datenträger und ein kleines, dickliches Männchen. Adrian mustert es. Ein bisschen verwaschen, aber eindeutig: Es ist Victor, auf die Größe der anderen Figuren geschrumpft.

»Ich war vor ein paar Monaten schon mal hier«, erklärt Victor. »Das kann man hier machen lassen. Sie scannen dich und schicken es dir dann zu.«

Adrian wendet die Figur in seinen Fingern. »Danke«, sagt er und schaut dem verkleinerten Victor dabei ins Gesicht. Dann befestigt er den Stick an seinem Schlüsselbund, schiebt ihn in seine Hosentasche.

Victor umarmt ihn.

»Alles Gute.«

»Danke. Wir schaffen das. Ich. Wir …«, Victor zögert. Er saugt Luft ein. »Ich war das mit Wagenbach«, stößt er hervor.

»Du?«

»Ja.« Er stützt sich auf das Geländer und starrt in die verkleinerte Landschaft. Zwei winzige Fensterputzer sinken in ihrer Hängebühne an einer Glasfassade herab.

»Ich war mit einer Arbeiterin da.«

»Wer?«

Victor schüttelt den Kopf. »Die Schichten waren unterbesetzt. Sie wollte, dass er mehr Personal einstellt, deshalb bin ich mitgekommen. Das wäre ja auch für uns gut gewesen. Aber er dachte, sie droht ihm. Da war das mit den Geldeintreibern gerade passiert. Er hat geglaubt, sie gehört dazu. Dann hat er geschrien. Hat sie gewürgt.«

Ein Karpfen nähert sich dem Modell eines Kreuzfahrtschiffes wie ein Seeungeheuer, bringt es ins Wanken.

»Und dann hast du ihn erschlagen.«

»Da stand diese Statue neben mir«, sagt Victor. »Ich dachte nicht, dass er stirbt.«

»Warum hast du nichts gesagt?«

»Ich wollte sie da raushalten.«

»Trotzdem. Wie lange kennen wir uns?«

Victor nickt. Er weiß. Am anderen Ende des Parks wogt ein Baum im Wind. Die Äste umwallen mit den Blättern ihr Inneres, als umarmten sie sich selbst.

»Manchmal kann man nichts machen.«

»Ist auch egal jetzt.«

»Das ist wohl wahr. Mach es gut«, schiebt Victor nach.

»Ja«, antwortet Adrian, »ja, du auch, mach es gut.«

Mit langsamen Schritten geht Victor davon, ein schwerfälliger Riese über malerischen Dächern, und Adrian spürt nichts, schaut ihm hinterher, wie er verschwindet, prägt es sich ganz genau ein, merkt sich jedes Detail dieses Bildes für ein Gefühl, das später folgen wird.

55

Cristina beobachtet Adrian vom anderen Ende der Modellstadt aus und versucht, das alles zu begreifen. Victor verlässt den Park, und Adrian blickt ihm nach. Was für ein absurder Auftritt. Gleißender Zorn steigt in ihr auf. Es ist ein Spiel für sie, eine Inszenierung, das war der Abschied, die beiden überlebensgroß über winzigen Dächern einer ganzen Welt. So sehen sie sich, nicht der geringste Kratzer in ihrem Selbstbild.

Cristina verhält sich unauffällig, geht zu einer der Stationen. Ein Tanker brennt, sie pumpt Wasser, richtet die Düse eines Rettungsbootes in seine Richtung und löscht die Flammen.

Adrian steht immer noch wie versteinert da, auf ein Geländer gestützt. Sie spaziert weiter, lässt das Publikum eines Festivals tanzen, erlöst die kleinen Menschen aus ihrer Starre. Nach einer Weile erfasst sie ein Gefühl der Verbindung. Da machen sie vor sich hin, widmen ihr ganzes Wesen dem Augenblick, zappeln vor der Konzertbühne, exerzieren vor dem Palast, folgen einer kirchlichen Prozession. So dankbar und demütig und fleißig. Aus dem Augenwinkel vergewissert sich Cristina, dass Adrian seinen Ort nicht verlassen hat.

Sie hat ihn vom Hotel bis hierhin verfolgt, seinen scheinbar absichtslosen Spaziergang durch die Stadt. Es hat sie angestrengt, ihn im Auge zu behalten und gleichzeitig auf die Polizistin zu achten, die ihm ebenfalls gefolgt ist. In einigem Abstand zu Adrian, in einem weinroten Wollmantel und einer Mütze, nicht direkt verkleidet, aber ihren Stil verändert. Cristina hat sie trotzdem erkannt, an dem staksigen, ungelenken Gang. Sie kann sich nicht sicher sein, dass Stetter sie nicht gesehen hat, aber nichts lässt darauf schließen, dass doch. Also bleibt sie bei ihrer Annahme. Sie hat sich dagegen entschieden, sie anzusprechen.

Die Polizistin will einen Beweis für Adrians Schuld sichern. Sie tut das auf eigene Faust, ganz so, wie Cristina ihr das zugetraut hat. Die Frage ist nur, wann sie sich aus der Deckung wagt und Adrian konfrontiert. .

Erst hat es Cristina beunruhigt, wie viel Abstand die Polizistin zu Adrian zuließ. Aber nachdem sie immer wieder beobachten konnte, wie Stetter ihren Laptop kurz aufklappt, um sich ihm dann wieder zu nähern, hat sie verstanden, dass sie ihn tracken kann. Ab dem Zeitpunkt hat sich Cristina an sie gehängt und darauf vertraut, dass sie an Adrian dranbleibt. Ist ganz hinten in den Zug nach Den Haag eingestiegen, hat sich im letzten Moment in die Straßenbahn gedrückt und einige Zeit nach den beiden den Eingang in das Miniaturland passiert. Und dann diese wunderliche Scharade, Victor mit einem breitkrempigen Hut, die Übergabe von etwas, das sie nicht erkannt hat.

Sie schlendert weiter und verharrt in einiger Entfernung hinter Miniatur-Palästen. Adrian hat sich auf den Boden gesetzt und vergräbt das Gesicht in den Armen. Stetter fixiert ihn in angespannter Haltung aus der Ferne. Adrian reibt sich die Stirn, rappelt sich auf und geht. Einige Augenblicke später folgt die Polizistin, und auch Cristina setzt sich in Bewegung. Die kleine Modellbauwelt wirkt wie in einem plötzlichen Moment eingefroren, wie in Filmen, wenn die Bombe kommt oder es gleich blitzt, eine Katastrophe, die alle betrifft. Züge, Lkws, ein Auto, das den Grip auf nasser Fahrbahn verliert, Schiffe in den Kanälen. Da verlädt ein winziger Arbeiter tapfer ein Paket. Sein Rücken biegt sich unter der Anstrengung. Ein anderer kleiner Mensch reckt schon die Hände nach dem Bündel, aber erreicht es nicht. Cristina bückt sich, bricht den Paketträger aus der Verankerung und steckt ihn in die Handtasche. Sein Pendant bleibt mit ausgebreiteten Armen zurück und streckt sich einer unsichtbaren Erlösung entgegen.

56

Adrian sitzt im Zug, die Hand in der Jackentasche um den USB-Stick geklammert, schaut aus dem Fenster, obwohl die Sonne untergegangen ist und draußen nichts zu erkennen ist. Das Innere des Waggons spiegelt sich in einer Glasscheibe vor ihm, bis auf ein paar blasse, unscharfe Gesichter weiter hinten ist er leer. Jetzt hat er nur noch eine Sache zu tun. Das Thermit wartet im Schließfach auf ihn. Morgen wird er es holen.

Zwei Schritte in Richtung Tür und hinaus. Eine schnarrende Durchsage, Zischen. Die Türen schließen sich. Er schaut zurück. Die daseinsleeren Gesichter nehmen wieder Fahrt auf. In Leiden angekommen fühlt er sich dem Bahnhof ausgesetzt, die weißen Streben schlagen Bogen, er ist erleichtert, als er wieder in die schmalen Gassen abtaucht. Auf der Straße hört er nur seine eigenen Schritte. Er geht an der Kirche vorbei, über das Pflaster im Fischgrätenmuster. Geschwungene Schrift auf dunkelrotem Hintergrund dringt an sein Bewusstsein. »Where are you going in such a hurry?«, fragen ihn die Worte von der Hauswand, diese verdammten Gedichte schauen ihm in jeder Gasse über die Schulter.

Er erreicht sein Hotel, grüßt den Portier, ist erleichtert, dass hier alles ist, wie überall, dass die indirekte Beleuchtung der Sitzecken aussieht wie an jedem anderen beliebigen Ort. Hier gibt es nichts Spezielles, keine Ausnahmen, und das schließt ihn mit ein. Er bestellt an der Hotelbar bei einem ebenso austauschbaren Barkeeper einen Wodka und ein Glas Wasser, danach noch einen und noch einen. Erst kann er den Gedanken verscheuchen, noch mal loszuziehen, aber dann wird er zu stark, blaues Licht auf gebräunter Haut, einmal die Kontrolle abgeben, aufhören zu planen, diese Kopfmaschine pausieren lassen. Er fährt nach oben.

Das Hotelzimmer ist leise, die Fernbedienungen für Receiver und Fernseher liegen auf dem Tisch wie ein zwangsverkuppeltes Pärchen, und er klebt den Zugang zum Schließfach mit Tape an die Unterseite der Nachttischschublade und macht, dass er wieder wegkommt.

Er verlässt das Hotel, kauft eine Dose Bier im Shop nebenan, feierwillige Touristen kommen ihm entgegen. Ein paar Straßen weiter geht er in eine beliebige Kellerkneipe, setzt sich in die Ecke, dann spült ihn der Alkohol nach vorne, immer weiter, bis er an der Bar landet und sich mit Fremden austauscht. Die Barkeeperin ist aufmerksam. »Noch eins?«, fragt sie, als sein Bier zur Neige geht, da passt jemand auf ihn auf. Kokain raunt eine Stimme, und er möchte zu allem Ja sagen, kichert in sich hinein bei dem Gedanken, von einem dieser Straßenwürmer zu kaufen.

Zwei Männer geraten in Streit, der eine wankt langsam vor und zurück, ruft etwas mit schwerer Zunge. Der andere lallt etwas zurück. Weshalb sie sich eigentlich streiten, könnten sie nicht mehr in Worte fassen, Adrian sieht förmlich in ihren dummen Gesichtern, wie sie damit ringen. Und so schlägt der eine Mann dem anderen mit der flachen Hand ins Gesicht, die Bewegung ist langsam, genauso langsam, wie der andere ein paar Schritte nach hinten wankt, bevor er der Länge nach hinfällt. Die Überzeugung erfasst Adrian, dass er schlichten könnte, dass er ihnen helfen könnte, ihren Konflikt zu lösen, aber sie sind nicht empfänglich für seine Hilfe. Als er mit beruhigender Geste, na, wer wird denn gleich, an sie herantritt, spucken sie ihm Schimpfworte entgegen, plötzlich gegen ihn verbündet. Das hat er davon. Dieser Abschaum ist es nicht wert, also dreht er ab, weitertrinken, gar nicht darum kümmern, es geht nur noch um ihn.

Und plötzlich steht sie da, diese Polizistin. Er sieht sie durch die Menge im Gewölbe, ihr blasses Gesicht, in dem zitternder Hass steht, und dann ist sie mit einem Schlag wieder verschwunden. Er kneift die Augen zusammen und ruht sich in der schwarzen Fläche aus, reißt sich zusammen. Du siehst ja schon Gespenster. Gespenster, das gefällt ihm. Er sagt etwas in Richtung der Barkeeperin, das er sofort wieder vergisst. Sie stellt ein Schnapsglas mit einer rötlichen Flüssigkeit vor ihn. Gespenster, Geister, Dämonen.

»Ich bin kaputt«, sagt er zu ihr und versucht, sie an der Schulter zu berühren. »Ich brauche wen.«

Sein klägliches Geständnis ist nichts Neues für sie, eines unter vielen. Sie nimmt seine Hand und legt sie entschieden auf dem Tresen ab.

»Morgens um drei sind alle kaputt«, antwortet sie in akzentfreiem Deutsch und wendet sich ab.

Er kippt den Schnaps herunter, der Alkohol flammt kurz vehement in ihm auf, lässt ihn die ganze Brust spüren, nimmt ihm mit einem Mal die ganze Enge. Irgendwo klingelt ein Telefon mit dünnem Ton, warum hebt niemand ab oder stellt es aus? Er dreht sich unwirsch um, es klingelt ganz in der Nähe im Gedränge, eine Gruppe hübscher, verachtenswert internationaler Menschen schiebt sich an ihm vorbei, er verzieht das Gesicht zu einem Grinsen, prostet ihnen zu, der Ton wird lauter, er ist innerlich schon aufgespannt, bereit, seine Faust schnellen zu lassen, dann hört das Klingeln auf.

Er wankt auf die Toilette und zieht, richtet noch eine Line auf seinem Handydisplay zurecht, hält sie einem fremden Typen hin, der aus der Kabine stolpert, der winkt ab. Er zuckt mit den

Schultern und pustet das Pulver in die Luft. Dann nicht, dann eben keine Freunde.

Er geht raus in diese lächerlich putzige Stadt, aus der Hörweite der Wortfetzen mit niedlichen Endungen, bierje, nettjes, lekker. Er dreht sich um, links, rechts, geradeaus, bewegt sich in die Richtung, in der er das Hotel vermutet, setzt einen Fuß vor den anderen, geht zum Pinkeln in ein Gebüsch, hebt den Kopf, sieht Buchstaben, versucht, sie zu entziffern: »Mijn moeder is mijn naam vergeten.« Meine Mutter hat meinen Namen vergessen. Er lacht verzweifelt.

*

Mit erhobener Hand passiert er den Portier, der schaut kurz auf, dann wieder in seine Zeitung, dann noch einmal auf. Adrian weiß nicht, wie der Typ die Lage einschätzt, aber aus seiner Sicht ist sie stabil, alles im Griff, keine Probleme. Der Fahrstuhl setzt sich in Bewegung, und Adrian kann die Richtung nicht spüren, und das versetzt ihn kurz in Panik, aber dann öffnet sich die Tür, und tatsächlich: Er ist nach oben gefahren. Im Gang ist es stockdunkel, das fensterlose Innerste des Gebäudes, was ist mit dem verdammten Bewegungssensor? Adrian fuchtelt unkontrolliert in alle Richtungen. Mit einem Mal flackern die Leuchten doch noch unsicher auf, unzuverlässig, fahrig, er kann ihnen nicht trauen. Schnell raus aus diesem Licht, hinter die Tür, in das Zimmer, die Schuhe abgestreift, sich der Kleider entledigt, unter die Dusche. Ausgedrücktes Shampoo-Päckchen. Traurig. Perlen auf der Armatur, als ob sie für immer dortbleiben. Den Duschkopf mit dem Strahl über den Hinterkopf, als krault ihn jemand am Nacken.

Er steht vor dem Bett, und die Symmetrie der beiden Kopfkissen, der beiden eingesteckten Bettdecken, der beiden Nachttischchen mit den Lampen, der beiden Matratzen mit dem Spalt in der Mitte überwältigt ihn. Hier ist doch nur er, nur er, nur er, wo soll er hin und warum ist niemand mit ihm hier? Tränen brennen, er weint, bis er sich selbst dastehen sieht, mit den zuckenden Schultern und den aufschluchzenden Lauten. Wie lächerlich das ist. Er atmet ein, reibt sich die Augen, geht auf den Balkon, traut sich nicht an die Brüstung, traut sich nicht.

Er nimmt eine Flasche Wasser aus der Minibar, hält sie sich in den Nacken, nimmt einen Schluck. Er schaltet den Fernseher ein, rutscht auf die linke Seite des Bettes. Der Nachrichtensprecher führt durch so etwas wie Weltgeschehen, irgendwo vergeht also noch Zeit, denkt er, bevor ihm die Augen zufallen. Es hört nicht auf. Es hört und hört nicht auf. Es hört und hört und hört und hört und hört und hört.

57

Ein feiner Nieselregen setzt ein. Valeries Herz pumpt, und mit jedem Schlag verstärkt sich etwas in ihr, bis es so groß ist, dass sie es fast nicht mehr erträgt. Sie hatte de Jong kurz aus den Augen verloren, und als sie einen Schritt in den Raum ging, stand er da. Zum Glück konnte sie schnell genug aus seinem Blickfeld verschwinden. Eigentlich ein leichtsinniger Fehler von ihr, aber jetzt ist sie froh, dass es so gekommen ist. De Jongs Blick hat sie beflügelt. Die geweiteten Pupillen, der kurze Moment, in dem er erschrak und sie zu dem wurde, wovor er sich fürchtet. Sie weiß nicht, ob er sich daran erinnern können wird, so zugeballert, wie der war. Sie wird ihn nicht aus der Verantwortung entlassen, und das flutet sie mit Adrenalin. Sie musste sich selbst wieder herunterregeln, ihren Atem hemmen, den Eingang der Bar aus der Distanz beobachten, an der frischen Luft. Sie hat gesehen, wie er in ungeraden Linien in Richtung des Hotels gewankt ist, ist ihm geduldig gefolgt, obwohl er viel länger für den Weg gebraucht hat, als nötig gewesen wäre. Kurz darauf hat sie ihn noch einmal von unten auf seinem Balkon erkannt, inzwischen ist das Licht aus.

Sie steht an der Straßenecke. Die geladene Waffe drückt an ihre Brust. Sieht nicht so aus, als ob er noch einmal herauskommt. Sie macht sich auf den Nachhauseweg, nimmt sich vor, früh wieder hier zu sein. Was auch immer de Jong benötigt hat, sie ist sicher, dass Radu es ihm gegeben hat. Was sonst war diesen Auftritt wert? Alles Geld, alle Kontakte, alles, was Valerie die letzten Monate mühsam versucht hat zusammenzutragen, alles, was ihn belastet und was er braucht, ist jetzt auf diesen einen Zugang konzentriert.

Alleinstehende Häuser mit umzäunter Gartenfläche um sie herum, viele ältere Gebäude, keine Geschäfte, keine Waschsalons, nichts Erleuchtetes außer einigen Fenstern und einer Stille, die in der feuchten Luft hängt, die mit ihr eins wird. Einzelne Tropfen fallen, genug um das Display ihres Telefons zu stören, aber nicht genug, um sie zu durchnässen. Das feuchte Pflaster glänzt, und der Himmel ist eine leichte Nuance zu hell dafür, dass es mitten in der Nacht ist. Erleichtert schließt sie die Tür des Hotelzimmers hinter sich, und es irritiert sie kurz, wie schnell sie das Zimmer schon als Zuhause empfindet. Sie legt sich ins Bett, draußen auf dem Gang hört sie Stöckelschuhe, die das billige Laminat abmessen, jemand schließt eine Tür auf und wirft sie ins Schloss. Sie klappt den Laptop auf, de Jongs Standort hat sich nicht verändert. Dann schläft sie ein.

*

Valerie wacht vor acht Uhr auf. Ihr erster Blick gilt dem Display, der Punkt blinkt an den gleichen Koordinaten. Sie spürt, wie ihre Fingernägel am Kopfkissen kratzen und sich in seinem Stoff verhaken. Es kommt ihr vor, als wären sie wieder viel zu schnell gewachsen, genauso wie ihre Haare. Sie fragt sich, ob das eine finale Anstrengung ihres Körpers ist. Ihre Kleider kleben restfeucht an ihrer Haut. Sie hat es nicht einmal mehr geschafft, sich auszuziehen. Sie schneidet die Nägel und wäscht ihre Hände, fühlt sich besser.

*

Die Luft draußen steht kalt und klar über dem Kanal, als erwartete sie etwas, aber es ist Valerie selbst, die etwas erwartet. Unweit des Hoteleingangs spiegelt sich eine alte Windmühle im Wasser. Sie greift nach den Steinen in ihrer Manteltasche, tastet ihre vertraute Struktur. Vielleicht sind sie Milliarden Jahre alt, und in ihre Rillen ist das Wissen längst vergangener Zeiten eingeschrieben, ohne dass sie Zugang dazu finden könnte. Sie nähert sich einer kleinen Böschung und geht in die Knie. Was benutzt man, um seine Erinnerung festzuhalten? Das Wasser liegt ruhig da. Sie holt aus und wirft. Der Stein versackt mit dem ersten Aufkommen. Sie angelt nach dem zweiten, lässt ihn hinterherschnellen, er setzt auf der Oberfläche auf, immer engere Abstände, immer engere Kreise, die sich verschlingen.

Sie macht sich auf den Weg zu Adrians Hotel und hofft, dass der Punkt an seinem Fleck verharrt. Die Stadt erwacht langsam, die Menschen spazieren zwischen den Grachten, deren Netzwerk sie umgibt. Valerie spürt eine unvernünftige Nähe zu jedem, der ihr begegnet, aber das kommt daher, dass sie hier fremd ist.

Sie ruft Thomas an. Er meldet sich. Es gehe gut. Selber? Auch. Dann schweigen sie.

Eine Familie läuft vorbei, die Mutter schaut sich um, bevor sie über die Straße gehen, die anderen folgen ihr, ohne sich umzusehen. Ein grundsätzliches Vertrauen, eine schöne, harmonische Einheit. Sie gehen um die Ecke. Die Grashalme von der Zugfahrt kommen ihr in den Sinn.

»Waren wir früher eigentlich mal in Dänemark?«, bricht Valerie das Schweigen.

»Dänemark? Nein. Warum?«

»Egal.«

»Na dann, bis bald«, sagt Thomas.

»Mach's gut«, antwortet Valerie.

Dann legt Thomas auf.

Ihr Handy vibriert. Eine weitere Nachricht von Magnus auf der Mailbox. Er klingt ungehalten. Die Worte, die er benutzt, greifen nach ihr, ohne sie zu berühren. Mehrere Tage unentschuldigt. Verlust der Besoldung. Dienstenthebungsverfahren. Lachhaft. So technisch. Sperrig. Groß.

Sie spürt eine Beklemmung in der Brust, und ihre Lunge saugt wie aus eigenem Willen Luft ein. Sie schaltet ihr Telefon aus.

Sie erreicht das Hotel und wirft vorsichtig von der Seite einen Blick in den Frühstücksraum, der von außen durch die Glasfassade einsehbar ist. Von de Jong keine Spur. Ein Mann sitzt am Fenster, vor sich weder Display noch Zeitung. Er trinkt in regelmäßigen Abständen aus seiner Tasse. Einmal so versunken sein. Sie geht weiter, nimmt ihn immer noch aus dem Augenwinkel wahr, und wenn sie jetzt hochschauen würde und seinen Blick träfe, der auf ihr liegt, dann wäre das wie eine Berührung. Sie hebt den Kopf, aber er hat sich abgewendet, das Kinn auf die Hand gestützt.

Sie überquert den Kanal und setzt sich auf eine Bank, ein Strauch macht die Blicklinie etwas sicherer. Der Abstand reicht aus, sie keinem unnötigen Risiko auszusetzen, und ist gering genug, de Jong folgen zu können. Sie nimmt eine der Broschüren des Hotels aus ihrer Handtasche. Aus dem Augenwinkel behält sie den Eingang des Hotels im Blick.

Das schmale Heft erklärt den Hintergrund der Wandgedichte. Muurgedichten. Sie blättert es durch. Worte in Sprachen, die sie nicht versteht und ihre englischen Übersetzungen.

Petersburg! I don’t want to die yet!
You know my telephone numbers.
Petersburg! I’ve still got the addresses:
I can look up dead voices.

Die Worte springen sie aus der Mitte eines Gedichtes von Ossip Mandelstam an, und ihr wird unwohl. Sie liest den Begleittext. Er wurde im Zuge der Stalinschen Säuberungen verhaftet und ins Arbeitslager gezwungen. Als er nicht mehr veröffentlichen durfte, hat seine Frau Nadeschda seine Gedichte auswendig gelernt, um sie später niederzuschreiben. Ein Mensch als Speicher. Was für eine Angst sie gehabt haben muss, Worte zu verlieren.

Valerie schaut auf und erschrickt, als sie de Jong aus dem Eingang treten sieht. Fast hätte sie den Moment verpasst. Sie verstaut die Broschüre in ihrer Tasche, erhebt sich und folgt ihm. Er wirkt ziellos, nähert sich aber schließlich dem Bahnhof, Leiden Centraal. Das Gebäude erhebt sich, sein Gerüst wie mit weißer Kreide gezeichnet, in seiner Vorläufigkeit wie eine Struktur. Es gibt keine Menschenmenge, in der sie sich verstecken könnte, nur die leere Halle. Er legt seine Karte an das Lesegerät und passiert das Drehkreuz. Hastig zieht Valerie einen Fahrschein am Automaten. Er geht die Treppen hinauf. Valeries Augen suchen hektisch die Anzeigentafel nach den nächsten Abfahrten ab. Sprinter Haarlem. Intercity Vlissingen. Intercity Leeuwarden. Aber vor dem Bahnsteig biegt er in Richtung der Schließfächer ab. Aus der Entfernung beobachtet sie, wie er eine Tür öffnet, eine Sporttasche hervorzieht, in eine Tüte schaut, sie wieder verstaut und den Reißverschluss schließt. Dann geht er wieder. Hier ist das Zentrum, hier ist der Kern, wenn nicht von hier, von wo soll es dann irgendwie weitergehen?

Vor dem Bahnhof kauft er bei einem Fischhändler eine Flasche Wasser und leert sie gierig. Einige Male bleibt er unentschlossen vor Cafés stehen, schaut in die Winkel. Vermutlich sucht er nach Kameras. Schließlich setzt er sich in den Außenbereich eines Cafés, der um die Ecke herum bis in eine schmale Gasse zwischen den Häusern führt. Er hat einen Platz ohne Überwachungskamera, ohne dass seine Anwesenheit zu einem bestimmten Zeitpunkt dokumentierbar wäre. Da sitzt er, harmlos, scheinheilig. Er klappt den Laptop auf und sagt beiläufig etwas zu dem heraneilenden Kellner. Jetzt greift er auf sein Backup zu, sagt sie sich, jetzt sichert er sein Kapital, jetzt wäre der Moment. Das Morgenlicht trifft ihn, nicht scharf mit gleißenden Umrissen, nur leicht akzentuiert.

Valerie bewegt sich aus dem Sichtfeld. Die Gasse ist zu eng, als dass sie sich unbemerkt nähern könnte. Egal, von welcher Seite. Ihre Finger streichen über den Griff der Waffe. Sie hier zu ziehen, undenkbar. Und wie sollte sie ihn so schnell überwältigen, dass er das Gerät nicht zuklappen kann? Ihr Puls schlägt mit der Zuversicht einer Bassdrum, flattert durch sie wie ein Bebop-Solo. Sie denkt an das Geräusch, mit dem sie die Waffe geladen hat. Metallisch, schwer. Das ist jetzt da drin. Klack, klack. Es ist drin und will raus. Klack, klack.

Sie wünschte, sie hätte ein Image dieser Situation. Immer wieder neu. Einen Speicherstand, von dem sie ausgehen könnte. Alternativen durchprobieren. Aber das geht natürlich nicht. Sie muss sich entscheiden.

Zu spät. Er klappt den Laptop zu, endgültig, wie es ihr vorkommt. Tropfen fallen. Wieder eine verpasste Chance. Ein Auto fährt vorbei, und der feine Regen zeichnet seinen Lichtkegel körnig in die Luft wie aus Pixeln. Nach und nach drängt der Niederschlag die Menschen an die Wände, in die Hauseingänge, unter Vorsprünge, in Geschäfte. Sie sucht Zuflucht unter einer Markise, das Trommeln der Tropfen klingt gedämpft. Sie stellt sich zu einer kleinen Gruppe, die sie mit einem einfühlsamen Lächeln aufnimmt, fast schon entschuldigend, als hätte die Ansammlung den Regen erst verursacht. Wie ein Publikum stehen sie jetzt auf der anderen Straßenseite, gegenüber von de Jong, der ins Innere geflüchtet ist. Es gießt immer stärker. Valerie sieht die Striemen fast nicht mehr, sondern nur noch die kleinen Trichter auf dem schwarzen Asphalt, wenn die Tropfen zerstieben. Sie werden immer mehr. Valerie müsste handeln, aber wie? Dann kommen die ersten Hagelkörner, fein und weiß, vom Wind weggetragen, kaum dass sie den Boden berühren. Auch die wenigen Menschen, die dem Regen noch getrotzt haben, suchen jetzt Schutz in den Hauseingängen. Valerie schaut nach oben. Die Backsteine an der Ecke des Gebäudes stehen über, ineinander verkantet, wie gefaltete Hände.

58

Cristina sitzt in einem Restaurant am Fenster. Der Regen schützt sie vor Blicken, aber die Striemen an der Scheibe machen es ihr schwer, die kleine Menschenmenge mit Stetters Gesicht darin zu erkennen. Seit Adrian nach drinnen gegangen ist, kann sie ihn nicht mehr sehen. Sie muss darauf vertrauen, dass die Polizistin ihn im Auge behält. Aber das wird sie. Cristina nimmt eine Serviette, zeichnet die Umrisse des Fensters darauf. Sie wartet, bis sie die Sicherheit spürt, die Linie richtig zu setzen, dann drückt sie auf. Das beruhigt sie. Sie fährt die Markise ab, die kleinen Vorsprünge unter den Fenstern des Hauses darüber. Die Gruppe als Ansammlung ausschraffierter Gestalten, davor Stetter mit zu hart geratenen Gesichtszügen. Den Blick auf Adrian gerichtet, da ist Cristina ganz sicher. Sie bewegt die Mine mit sanftem Druck über das Papier, fährt angedeutete Formen mit Bestimmtheit nach, definiert, setzt Proportionen. Immer noch wartet sie auf den Moment, in dem Stetter etwas unternimmt. Ein Wunder, dass Adrian die Polizistin noch nicht entdeckt hat. Aber sie stellt sich nicht schlecht an. Wie sie sich auf die Parkbank gesetzt hat, um zu lesen. Wie geschickt sie ihr Tempo anpasst, sodass sie nicht auffällig verharren muss, ihn aber auch nicht aus den Augen verliert. Cristina sieht sie verschwommen, es wirkt, als ob sie zittert, vielleicht ist sie wütend, aufgebracht, ängstlich, aber vielleicht sind es auch nur der Wind und der Regen. Keine Sorge, ich übernehme das. Gut gemeint, aber das ist meine Sache. Das geht dich nichts an, oder zumindest nicht so viel wie mich. Und doch würde Cristina ihr gerne beistehen, wie sie dort steht, blass und entschlossen.

Jetzt folgen Stetters Augen etwas, und sie löst sich aus der Gruppe, obwohl der Regen kaum nachgelassen hat. Cristina steht auf und tritt auf die Straße. Ihre Schuhe geben nach wenigen Schritten die Feuchtigkeit nach innen, ihre Hose klebt kalt an den Waden. Sie läuft, bis sie beide wieder im Blickfeld hat, und verlangsamt ihre Schritte. Adrian schlägt sich durch die Gassen, die Polizistin mit Abstand dahinter. Die Pieterskerk erhebt sich monumental am Ende der Straße, ein Satz erreicht Cristina aus dem Augenwinkel, von einer erhöhten Mauer aus: »anders lächelnd als die andern Schwestern.« Sie stoppt, macht ein paar Schritte zurück, um mehr zu erkennen. »Das ist die Sehnsucht«, steht in vornehmer Schrift an der schmutzigen Wand. Stetters roter Mantel entfernt sich. »Das ist die Sehnsucht: wohnen im Gewoge und keine Heimat haben in der Zeit«, saugt sie hastig auf, noch sieht sie Stetter, »Und das sind Wünsche: leise Dialoge täglicher Stunden mit der Ewigkeit«, der rote Punkt hat die Kirche fast schon erreicht, »Und das ist Leben. Bis aus einem Gestern die einsamste von allen Stunden steigt, die, anders lächelnd als die andern Schwestern, dem Ewigen entgegenschweigt«, es ist, als ob die Gedichte etwas über sie wissen.

Stetter biegt ab, und Cristina spurtet los. An der Ecke schaut sie sich um, sieht Stetters abgehackten Gang, erleichtert schließt sie zu ihr auf. Adrian biegt nicht in Richtung des Hotels ab. Wo will er jetzt hin?

59

Adrians Atem beruhigt sich. Alles ist transferiert und zusammengeführt, seine Kryptowährungsfonds vermischt, nichts ist mehr zu den Quellen zurückzuverfolgen. All sein Geld in einem Zugang. Jetzt muss er sich nur noch um die Festplatte des Laptops kümmern. Victor hat ihm die sicherste Methode verraten. Es darf kein Zweifel daran bleiben, dass es funktioniert hat, nicht der geringste, sonst ist es kein echter Neuanfang, sonst wäre da immer noch ein zaghaftes Was-wäre-Wenn in seinem Hinterkopf, und allein das ist schon zu viel. Sogar Geräte, die von der Sprinkleranlage vollkommen durchnässt waren, konnten in den Ermittlungen teilweise noch ausgelesen werden, hat sein Anwalt gesagt. Der Laptop muss weg. Dann ist alles einfacher, kompakter, überschaubarer. Dann bleibt nur noch das Passwort, seine ganz eigene Lebensversicherung, mit allen Konten, allen Nachrichten von Kober und Hendrik, einmal auf dem USB-Stick gespeichert, einmal auf einem Stück Papier, einmal mit dem Handy abfotografiert.

Es ist viertel nach sechs. Der Regen hat sich so plötzlich wieder gelegt, wie er begonnen hat. Zu Fuß ist das Industriegebiet eine Dreiviertelstunde entfernt. Gassen münden in Straßen, die geschlossenen Fassaden brechen auf, alles wird weiter und flächiger. Kinder kommen ihm lärmend entgegen, und ihm fällt mit einem Mal ein, dass Paul nur Deutsch kann, kein Holländisch, kein Rumänisch. Jasmin wollte es so. Was für ein Versäumnis, nur im Deutschen zu schwimmen wie die Amöbe im Brackwasser. »Meine Mutter hat meinen Namen vergessen«, erinnert er sich an das Gedicht, aber jeder wird irgendwann beweint oder beweint jemand anderen. Was anderes gibt es nicht. Es sticht wieder zwischen seinen Schläfen, das kann doch nicht normal sein, aber darum wird er sich kümmern. Wenn das alles hier endlich vorbei ist, geht er zum Arzt. Er sieht die grauen Bauten am Ende der Straße und fasst neue Zuversicht. Noch hat er die Kontrolle. Seine Waffe wiegt schwer in seiner Jackentasche. Ein Lkw wendet behäbig in einem Hof, aber ansonsten ist um diese Zeit niemand mehr hier.

Die Halle hat er schon gekündigt, aber noch läuft sie auf seinen Namen. Er war selbst schon lange nicht mehr hier, daher dauert es eine Weile, bis er sie findet. Schilder mit nichtssagenden Firmennamen, immer gleiche Fenster mit Jalousien, die dreieckigen Dächer auf grau-braunen Ziegelsteinen. Hier kann man verschwinden. Er sieht das Logo, Lux Leasing, und kann sich nicht gegen einen widersinnigen Anflug von Stolz wehren, als hätte das Unternehmen echte Kunden, als hätte er es langwierig aufgebaut. Er schließt die schwere Tür auf.

Die Halle ist leer, die Montagegrube zieht eine Kluft durch den Raum, eine Treppe führt hinunter, die Ränder sind mit schwarz-gelben Warnstreifen abgesetzt. Die Autos hat Hendrik schon letzte Woche wegbringen lassen, seinen Anteil einbehalten. Besser so. Dann kann er ihm aus dem Weg gehen. Niemand will mehr etwas von ihm. Seine Schritte hallen. Er räuspert sich, und seine Stimme dröhnt durch den Raum. Licht fällt durch die Deckenfenster, und für einen Augenblick ist er davon abgelenkt, wie die Staubpartikel im Schein wirbeln. Er betätigt den Lichtschalter, aber es tut sich nichts. Im Sicherungskasten riecht es übel, und er findet eine tote Ratte darin. Sie liegt in verkrampfter Haltung auf dem Rücken. Er zieht den Pullover über die Nase und legt den Hebel um. Die Halogenlampen flammen auf und surren. Alles ausgeleuchtet. Alles klar.

Im kleinen Büro hinter der Halle legt Adrian den Laptop auf den Tisch und breitet das Werkzeug aus, das er mitgebracht hat. Seine Finger zittern, und der Schraubenzieher rutscht an den winzigen Schrauben ab. Dann hat er das Gehäuse entfernt. Eins nach dem anderen. Das Wichtigste ist die Festplatte. Er ruckelt daran, und die Steckverbindung löst sich. Na also.

Er zieht den kleinen Safe aus dem Büro, auch das ein Rat von Victor. Zentimeter für Zentimeter bewegt er den massigen Klotz, legt ihn mit dem Rücken auf den Betonboden in der Mitte der Halle. Seine Schultern schmerzen. Er öffnet die schwere Tür, schüttet das Thermit ins Innere. Ein Kilo. Er legt die Festplatte nach unten und die anderen Teile dazu, hält die Flamme des Feuerzeuges an die Zündvorrichtung und macht ein paar schnelle Schritte weg. Alles schmelzen. Kontoverbindungen und Abrechnungen. Gábor, Kober, Lucian, Cristina. Alles vernichten. Zahllose Bilder und E-Mails von jemandem, der er nicht mehr sein muss.

Es tut gut, dass er einen Gegenstand zerstört, dass einmal etwas greifbar ist, dass er etwas von dieser Welt verschwinden lassen kann. Das Ritual seiner Neuerfindung, denkt er. Das Feuer facht auf, wird heiß, das spürt er sogar aus der Entfernung. Es durchflutet ihn, so muss sich Macht anfühlen.

60

Valerie steht hinter dem schweren Eisenträger. Ihre Hand pocht, sie hat sie gerade noch in das Tor gezwängt und eingequetscht. Als sie versucht, ihre Finger zu bewegen, durchfährt sie ein stechender Schmerz. Sie sieht de Jong in der leeren Halle, er starrt aus einigen Metern Entfernung auf einen Kasten, aus dem Funken sprühen, sein gebanntes Gesicht von den Flammen erleuchtet.

Was brennt da? Es darf nicht alles weg sein. Irgendetwas muss ihn noch belasten. Er muss etwas haben, um an sein Geld zu kommen, einen Schlüssel, einen Zugang, sein ganzer Aufwand muss einen Grund gehabt haben. Alles in ein Ding konzentriert. Das Zeitfenster ist begrenzt, und de Jong ist allein. Das ist ihre letzte Gelegenheit. Raus aus dem Verborgenen. Ihr Herz pocht. Sie berührt mit der Hand das kalte Metall, wie auf der Suche nach Zuspruch, tritt aus dem Winkel, von sich selbst überrascht.

De Jong dreht sich um, bleich, geschockt. Neben ihm brennt das Feuer im Tresor. Er sieht ihre Waffe, seine Anspannung löst sich, und er beginnt mit einem Mal zu lächeln. Sie umklammert den Griff, den Finger neben den Abzugsbügel gelegt.

»Taschen leer machen«, sagt sie, und das Zittern in ihrer Stimme hallt unangenehm nach.

Er schaut sie nicht einmal richtig an, bewegt sich langsam, fährt mit seiner Hand in die Tasche, legt den Geldbeutel auf den staubigen Boden, lässt ein paar lose Münzen fallen, Papierquittungen, und zieht schließlich einen Schlüsselbund mit einem USB-Stick hervor, schiebt ihn in ihre Richtung. Er kratzt über den Steinboden und bleibt eine Armlänge von ihr entfernt liegen.

Sie streckt sich danach, doch auf einmal greift Adrian hinter sich, sie erkennt eine Mündung, schwenkt den Arm, drückt ab. Der Schuss durchpeitscht den Raum, und schon den Nachhall hört sie nicht mehr. Sein Mund bewegt sich, aber es kommt nichts bei ihr an. Er schießt, ein Schlag fährt ihr ins Bein, die Wunde an seiner Schulter hält ihn nicht auf, begreift sie panisch, als hätte ihn das Projektil ohne jede Konsequenz durchdrungen, und bevor sie ihren Arm noch einmal heben kann, ist er da, stößt sie, zwingt sie aus seinem Weg.

Sie stolpert nach hinten, tritt ins Leere, ihr Kopf schlägt gegen etwas, die Waffe entgleitet ihrer Hand, sie fällt. Er hastet hinterher, entreißt ihr den Schlüssel, Metallzähne schneiden in ihre Fingerkuppen, als sie versucht, ihn festzuhalten. Er klettert aus der Grube, erscheint schemenhaft noch einmal vor ihren Augen und richtet unschlüssig die Pistole auf sie. Der Moment dauert eine Ewigkeit.

Dann lässt er die Waffe sinken und verschwindet.

61

Adrian greift an seine Schulter. Diese gottverdammte Polizistin. Vielleicht war es das schon, vielleicht ist er schwer getroffen und der Schalter schon geknipst, vielleicht sind das die letzten Schnipsel, an denen sein Bewusstsein festhält, dann geht der Reißverschluss zu und macht alles schwarz. Aber da ist noch sein Puls. Ein Surren. Diffuses Licht. Er verriegelt die Tür von außen.

Alles ist klar, kurz fühlt sich die frische Luft an wie der ersehnte Neubeginn. Aber nur für einen Moment. Er denkt an die Polizistin, sie hat zuerst geschossen, sie ist gefallen, ein Unglück. Sie lebt, wird überleben, sie wird ihn nicht zu einem Mörder machen. Er hält den Stahl der Waffe an seine Schläfe, reibt den Ansatz seines Nasenrückens zwischen den Augen. Es fiept in seinen Ohren. In aller Öffentlichkeit mit Schusswunde. Was würde seine Mutter sagen. Die Fluchten der Industriehallen, er muss raus hier, irgendwohin, wo keine Wände sind, die Straße runter, dorthin, wo die Bäume auf ihn warten, dahin, wo es grün ist.

Seine Hände fühlen sich fremd an. Er wirft die Pistole in den Mülleimer, fischt sie wieder heraus, geht ein paar Schritte zum Kanal und lässt sie ins Wasser fallen. Die Waffe schlägt auf die Oberfläche, das Wasser wirft sich mit sattem Schmatzen über sie. Der Klang ist so überdeutlich, dass Adrian jetzt fast sicher ist, das Geräusch hat die Form beschrieben, hat verraten, was da versenkt wurde, und er beschleunigt seinen Gang.

Wie groß der Mond am taubengrauen Himmel steht, der Abend ist doch erst angebrochen. Ist das normal? Er kann sich selbst nicht mehr trauen. Seine Füße scheinen zu funktionieren, links, rechts, er verzieht das Gesicht. An einer Bushaltestelle steht eine kleine Gruppe. Ja, euer Tag läuft besser. Er drückt den Handballen in seine Schulter, rennt weiter. So fährt man doch nicht Bus. Er braucht ein Taxi. Ruft die Nummer.

Zehn Minuten. Das ist gut, das ist nicht zu lange, das kann man runterzählen. Neunzehn Uhr neun, neunzehn Uhr zehn … bis neunzehn Uhr neunzehn. Ein Vogel gibt ein helles, wieherndes Lachen von sich. Adrian läuft ein paar Schritte, spürt ein Stechen im Brustkorb, etwas in ihm wummert.

Eine Stimme durchschneidet die Luft und dringt zu ihm. Er dreht sich um.

62

Cristina hat die beiden Schüsse gehört, sie sind in sie gefahren, als ob etwas in ihr mit einem kleinen, heftigen Schnalzen gerissen wäre, etwas, das den letzten Rest Zurückhaltung gehalten hat. Sie ist losgelaufen, nur Atem, nur Beine, ist um die Ecke gestürmt, hat Adrian flüchten sehen, an der Tür gerüttelt, aber die war ins Schloss gefallen. Sie hat gesehen, wie er die Waffe ins Wasser geworfen hat, ist hinterher, ist ohne zu zögern ins hüfthohe Wasser gesprungen, hat den Griff ertastet, die Pistole auf die Brüstung gelegt, sich hochgezogen.

Alles klebt an ihr, jede Bewegung fällt schwer, die kalte Kleidung lässt sie jeden Zentimeter ihres Körpers spüren, ihr Herz schlägt hölzern und hart an ihre Kehle. An einer Bushaltestelle warten Menschen mit gleichgültigen Gesichtern.

Sie sieht Adrian am Ende der Straße in den Park laufen und folgt ihm, zwingt ihre Beine zum Sprint, holt auf.

»Stopp!«, brüllt sie.

Was will sie retten? Irgendwas wie Gerechtigkeit. Irgendwas wie Würde.

Adrian dreht sich um, sein Blick erst erstaunt, fast wie angenehm überrascht, dann verdunkelt sich sein Gesicht. Er schaut sich um. Er kann auch nicht mehr sehen als sie. Die Lagerhallen. Einen Kanal. Eine kleine Brücke, die in den Polderpark führt. Schon wieder abgewonnenes Land.

Sie hebt die Waffe, eine kleine Erkenntnis in seinen Augen, er bewegt sich weg von der Mündung, als wäre er beschämt von etwas, und sie folgt seiner Brust mit ihrem ausgestreckten Arm.

Er schüttelt den Kopf. »Ich versteh es nicht«, sagt er, das Kinn auf der Brust. »Was willst du?«

»Was ist mit der Polizistin?«

Sein Blick wird fahrig. »Sie hat geschossen. Das war ein Unfall.«

»Lebt sie?«

»Ich glaube schon.«

»Gib mir den Stick.«

»Und dann? Damit kannst du nichts anfangen.« Er lächelt gequält. »Ich sag dir was, wir teilen, ganz einfach. Ich organisiere das, du kannst danebensitzen, kein Risiko. Und dann geht jeder seiner Wege.«

Etwas raschelt im Gebüsch.

»Seiner Wege.« Sie lässt die Silben über ihre Zunge rollen. Von welchen Wegen er da auch immer redet.

»Darum geht es nicht.«

»Worum dann?«

Um meine Schwester, will sie sagen. Um Geld, das nicht dir gehört. Um einen Abschluss. Um unsere Schuld. Aber sie schafft es nicht, bewegt ihren Arm kaum merklich.

»Okay«, sagt er, steckt die Hand in die Hosentasche, holt sie wieder hervor, und mit einem Mal rennt er los, rutscht fast weg, fängt sich, beschleunigt. Über die Brücke, in einen schmalen Weg, den linken Arm angelegt, läuft unrund, läuft ungerade.

Cristina hebt die Waffe und senkt sie wieder. Dann läuft auch sie. Der Boden federt unter ihren Füßen, jeder Schritt eine Befreiung, die nassen Kleider wiegen schwer, ein greller Schmerz sticht in ihrem Knöchel, aber auf diesem Terrain kann sie nicht verlieren, es ist Polder, es ist ihr Revier. Er schlägt einen Haken nach einer Hecke, überraschend behände, und die Entfernung zwischen ihnen vergrößert sich. Weite Flächen öffnen sich, hohe Gräser, Schilf an den Kanälen, kein Raum zum Verstecken, alles geometrisch und gerade, Wasser wie Wege und Wege wie Wasser. Eine Frau schaut sich kurz nach ihnen um. Ein Hund bellt. Drei abgesägte Baumstämme auf freier Wiese fliegen vorbei, ein Angler ruft etwas. Ihr Atem geht schneller und tiefer, mit einer immer fester werdenden Überzeugung kämpft sie ihm Meter um Meter ab.

Adrian wird abgehackter in seinen Bewegungen, seine Schritte trudeln aus, sein Röcheln wird zum stummen Lachen, weil er in dieser riesigen, weiten Fläche steht, weil die Flucht hier absurd ist, weil er nicht mehr kann. Er stützt die Hände auf die Knie, rutscht ab und sinkt zu Boden.

»Es tut mir leid«, sagt er tonlos.

»Was tut dir leid? Was du anderen angetan hast? Oder deinem Bild von dir selbst?«, fragt Cristina scharf und ungnädig.

Adrian schluchzt auf, lässt den Kopf sinken. Das Letzte an Emotion, was er noch aufbringen konnte. Cristina spürt einen kurzen Anflug von Mitleid. Er zieht eine kleine, untersetzte Figur aus seiner Tasche, sie erkennt Victor in Miniaturformat, er lacht bitter, fasst erneut in seine Tasche und streckt ihr den Schlüsselbund hin, ohne sie anzusehen.

Sie fährt mit dem Nagel in den Ring, zwingt die Plastiklasche des USB-Sticks durch den Stahl, umfasst den Speicher fest. Sie fragt sich, wo Loredana jetzt sein mag, denkt an die Straße zwischen zwei Meeren, die sie ruft. Das ist die Sehnsucht.

»Komm.«

Adrian erhebt sich wortlos.

Cristina nimmt ihr Telefon, wählt den Notruf, hinkt den Worten hinterher, die sie hervorkramt. Ambulance. Shot. Wounded. Storage hall. Die Stimme am anderen Ende fragt etwas.

Cristina schaut sich um. Grüne Flächen entlang des Kanals. Weidegras zittert neben den Kieswegen im Wind. Ein Schwarm

Vögel flattert auf und findet in seine Formation. Nichts um sie herum wirkt vertraut.

Sie dreht sich zu Adrian. »Wo sind wir hier?«

63

Valerie versucht, sich zu bewegen. Ihr Kopf schmerzt. Etwas in ihrem Brustkorb knackt, etwas hält nicht. Ihre Schulter gibt nach, ihr Atem geht flach. Etwas rasselt bei jedem Zug. Eine feine Linie aus Licht neben der Tür. Sie kann sich nicht aufrichten. Ihr Bein pocht. Lachhaft. Mit jedem Herzschlag blitzt etwas durch ihr Sichtfeld. Mit jedem Herzschlag durchfährt sie ein Schmerz, betritt ihr Innerstes und verlässt es. Sie spürt eine blanke Furcht, so plastisch, dass sie sie fast berühren kann. Konzentrier dich auf etwas anderes.

Sie denkt daran, wie sie am Meer stand, die Schlieren zurückgesaugt wurden und plötzlich eine riesige Welle aufwogte, wo es vorher gar nicht danach ausgesehen hatte. Vielleicht ist das das Letzte, an das sie denken kann. Finde etwas, das es wert ist. Ein Junge, der sich im Heckfenster eines Busses nach ihr umdreht, im Anfahren, auf einer staubigen, spanischen Straße. Oder war es Italien? Die Sehnsucht, mit der sie ihm hinterhergesehen hat. Sie hat klar und deutlich vor Augen, wie er sich zu ihr wendet, noch einmal, bereit, sich selbst mit tragischem Verlangen voll zu beladen, lass uns gemeinsam leiden. Ein dunkeler Schacht ist die Liebe. Staubige Spuren auf der Straße, trockene Pflanzen, eine karge Hitze. Wann wird das gewesen sein? Mehr als fünfzehn Jahre muss es her sein, und sie fühlt einen kurzen schmerzhaften Ruck. Die Zeit liegt still, kleine Haken ziehen längst vergangene Fragmente an die Oberfläche.

Es muss doch noch mehr gegeben haben, einen wichtigeren Moment. Die Erinnerung wie sie neben einem Schulfreund auf der Rückbank sitzt und sein Oberschenkel in der Badehose gegen ihren drückt und er auf die Stützen der Kopflehne vor ihnen zeigt, »Fass mal an« sagt, und sie greift nach dem Metall, und es ist heiß.

Gedächtnis, du alter Halunke. Du Betrüger. Sag mir, ob irgendetwas davon wirklich war. Wenigstens dieser kleine Stich im Herzen. Unbegleitet. Echtheit kann man nicht beweisen.

Wie sie auf der Gartenliege die Augen schließt und mit den Händen an den Armlehnen die Liege in die Kippe bringt, loslässt, unsicher, in welche Richtung sie fallen wird. Wie sie als Kind mit der Taschenlampe unter der Bettdecke liest und Thomas sich in der Ecke in einem unruhigen Schlaf hin- und herwirft. Wie Thomas für sie Kerzen ausbläst.

Aber das hat er nie getan. Es ist nicht ihr Bruder, an den sie sich da erinnert, sondern irgendwer anders. Ein Junge mit blauem Hut, über die Torte gebeugt, hoch konzentriert, merkwürdig ernst. War es dieser Blick, in dem sie ihren Bruder erkannt hat? Sie will nicht daran denken. Eine Party, auf der sie nie war. Eine Liebesbotschaft, die ihr nicht gilt. Eine Familie an Weihnachten, die nicht ihre ist. Ein Bewerbungsschreiben, das sie nicht verfasst hat. Tausend Kindheiten, die sie nie erlebt hat. Tausend Erinnerungen fremder Menschen. Tausend Bilder, die sie nicht betreffen. Wir telefonieren. Wir schreiben.

Denk an was anderes. Ein lebloser Körper auf einer Welle. Ein dünner Draht vor einer Kuhweide, ein Stromschlag, der in ihren Arm fährt.

Bis der Regen fällt. Bis der Boden nicht mehr trägt, bis die Feuchtigkeit dessen Krusten aufbricht. Bis der Mund austrocknet und der Sprachfluss versickert, bis der Wind als Krächzen durch die Furchen geht. Irgendwo fällt ein Mädchen hinter einem bunten Wollvorhang rücklings auf ihr Bett und träumt.

Morgenlicht zwingt sich in ihr Kinderzimmer. Sonne durch eine staubige Scheibe, Straßenlärm aus einer anderen Stadt, eine unaufhaltsame Wärme von innen, zwei Hände um eine Teetasse. Das reicht alles nicht, alles schon besetzt und allgemein gemacht durch Hunderttausende von Texten, die durch sie durchgeflackert sind und ihre Spuren gezogen haben. Denkzeichen für andere. Ernste Menschen in schwarzen Roben, Säcke, in denen Telefone klingeln.

Ein dumpfer Schmerz hämmert in ihrem Hinterkopf. Sie schließt die Augen und öffnet sie wieder, sieht die Stahlträger und das Wellblech zwischen ihnen, sucht nach einer einzigen, eigenen, bedeutsamen Erinnerung.

Blau und rot, Schnee, Reflexionen auf nasser Straße. Grelles Neonlicht, ein Wechsel von Anziehung und Abstoßung. Erinnerung, vage wie eine matte Abwetzung auf einem polierten Parkettboden. Wie sie einen Stein wirft, ohne das Geräusch eines Aufpralls.

Die meisten Menschen sind innerhalb von drei Generationen vergessen. Zehntausendmal heimlich verliebt. Zehntausendmal aufgerührt. Zehntausendmal verlassen.

Der Gedanke und was er löst. Erlöst. Meer und Sonne. Wellen und Strahlen. Irgendein Eindruck. Er kann auch aus einem Buch sein. Oder einem Musikstück. Oder von jemand anderem geliehen. Was zählt ist, dass sie jetzt Bilder findet, um mit ihnen zu fühlen. Mit welchem Lied würde ihre Platte durch das All fliegen?

Ihr Herzschlag hinter der Bühne, ein Orchester, bereit zu spielen. Dort will sie sein. »Komm«, formt ein Mädchen stumm und dringlich mit den Lippen. Sie stellt sich vor, wie sie sich selbst überwindet. Wie sie in die Halle tritt und die Waffe auf de Jong richtet. Wie sie ihr Cello anhebt, einen Schritt setzt und dann noch einen, die Noten aufschlägt und auf den Einsatz wartet. Wie de Jong sie entgeistert anschaut und sie abdrückt. Wie sie ihren Bogen ansetzt und streicht, ihre Stimme hilft, die Harmonie zu tragen. Aus dem dunklen Raum wird sie gesehen. Sie wird Teil dieser Erinnerung sein. Sie lächelt. Das gehört ihr.

Eine Sirene heult, holt sie zurück ins Jetzt. Blaues Licht pulsiert in regelmäßigem Flackern durch die Fenster. Vielleicht darf sie hoffen. Sie hält an den Bildern fest. Und denkt an das dunkle Zeitalter, das kommt.

Dank

Nur durch die vielen Menschen, die so großzügig bereit waren, ihre Expertise, Erinnerungen und Leseeindrücke zu teilen, konnte dieser Roman seine Form annehmen.

Für wertvollen fachlichen Input, geduldige Erklärungen und Gespräche danke ich insbesondere KHK+ Fischaleck (IT Forensiker), der Kriminalpolizei Bamberg, K 11, Oberstaatsanwalt Thomas Goger, Richterin am Landgericht Dr. Mirja Feldmann, Julian Bräuer, außerdem der DIICOT und der High-Tech Crime Unit der KLPD.

Dr. Liliana Hoffmann, Oana T., Mesut Özdoğan und Patricia Mannfeld möchte ich dafür danken, dass sie sich über ihre Erfahrungen und ihr Wissen mit mir ausgetauscht haben, weiterhin Patricia Mannfeld und Manuel Kayl für ihre unschätzbare Hilfe bei rumänischen und holländischen Textpassagen.

Aufmerksame, zugewandte Kritik durch Helga-Mari Steiniger, Mark Read, Andrea und Wendelin Feiten haben den Text in verschiedenen Entstehungsphasen bereichert. Ebenso das Netzwerktreffen der Bayerischen Akademie des Schreibens mit allen Teilnehmer*innen, wo ich besonders Katrin Lange für ihren Schwung und Einsatz danken möchte. Natürlich auch allen guten Menschen bei Voland & Quist, Leif und Sebastian für das langjährige Zusammenwirken, speziell meinen Lektorinnen Karina Fenner und Ilka Winkler für die akribische Textarbeit.

Weite Teile des Projektes durfte ich im Künstlerhaus Villa Concordia in Bamberg verwirklichen und danke allen dort für die befreiende Zeit und den inspirierenden und hoffentlich noch lang anhaltenden Austausch. Ein großes Danke auch meinen Kolleg*innen beim Gasteig für die engagierte Vertretung und Zusammenarbeit.

Allen weiteren Menschen, die mir geholfen haben und hier nicht genannt werden können oder wollen, gilt ebenso mein herzlichster Dank – ihr wisst, wer ihr seid. Andauernde, fortwährende Unterstützung verdanke ich meiner Familie, meinen Freund*innen und Julia.

Muurgedichte in Leiden

Wim Emmerik (1940–2015)
Polder (ca. 2004)

Konstantínos Kaváfis, engl. Constantine Cavafy (1863, Alexandria – 1933, ebenda)
κρυμμένα (1908)

Ossip Emiljewitsch Mandelstam (1891, Warschau, Russisches Kaiserreich – 1938, Wladiwostok, Russland)
Leningrad (1930)

Neeltje Maria Min (*1944, Bergen, Niederlande)
Mijn moeder is mijn naam vergeten (1966)

Octavio Paz (1914 in Mixcoac, heute Mexiko-Stadt – 1999 ebenda)
Aquí (1958)

Mohammad-Reza Shafi'i Kadkani (*1939, Kadkan, Iran), translated by Dick Davis
Travel Safely

William Butler Yeats (1865, Sandymount, County Dublin – 1939, Menton, Frankreich)
A Coat (1914)

Textnachweis

Rilke, Rainer Maria: *Fünfzig Gedichte.* Ausgewählt von Dietrich Bode, Reclams UNIVERSAL-BIBLIOTHEK, Nr. 196161997, 2015, 2019 Philipp Reclam jun. GmbH & Co. KG, Ditzigen.

Sonstige

Jansen, Theo (1948, Scheveningen)
Strandbeester, strandbeest.com

[…] ein letzter reger Kern ihres Bewusstseins hält noch mit zerschnittenen Bildern am Wachsein fest.

Gedächtnis, du alter Halunke.

Scannt und seht selbst.